HEDWIG
COURTHS-MAHLER

Die Stiftssekretärin

HEDWIG COURTHS MAHLER

Die Stifts-sekretärin

WELTBILD VERLAG

Genehmigte Lizenzausgabe für
Weltbild Verlag GmbH, Augsburg 1996

Einbandgestaltung: Peter Engel, München
Umschlagfoto: Superbild, München
Gesamtherstellung: Presse-Druck Augsburg
Printed in Germany
ISBN 3-86047-958-X

1

Es war im Frühsommer des Jahres 1914. Im warmen Sonnenschein saßen zwei junge Damen auf der breiten Veranda des Herrenhauses von Feldegg, mit feinen Handarbeiten beschäftigt.

»Wenn ich nur wüßte, welchen Zweck diese langweiligen Stickereien haben sollen, Ursula! Mama hat schon einen ganzen Schrank voll davon. Und nie wird etwas davon gebraucht.«

Die jüngere der beiden Damen, ein reizender, brünetter Backfisch, sah mit fragendem Blick von der Arbeit auf.

»Deine Mutter hat nun einmal ihren Gefallen daran, Gusti. Also machen wir ihr mit diesen Arbeiten Freude«, erwiderte Ursula von Ronach.

Gusti von Feldegg holte tief Atem und wirbelte mit der Stickerei in der Luft herum.

»Ach geh doch, Ursula, sie sieht sie ja nie mehr an, wenn sie erst mal fertig im Schrank liegen. Übrigens sei einmal ehrlich: Dich ödet diese nutzlose Arbeit auch schon längst an. Aber du armes Hascherl wagst es nicht, deinem Groll Luft zu machen.«

Ursula sah nicht auf von ihrer Arbeit, aber in ihr Antlitz stieg ein leises Rot.

»Du irrst, Gusti. Ich muß ja froh sein, daß ich mich nützlich machen kann. Je mehr Arbeit ich habe, desto weniger komme ich mir überflüssig vor.«

Gusti warf die Stickerei in den Korb, der auf dem Tisch vor ihnen stand.

»Armes Aschenbrödel! Ja, ja, ich weiß schon! Für das Unterkommen, das du hier in Feldegg seit dem Tod deiner Eltern gefunden hast, mußt du dem lieben Gott, noch mehr aber deinem gestrengen Vormund samt der ganzen hochlöblichen Familie täglich auf den Knien danken! Du Ärmste! Ich wundere mich wirklich, daß du nicht schon unter der Last der Wohltaten, die dir hier in Feldegg erwiesen werden, zusammengebrochen – oder aus der Haut gefahren bist. Das hätte ich nämlich an deiner Stelle längst getan.«

Ursula von Ronach fädelte einen neuen Faden ein und sah dann einen Moment mit einem seltsamen Blick zu Gusti hinüber.

»Nein, Gusti, an meiner Stelle hättest du das nicht getan. Du hättest dich wie ich bescheiden ducken müssen und in dem Bestreben, die Last dieser Wohltaten zu verringern, dein möglichstes getan, um das – Gnadenbrot, das dir geboten wurde, wenigstens zu verdienen.«

Gusti machte eine ungeduldige Bewegung.

»Ach, du verdienst es doppelt und dreifach, das weißt du so gut wie ich, wenn es auch sonst niemand hier im Haus einsehen will. Mama erspart an dir geradezu eine Wirtschafterin. Wenn du bei fremden Leuten so viel leisten würdest wie hier in Feldegg, dann bekämst du neben guter Behandlung auch noch ein hohes Gehalt. Außerdem würde man deine Dienste anerkennen und dich mit allen Kräften zu halten suchen. Aber bei uns wird dir das Gnadenbrot geboten, was dein gutes Recht ist und was du dir schwer genug verdienen mußt. Ach Urselchen – manchmal könnte ich weinen vor Ärger und vor Mitleid. Wenn man dir nur wenigstens ein bißchen Liebe entgegenbrächte!«

Mit warmem Ausdruck blickte Ursula in Gustis Augen, und ein leises Lächeln huschte um ihren Mund.

»Ein bißchen Liebe? Hast du mich denn nicht lieb, meine kleine Gusti?«

Gusti sprang auf und umarmte und küßte Ursula herzlich.

»Ach du, wie lieb ich dich habe, weißt du ganz genau. Papa und Mama haben ja nie Zeit für mich gehabt, und meine Schwester hat von jeher nur an sich selbst gedacht. Siehst du, Urselchen, so war ich einsam und verlassen, bis du hierherkamst und mir Liebe schenktest.«

Ursula zog sie an sich und küßte sie.

»Aber dein Bruder, Gusti! Vergißt du denn Malte ganz? Der hat dich doch sehr lieb«, sagte sie, während die Röte in ihrem Gesicht noch tiefer wurde.

Gusti atmete tief auf, und ihre Augen strahlten zärtlich. »Ach, mein Bruder – ja, der ist gut zu mir. Er weiß auch, wie mir ums Herz ist, denn siehst du, Ursula, er fühlt sich auch nicht wohl daheim. Es ist, als seien Malte und ich ganz andere Menschen als die Eltern und Astrid. Malte versteht, daß ich hier zu Hause an Liebe darben muß. Er ist herzensgut, wenn er auch immer so ernst und streng aussieht. Das kommt, weil er unter den Verhältnissen leidet, viel mehr noch als ich, und doch nichts ändern konnte. Aber er bemitleidet mich – und dich auch, Ursula.«

»Mich?« fragte diese leise.

Gusti nickte. »Ja, dich! Er hat es mir gesagt, als er das letztemal auf Urlaub zu Hause war. Es empört ihn, daß man dich hier wie ein Aschenbrödel hält. Er möchte dir so gern helfen, und daß er es nicht kann, bedrückt ihn sehr. Aber siehst du, so lieb mich Malte auch hat – er ist ja doch leider so selten zu Hause. Und ist er einmal da, dann quälen ihn die Eltern immerfort, er müsse eine reiche Heirat machen, um Feldegg wieder hochzubringen. Das quält ihn, denn er ist kein Mensch, der sich einfach verkaufen läßt, wie das Astrid wohl tun könnte.

Und denken zu müssen, daß die Eltern zum größten Teil selbst schuld sind, daß Feldegg so heruntergekommen ist. Nein, nein, du brauchst mich nicht auszuschelten. Ich weiß, daß es unkindlich klingt, wenn ich so etwas sage. Aber wahr ist es doch, und es tut mir in der Seele leid, daß der arme Malte nun dafür büßen soll. Ich glaube nämlich, es steht sehr schlecht um Feldegg. Papa macht jetzt immer so ein sorgenvolles Gesicht, und Mama hat manchmal ganz verweinte Augen.« Sie machte eine Pause, als ob sie überlege, und fuhr dann fort. »Weißt du, und dann werden alle Hebel in Bewegung gesetzt, Baron Lutz von Rippach für Astrid zu kapern. Sie bekommt trotz der schlechten Finanzen eine neue Toilette nach der anderen. Aber das könnte sie sich sparen. Obwohl Astrid ein sehr schönes

Mädchen ist, fällt es Baron von Lutz nicht ein, um sie anzuhalten. Er mag sie nicht.«

»Aber Gusti, das kannst du doch nicht wissen«, warf Ursula ein.

Gusti zuckte die Achseln und setzte sich wieder auf ihren Platz. »Man hat doch Augen im Kopf, Ursula. Und meine sind immer sehr scharf gewesen. Er ist höflich zu Astrid – aber ganz gemessen und kühl, obwohl das sonst gar nicht in seiner Art liegt.«

»Er kommt aber doch so oft nach Feldegg.«

Gusti nickte und sah Ursula mit einem seltsamen Blick an.

»Gewiß! Sehr oft sogar, aber erst – seit du in Feldegg bist.«

Betroffen sah Ursula von ihrer Arbeit auf. »Was willst du damit sagen, Gusti?«

Die Kleine machte ein schlaues Gesicht. »Bist du wirklich so ahnungslos, Urselchen? Merkst du nicht, daß Baron Lutz nur deinetwegen so oft nach Feldegg kommt?«

Unwillig rötete sich das feine Gesicht Ursulas. Sie sagte sehr ernst: »Liebe Gusti, du sprichst manchmal recht unbedacht, aber mit solchen Dingen soll man keinen Scherz treiben. So unter vier Augen nehme ich es dir nicht übel, aber wenn es vor anderen geschieht, etwa vor deiner Mutter oder vor Astrid, würdest du meine Stellung hier im Haus unhaltbar machen.«

Gusti tippte lachend mit dem Zeigefinger an die Stirn: »Aber Ursula, so einfältig werde ich doch nicht sein. Astrid kann dich ohnehin nicht ausstehen, weil du ebenso schön bist wie sie –

nur viel lieber! Astrid wirkt bei aller Schönheit immer wie eine Gletscherjungfrau, du aber wie die liebe warme Sonne. Und alle Menschen sehen nun mal am liebsten nach der Sonne. Baron Lutz auch.«

Ursula schüttelte unwillig den Kopf. »Sag das nicht! Und sprich auch nicht so über Astrid. Sie ist nur ein wenig stolz und unnahbar.«

»Ach, das kommt sehr darauf an. Baron Lutz gegenüber ist sie ganz sicher nicht unnahbar. Aber dir kann sie das Wasser nicht reichen. Wäre ich ein Mann, ich wüßte ganz genau, wem von euch beiden ich die Palme reichen würde. Baron Lutz weiß das auch. Verlaß dich darauf.« Und nach einer Weile fuhr sie schelmisch fort: »Ich möchte wissen, was du sagen würdest, wenn Baron Lutz eines Tages um deine Hand anhielte.«

Ursula richtete sich stolz auf.

»Hoffentlich geschieht das nie. Und ganz bestimmt würde ich ihm mit Nein antworten.«

Gusti zog die Stirn in Falten.

»Ach du – laß ihn nur erst einmal kommen! Er ist ein sehr netter Mensch! Und dann sein Reichtum, Urselchen! Er ist doch nicht nur Majoratsherr von Rippach, sondern auch noch Besitzer des benachbarten Waldau. Und außerdem soll er ein riesiges Privatvermögen haben.

Denk nur, was das für eine Genugtuung für dich wäre, wenn du als Majoratsherrin von Rippach Feldegg verlassen würdest. Das gönnte ich dir! Astrid würde grün vor Neid! Nicht etwa, weil sie Baron Lutz liebt – sie liebt ja niemand als sich selbst, aber weil er so reich ist und sie sich als seine Frau jeden Wunsch erfüllen könnte. Sie rechnet nämlich sehr stark damit, Baronin Rippach zu werden. Aber sie verrechnet sich.«

»Nun, ich wünsche ihr von Herzen, daß sie sich nicht verrechnet und daß sich ihr Wunsch erfüllt. Ich gönne es ihr neidlos.«

Gusti schüttelte sehr energisch den Kopf. »Das sollst du nicht tun, Urselchen. Du kannst es mir glauben, Baron Lutz liebt dich.«

Ursula sah die Kleine ernst und durchdringend an. »Hoffentlich täuschst du dich, Gusti. Es sollte mir sehr leid tun, wenn ich in Baron Rippach Gefühle erweckt hätte, die ich nicht erwidern kann.«

Gusti seufzte. »Magst du ihn denn gar nicht leiden, Ursula?«

Diese sah ernst vor sich hin. »Doch, Gusti, sehr sogar. Er ist ein guter, liebenswerter Mensch. Ich schätze ihn und hege unbedingte Hochachtung vor ihm. Aber ich liebe ihn nicht, könnte ihn nie lieben.«

Nachdenklich stützte Gusti die Arme auf den Tisch und legte das Kinn auf die Hände. »Schade – jammerschade! Ihr zwei würdet so gut zusammenpassen. Ich hoffe doch, du wirst noch anderen Sinnes.«

Energisch schüttelte Ursula den Kopf.

»Niemals, Gusti.«

Mit einem Ruck fuhr Gusti empor und sah Ursula forschend an. »Dann gibt es nur eine Erklärung für mich.«

Ruhig stickte Ursula weiter. »Welche denn?«

Gusti beugte sich vor und sah sie scharf an. »Dann liebst du einen andern!«

Dunkle Glut schoß in Ursulas Gesicht. »Ich bitte dich, Gusti, schwatz doch nicht solchen Unsinn!« rief sie heftig.

Mit einem Achselzucken lehnte sich Gusti wieder zurück. »Nun ja! Ich bin still, Urselchen, sei nur nicht gleich böse. Aber wenn man solch einen Freier ausschlagen will wie Baron Lutz, das muß doch einen besonderen Grund haben.«

»Warum nur, Gusti? Möchtest du denn seine Frau werden?«

Gusti lachte ein wenig verlegen.

»Ach, du lieber Gott! Baron Lutz und ich? Wo denkst du hin, Ursula! Er ist doch schon fünfunddreißig Jahre, also achtzehn Jahre älter als ich. Für ihn bin ich noch ein halbes Kind, zu mir ist er immer wie ein guter alter Onkel. Aber zu dir paßt er famos. Erstens bist du schon fast zweiundzwanzig Jahre und auch so ernst und gesetzt. Für mich wäre so ein ernsthafter Mann überhaupt nichts. Wenn ich mal heirate, dann möchte ich einen Mann haben, der lachen kann, so recht aus vollem Herzen! Ein froher Sonnenmensch müßte es sein, dafür schwärme ich.«

Jetzt sah Ursula schelmisch lächelnd in Gustis gerötetes Gesichtchen. »Dann würde ja zum Beispiel Baron Rippachs Vetter Hans sehr gut zu dir passen.«

Gusti wurde sehr rot, sagte aber ganz ernsthaft: »Ja, Urselchen, Baron Hans könnte mir gefallen. Mit ihm kann man lachen und fröhlich sein, sogar wenn man gar keinen Grund dazu hat. Aber, aber – ja, siehst du, Ursula –, das große Aber: Er ist ein armer Schlucker und auf das angewiesen, was ihm sein Vetter Lutz gibt. Wenn der nun auch ein sehr großherziger, vornehmer Charakter ist, der seinem armen Vetter eine anständige Zulage gibt, so kann doch Baron Hans gerade nur allein davon leben. Eine arme Frau kann er also ebensowenig heiraten wie mein Bruder Malte.«

Ursula streichelte Gustis Hand. »Kleine Gusti. Hast du auch schon Sorgen?« sagte sie liebevoll.

Gusti seufzte. »Du mußt nicht denken, daß ich gedankenlos in den Tag hineinlebe, weil ich mir den Anschein gebe, als schwämme ich nur immer auf der Oberfläche. Ich sehe mit offenen Augen um mich, und mir entgeht es nicht, daß wir dem Untergang zusteuern – wenn uns nicht von irgendeiner Seite Hilfe kommt. Und ich weiß, daß Luftschlösserbauen ein sehr undankbares Geschäft ist. Deshalb nehme ich mein Herz tapfer in beide Hände und bin vernünftig. Was nützt das Kopfhängen? Nichts. Aber ich schlage keine gute Stunde aus, die mir noch geboten wird. Und das gestehe ich dir ganz offen, Ursula – denn zu dir habe ich unbegrenztes Vertrauen –, die schönsten Stunden sind mir die, die ich mit Baron Hans verleben kann. Nicht eine will ich mir davon trüben lassen – denn davon muß ich vielleicht ein langes Leben zehren.«

Ursula ließ ihre Stickerei sinken und streichelte Gustis Wangen. »Meine kleine tapfere Gusti! Wenn du doch einmal recht glücklich würdest. Wie wollte ich mich darüber freuen.«

»Das weiß ich, Urselchen. Und ebensogern möchte ich dich glücklich sehen. Aber weißt du, viel Aussicht haben wir beide nicht – da du doch nicht Baronin Rippach werden willst!«

»Still, Gusti«, mahnte Ursula, »dort kommen deine Mutter und Astrid.«

Gusti beugte sich wieder emsig über ihre Stikkerei, während Mutter und Schwester die Treppe, die vom Park zu der Veranda emporführte, heraufkamen.

Frau von Feldegg war trotz ihrer Jahre noch eine sehr stattliche Erscheinung mit Spuren einstiger Schönheit. Ihr verjüngtes Ebenbild war ihre älteste Tochter Astrid, eine schlanke, elegante Erscheinung mit fast klassisch schönem, aber kaltem und unbeseeltem Gesicht.

Gusti sah nicht auf, bis die Mutter dicht neben ihr stand und ihr die Stickerei aus den Händen nahm.

»Warst du fleißig, Gusti?«

Gusti seufzte.

»Soviel es in meiner Macht stand, Mama«, antwortete sie diplomatisch.

Die Mutter prüfte die feine Durchbrucharbeit.

»Weit bist du freilich nicht gekommen«, sagte sie tadelnd.

Gusti machte ein schmollendes Gesicht, und während ihre Mutter schweigend Ursulas Arbeit prüfte und ohne ein Wort zurückgab, sagte sie: »Ach Mama – wenn ich nur wüßte, wozu du diese vielen Stickereien sammelst.«

Frau von Feldegg sah unwillig auf ihre Jüngste herab.

»Ich verwahre sie für dich und Astrid. Wenn ihr einmal heiratet, kommen euch diese Arbeiten bei eurer Aussteuer zugute. Dann wirst du froh sein, wenn du sie hast.«

»Ich werde nie heiraten, Mama. Und wenn die Stickereien für Astrid bestimmt sind, dann könnte sie doch zum mindesten mithelfen.«

Astrid hatte sich in einen Korbsessel gelehnt und betrachtete aufmerksam ihre feinen, gepflegten Hände. Dann blickte sie spöttisch zu Gusti hinüber und wollte etwas erwidern. Aber ihre Mutter kam ihr zuvor:

»Du weißt doch, daß Astrid kein Talent hat für solche Arbeiten, während du und Ursula sehr geschickt darin seid.«

Mit einem Seufzer nahm Gusti ihre Arbeit wieder auf.

»Ich wünschte wirklich, daß ich ebenso tatenlos wäre wie Astrid. Jede andere Arbeit wäre mir lieber. Dürfen wir nicht spazierengehen? Wir sind schon ganz steif vom Sitzen.«

Frau von Feldegg machte ein unwilliges Gesicht. Sie fand das Benehmen ihrer jüngsten Tochter wieder einmal sehr despektierlich.

»Du sitzt ja kaum eine Stunde bei der Arbeit. Aber meinetwegen geh in den Park, wenn dir wirklich der Rücken weh tut. Ursula kann dich aber nicht begleiten. Sie hat noch im Haushalt zu tun. Nicht wahr, Ursula?«

Diese erhob sich sofort und legte ihre Arbeit zusammen.

»Ja, Tante Anna, ich habe noch viel zu tun«, sagte sie ruhig und verließ die Terrasse.

Gustis Augen sprühten, und als Ursula verschwunden war, konnte sie sich nicht enthalten, zu sagen:

»Daß nur Ursula nicht einmal eine halbe Stunde für sich hat! Eine kleine Erholungspause könnte ihr wahrhaftig nicht schaden. Sie kommt von früh bis spät kaum zum Atemholen, viel weniger zur Erholung und Ruhe.«

Ihre Mutter machte ein sehr erstauntes Gesicht. Aber Gusti ließ sich nicht einschüchtern, sondern sagte tapfer:

»Ihr solltet einsehen, was ihr an Ursula habt und wieviel mehr sie für uns tut als wir für sie. Und wenn du auch noch so böse wirst, Mama – einmal muß ich es sagen, daß es ein Unrecht ist, wie Ursula hier ausgenutzt wird, ohne einen Dank dafür zu erhalten.«

Zornig streckte ihre Mutter die Hand aus.

»Du gehst sofort auf dein Zimmer und bleibst dort, bis ich dir erlaube, wieder herunterzukommen.«

Mit einem seltsamen, halb schmerzlichen, halb trotzigen Blick sah Gusti ihre Mutter an. Dann drehte sie sich ohne ein weiteres Wort um und ging ins Haus.

»Was sagst du dazu, Astrid?« fragte Frau von Feldegg empört.

Astrid zuckte die Achseln.

»Von Gusti wundert mich gar nichts, Mama. Ich glaube, sie wird von Ursula beeinflußt.«

Frau von Feldegg sah sie unsicher an.

»Ach nein, Astrid, das glaube ich nicht. Ursula beklagt sich nie selbst und ist stets willig, das muß man ihr lassen.«

»Nun ja, persönlich hat sie eben nicht den Mut, sich zu beschweren. Deshalb steckt sie sich hinter

Gusti.« Sie hätte ihrer Abneigung gegen Ursula wohl noch deutlicheren Ausdruck gegeben, wenn nicht vom Parkweg her rascher Hufschlag ihre Aufmerksamkeit abgelenkt hätte.

Sie sah über die Brüstung. »Mama, ich glaube, dort kommt Baron Rippach geritten. Du sorgst wohl dafür, daß ich eine Weile mit ihm allein bleibe.«

»Gewiß, mein Kind. Ich gehe schon.« Damit verschwand Frau von Feldegg im Haus.

Als die Mutter gegangen war, erhob sich Astrid und trat an die Verandabrüstung heran. Baron Lutz von Rippach, der unter den Bäumen hervorgeritten war und auf das Haus zukam, mußte sie erblicken. Sie winkte ihm lächelnd.

So blieb ihm nichts übrig, als zur Veranda hinüber zu reiten. Artig grüßend zog er den leichten Reithut.

»Guten Tag, mein gnädiges Fräulein!«

»Guten Tag, Baron! Es ist reizend von Ihnen, uns zur Teestunde Gesellschaft zu leisten.«

»Darf ich das – im Reitanzug, gnädiges Fräulein?«

Astrid lächelte liebenswürdig.

»Aber lieber Baron – wir sind doch auf dem Lande. Und zwischen guten Nachbarn gibt es keine Förmlichkeit. Also bitte, steigen Sie ab und kommen Sie herauf.«

Baron Rippach schwang sich vom Pferd und übergab es dem herbeieilenden Knecht. Dann eilte er die Verandastufen empor.

Er beugte sich artig über Astrids Hand, die sie ihm lächelnd reichte.

»Bitte nehmen Sie Platz, lieber Baron. Ich lasse sie nachher gleich Mama melden. Ein Weilchen müssen Sie aber mit meiner Gesellschaft fürlieb nehmen, Mama hat einen wichtigen Brief zu schreiben.«

Sie deutete auf einen der Korbsessel und schmiegte sich graziös ihm gegenüber in einen anderen. Der Baron verneigte sich und ließ sich nieder. Seine Augen schweiften unruhig suchend umher, und sein Gesicht drückte keine sonderliche Freude an diesem Alleinsein aus. Aber er sagte doch artig: »Von einem Fürliebnehmen kann keine Rede sein, mein gnädiges Fräulein, wenn Sie mir die Ehre Ihrer Gesellschaft zuteil werden lassen.«

Schelmisch sah sie ihn an. »Ach, wozu diese förmlichen Redensarten zwischen uns, lieber Baron? Ich für meinen Teil freue mich – das sage ich ganz ehrlich –, daß ich Sie ein Weilchen für mich allein habe und ungestört mit Ihnen plaudern kann.«

Der Baron fühlte sich peinlich berührt. Ihr ganzes Verhalten machte ihm den Eindruck, daß dies Alleinsein nicht zufällig war, zumal er Frau von Feldegg auf der Veranda zu sehen gemeint hatte, als er vom Park aus herüberblickte. Sollte Astrid irgendwelche Absichten haben?

»Es wird mir immer eine Ehre und ein Vergnügen sein, mit Ihnen plaudern zu dürfen, gnädiges Fräulein. Indes, ich hoffe, auch Ihre verehrten Eltern, Ihr Fräulein Schwester und Fräulein von Ronach begrüßen zu dürfen. Die Herrschaften befinden sich doch wohl?« sagte er höflich.

Astrid ärgerte sich im stillen, daß er auch nach Ursula fragte, aber sie hielt doch das liebenswürdige Lächeln fest.

»Ob Sie Gusti zu sehen bekommen, ist fraglich, lieber Baron. Sie hat Stubenarrest bekommen.«

»Oh, das tut mir herzlich leid. Ich werde bei Ihrer Frau Mutter ein gutes Wort einlegen, damit sie aus ihrer Haft entlassen wird.«

In diesem Augenblick ging Ursula draußen an der Veranda vorüber dem Wirtschaftshof zu. Ruhig schritt sie mit ihrem elastischen Gang dahin, der so anmutig war. Lutz erhob sich, sie zu begrüßen.

Astrid streifte ihn mit einem bösen Blick, den Ursula auffing. So beeilte sie sich denn, das Gespräch mit dem Baron abzubrechen, indem sie sich mit ihren wirtschaftlichen Pflichten entschuldigte.

Längst hatte Rippach gemerkt, daß Ursula in Feldegg nicht auf Rosen gebettet war, und er sehnte sich danach, sie aus den bedrückenden Verhältnissen zu befreien. Schon längst hätte er sie gern gefragt, ob sie seine Frau werden wollte, aber nie war es ihm vergönnt, einmal einige Minuten mit ihr allein zu sein.

Bisher hatte er das für einen Zufall gehalten. Aber jetzt, da er in Astrids Gesicht sah, wollte es ihm plötzlich scheinen, als sei das mehr als ein Zufall gewesen.

Das unterbrochene Gespräch mit Astrid wollte nicht wieder in Fluß kommen, und so atmete der Baron auf, als Frau von Feldegg erschien und sich wortreich und liebenswürdig wegen ihres langen

Zögerns entschuldigte. Sie ließ nun den Teetisch auf der Veranda herrichten. Es war so warm und sonnig, daß man draußen sitzen konnte. Auch Herr von Feldegg kam dazu, ein eleganter, noch gut wirkender Sechziger mit graumeliertem Haar, bartlosem, scharfmarkiertem Gesicht und blitzenden Augen. Er begrüßte den Baron mit etwas zu stark betonter Jovialität, die Lutz jedesmal unangenehm berührte.

Baron Rippach hatte inzwischen bei Frau von Feldegg um Straferlaß für Gusti gebeten und Heinrich, der alte Diener, war abgeschickt worden, sie herunterzurufen. Sie erschien auch gleich darauf und begrüßte den Baron in ihrer frischen, herzlichen Art.

Als man schon am Teetisch Platz genommen hatte, fragte Gusti:

»Wo bleibt denn Ursula? Ich will sie doch gleich rufen.«

Und ehe man sie hindern konnte, war sie ins Haus geeilt und kam gleich darauf mit Ursula zurück.

Ruhig trat Ursula an den Tisch und waltete, wie immer, ihres Amtes. Sie füllte die Tassen, reichte sie mit Sahne und Zucker herum und bot Toasts und Kekse an.

Sich selbst bediente sie zuletzt und saß dann still und bescheiden auf ihrem Platz. Immer wieder flogen Baron Rippachs Blicke zu ihr hinüber, und er wandte sich auch im Gespräch heute besonders oft an sie. Wie gern hätte er ihr gesagt, was sie ihm sei.

Inzwischen hatte Gusti von ihrer Mutter erfahren, daß der Baron sie freigebeten habe. Sie reichte ihm lächelnd die Hand. »Ich danke Ihnen, Baron Lutz, es war nämlich scheußlich langweilig auf meinem Zimmer«, sagte sie in ihrer burschikosen Art und streckte ihm die Hand hin, die er kameradschaftlich drückte.

»Ich habe Sie nur aus egoistischen Gründen losgebeten, Fräulein Gusti, weil ich auf Ihre Gesellschaft nicht verzichten wollte«, erwiderte er lachend.

Dann nahm ihn Frau von Feldegg mit ihrer Unterhaltung vollständig in Anspruch, in die Astrid nur ab und zu ein Wort einwarf. Nach einer halben Stunde erhob sich der Baron, um sich zu verabschieden. Den Augenblick benutzte Gusti, um aus der Zuckerdose schnell ein paar Stücke zu stibitzen und sich von der Veranda wegzustehlen.

Auf dem Vorplatz wurde das Pferd des Barons eben vorgeführt, und diesen Augenblick hatte sich Gusti zunutze gemacht.

Sie trat an das schöne Tier heran und streichelte seinen schlanken Hals. »Ich darf Fafner doch den Zucker geben?« fragte sie über die Schulter, als sie den Baron die Treppe der Veranda herabkommen hörte.

Er trat lächelnd an ihre Seite und nahm dem Diener die Zügel ab.

»Sie verwöhnen mir den Gaul, Fräulein Gusti!« sagte er scherzend, »ich halte ihn knapper!«

Sie sah ihn einen Augenblick lustig an, dann sagte sie leise: »Kommen Sie, ich begleite Sie noch bis zum Ausgang des Parks. Das mit dem

Zucker für Fafner ist ein Vorwand, Baron Lutz. Ich wollte Ihnen nur sagen, daß ich wirklich unverdientermaßen zum Stubenarrest verurteilt wurde. Astrid war wieder so häßlich gegen Ursula, und da habe ich für unser armes Aschenbrödel eine Lanze gebrochen. Das ist nun wohl freilich ein bißchen heftig geschehen, und so wurde ich eingesperrt.«

Er sah sie warm und herzlich an.

»Dann freut es mich doppelt, daß ich Sie losbitten konnte, Fräulein Gusti. Sie haben mir neulich einmal gesagt, Fräulein von Ronach sei ein wundervoller Mensch. Mir scheint, Sie sind auch so ein wundervoller Mensch! Ich habe Sie immer sehr hoch eingeschätzt und mein Vetter Hans auch. Er sagte mir, als er das letztemal in Rippach war – aber nein –, das darf ich Ihnen doch nicht wieder sagen.«

Gusti sah ihn bittend an.

»Aber Baron Lutz, Sie werden mir doch nicht unterschlagen, wenn jemand etwas Nettes von mir gesagt hat, das passiert nämlich sehr selten.«

»Dann bitte ich aber um Diskretion Ihren Angehörigen gegenüber.«

»Wird prompt zugesichert, Baron Lutz.«

»Gut! Also mein Vetter hat gesagt: In Feldegg gibt es außer Ursula von Ronach nur zwei Menschen mit fühlenden Herzen, das ist die kleine, warmherzige Gusti mit ihrem goldenen Gemüt und ihrem herzerfrischenden Frohsinn und unser Freund Malte.«

Gusti war rot geworden.

»Das hat Baron Hans wirklich gesagt?«

»Ich hoffe, Sie zweifeln nicht an meiner Wahrhaftigkeit.«

Sie strich sich die dunklen Locken aus der Stirn.

»Nein, nein – das tue ich gewiß nicht. Aber – ich bin gar nicht gewöhnt, daß man mir etwas so Schönes sagt. Außer Malte und Ursula scheinen sie alle in Feldegg zu glauben, daß ich ein ganz unnützes Geschöpf bin. Es freut mich sehr, daß Baron Hans so etwas gesagt hat. Wir sind freilich gut freundlich miteinander. Er kommt wohl bald wieder auf Urlaub?«

»Zu Pfingsten, Fräulein Gusti.«

»O fein! Malte kommt Pfingsten auch. Das soll famos werden. Wenn Sie an Baron Hans schreiben – dann grüßen Sie ihn bitte von mir.«

»Das will ich gern tun«, erwiderte der Baron lächelnd und schwang sich auf sein Pferd. Er reichte Gusti mit warmem Händedruck die Hand, und Gusti kehrte langsam zur Veranda zurück.

Sie wurde dort sehr ungnädig von Astrid empfangen.

»Was hast du so lange mit Baron Rippach allein zu sprechen? Es schickt sich nicht, daß du ihn zu seinem Pferd begleitest.«

Gusti sah sie mit einem spöttischen Blick an.

»Dann schickt es sich doch wohl ebensowenig, daß du dich vorhin so lange mit ihm isoliert hast. Über eine halbe Stunde hast du hier mit ihm auf der Veranda gesessen. Ich habe es von meinem Zimmer aus gesehen.«

Damit verschwand Gusti im Haus.

Im selben Augenblick kam Ursula mit einem Tablett zurück und wollte den Teetisch abräumen.

Astrid mußte ihrem Groll Luft machen. Über die Schulter hinweg sagte sie zu Ursula: »Ich finde es sehr unfein und aufdringlich von dir, daß du dich so auffällig in Baron Rippachs Gesellschaft drängst und ihm, wie du es vorhin tatest, direkt in den Weg läufst, um seine Aufmerksamkeit auf dich zu lenken.«

Ursula war bei diesen verletzenden Worten Astrids sehr bleich geworden. Sie richtete sich stolz auf.

»Es ist ein trauriges Vorrecht, Astrid, das du dir nimmst. Einen wehrlosen Menschen zu beleidigen zeugt nicht von vornehmer Gesinnungsart. Du weißt ganz genau, daß es mir meine abhängige Stellung hier im Haus verbietet, dir so zu antworten, wie du es verdientest. Aber eines will ich dir wenigstens sagen. Es liegt durchaus nicht in meiner Absicht, Baron Rippachs Aufmerksamkeit zu erregen – oder dir sonst in irgendeiner Weise ins Gehege zu kommen. Du kannst ganz unbesorgt sein. Selbst wenn mir Baron Rippach irgendwelche Beachtung schenken würde, müßte ich sie ignorieren.«

Astrid lachte spöttisch auf.

»Du willst aus der Not eine Tugend machen, meine Liebe. Weil du merkst, daß sich der Baron um mich bewirbt, siehst du ein, daß deine Bemühungen aussichtslos sind.«

Es drängte sich ein rasches Wort auf Ursulas Lippen, aber sie hielt dies Wort zurück und biß sich auf die Lippen. Nur ihre Augen ließ sie noch einmal groß und voll auf Astrid ruhen. Dann ging sie stolz und ruhig an ihr vorbei.

Astrid hatte ja nun ihrem Groll Luft gemacht, aber wohler war ihr nicht dabei geworden. Sie hatte fast ein Gefühl, als hätte sie eine Niederlage erlitten. Dies Bewußtsein verstärkte noch ihren Groll gegen Ursula.

Sie suchte ihre Mutter auf.

»Mama«, sagte sie erregt, »das eine kann ich dir sagen, wenn Ursula nicht aus dem Haus kommt, so schnell wie möglich, dann komme ich mit dem Baron nicht zum Ziel. Sie kokettiert in der aufdringlichsten Weise mit ihm.«

Die Mutter sah sie zweifelnd an.

»Davon habe ich noch nichts bemerkt, Astrid«, sagte sie betroffen.

»Aber ich, Mama. Und ich bleibe dabei – sie muß aus dem Haus.«

Frau von Feldegg schien von Astrids Wunsch sehr unangenehm berührt.

»Mein Gott, Kind, das geht nicht so von heute zu morgen. Wir können sie doch nicht einfach fortschicken, zumal wir sie notwendig brauchen. Ich wüßte nicht, wie wir ohne sie fertig werden sollten. An ihrer Stelle müßte ich eine teure, bezahlte Hilfe engagieren, und du weißt doch, daß wir keinen Pfennig übrig haben.«

Astrid zuckte die Achseln. »Nun, so wundere dich bitte nicht, wenn sie mir den Baron wegkapert, und mach mir dann keinen Vorwurf.«

Die Mutter seufzte.

»Aber Astrid, ich bitte dich, ich kann mir nicht

denken, daß der Baron sich für Ursula interessiert! Aber ich werde dafür sorgen, daß er Ursula möglichst wenig zu Gesicht bekommt.«

»Das ist allerdings das nötigste. Du mußt aber dann verhindern, daß Gusti Ursula immer in so unpassender Weise in Szene setzt. Am besten, du hältst auch Gusti von ihm fern. Sie ist entschieden zu vertraulich mit ihm. Ich habe ihr das schon vorgehalten, aber sie wurde natürlich wieder schnippisch.«

Frau von Feldegg seufzte.

»Mein Gott, es ist ein Kreuz mit Gusti!«

So war es immer. Stets nahm Frau von Feldegg Astrids Partei, auch wenn sie im Unrecht war.

2

Wenige Tage später war Baron Rippach wieder in Feldegg. Diesmal bekam er aber weder Ursula noch Gusti zu Gesicht. Es wurde ihm gesagt, die beiden jungen Damen seien zur nahen Kreisstadt gefahren, um Besorgungen zu machen.

So ließ sich Baron Rippach trotz Astrids Liebenswürdigkeit nicht lange fesseln, sondern verabschiedete sich bald.

Als er aber sein Pferd bestieg, sah er, daß oben über der Veranda leise ein Fenster geöffnet wurde, und im Rahmen desselben erschien Gusti, legte den Finger auf die Lippen und nickte ihm lächelnd zu. Für einen Augenblick erschien auch Ursulas Kopf neben dem Gustis.

Die beiden jungen Mädchen waren von Frau von Feldegg auf ihr Zimmer geschickt worden mit der Weisung, dort zu bleiben, bis man sie rufen würde. Gusti hatte natürlich sofort erfaßt, warum das geschah.

»Wir sind hier festgesetzt, Urselchen, solange Baron Rippach unten ist. Natürlich wird man ihm sagen, daß wir nicht zu Hause sind. Aber ich werde mich ihm schon bemerkbar machen.«

Und das hatte sie denn auch getan, ohne daß die Mutter es ahnte.

»Du hättest dich nicht zeigen sollen, Gusti«, sagte Ursula vorwurfsvoll, »du wirst deinen Eltern damit Unannehmlichkeiten bereiten.«

»Nun – bereiten sie mir keine?«

»Man muß nicht Gleiches mit Gleichem vergelten. Und du darfst nicht vergessen, daß es für deine Eltern von großer Bedeutung wäre, wenn Astrid Baronin Rippach würde. Dann wären sie mit einem Mal aus aller Sorge, und – ja, Gusti – du mußt dabei an Malte denken. Wenn Astrid eine so glänzende Partie machen würde – dann brauchten deine Eltern nicht immer wieder Malte zu bedrängen, eine reiche Partie zu machen. Du weißt doch, wie dein Bruder darunter leidet.«

Gusti wurde nachdenklich.

»Meinst du wirklich, daß Malte dann Ruhe bekäme?«

»Man würde ihm wenigstens nicht mehr so zusetzen. Sicher würde Baron Rippach als Astrids Verlobter deinem Vater mit Kapital aushelfen.«

»Ach, von der Seite habe ich das noch nicht

betrachtet! Aber vielleicht hast du recht, Ursula. Und da du nun einmal Baron Lutz nicht heiraten willst, dann will ich die Dinge gehen lassen. Aber ich glaube doch nicht, daß Baron Lutz Astrid heiraten wird. Der hat dich lieb – dich allein.«

Baron Rippach sagte sich auf dem Heimweg, daß man ihm in bestimmter Absicht Ursulas und Gustis Anwesenheit verheimlicht hatte. Und er kam der Wahrheit ziemlich nahe mit dieser Vermutung.

Er war aber nicht der Mann, sich dadurch in seinen Entschlüssen beirren zu lassen. Im Gegenteil!

Kurz entschlossen fuhr er am nächsten Tag zur Besuchsstunde nach Feldegg, um sich bei Herrn von Feldegg um Ursula zu bewerben.

Astrid stand am Fenster des Wohnzimmers und sah ihn kommen.

»Mama! Da kommt Baron Rippach!« wandte sie sich an ihre Mutter. »Und er sieht so feierlich aus im schwarzen Besuchsanzug!«

Frau von Feldegg trat verstohlen an das Fenster.

»Wahrhaftig! Das bedeutet etwas, Astrid«, sagte sie hastig und streifte mit prüfendem Blick ihre Tochter. Ihr Mutterherz schlug hoffnungsvoll.

Der Baron war ins Haus gegangen, und man hörte Türen gehen. Vorsichtig lugte Frau von Feldegg hinaus. Draußen im Flur stand Heinrich.

»Ist Besuch gekommen, Heinrich?«

»Jawohl, gnädige Frau, der Herr Baron. Er

wünschte den gnädigen Herrn allein zu sprechen, ich habe ihn in das Arbeitszimmer führen müssen.«

Herr von Feldegg hatte den Baron empfangen. Er kannte die Pläne und Absichten seiner Frau und Astrids und hätte es natürlich sehr gern gesehen, wenn sich diese verwirklicht hätten. Wußte er doch, daß nur ein reicher Schwiegersohn oder eine reiche Schwiegertochter ihn vor dem Ruin bewahren konnten.

Liebenswürdig lud er den Baron ein, Platz zu nehmen, und bot ihm Zigarren und Zigaretten an.

Der Baron dankte jedoch für beides.

»Ich komme in einer für mich sehr wichtigen Angelegenheit zu Ihnen, Herr von Feldegg.«

»Ich bitte, sprechen Sie, lieber Baron.«

Baron Rippach holte tief Atem, dann sagte er ohne Zögern:

»Herr von Feldegg, ich bin gekommen, um Sie zu bitten, mir eine Unterredung mit Ihrem Mündel, Fräulein Ursula von Ronach, zu gestatten, da ich die Absicht habe, sie, mit Ihrer gütigen Einwilligung, zu bitten, meine Frau zu werden.«

Wenn der Blitz vor Herrn von Feldegg eingeschlagen wäre, so hätte er nicht fassungsloser sein können, und er hatte alle Selbstbeherrschung nötig, um den Baron seine tiefe Enttäuschung nicht fühlen zu lassen. Mit einer leichten Verneigung sagte er: »Ich werde mein Mündel rufen lassen. Selbstverständlich habe ich nichts dagegen einzuwenden, wenn sie Ihre Frau werden will.«

Das klang sehr förmlich und kalt.

Baron Rippach verneigte sich. Er merkte sehr wohl die Enttäuschung des alten Herrn, wußte auch, wie schlimm die Verhältnisse in Feldegg standen, und konnte sein verändertes Wesen verstehen. Man hatte doch anscheinend stark damit gerechnet, daß seine häufigen Besuche der ältesten Tochter des Hauses galten. Als Freund von Malte von Feldegg und als nächster Nachbar war er zwar auch früher öfter in Feldegg gewesen, aber doch meist nur, wenn Malte zu Hause war. Daß er in letzter Zeit auch in Maltes Abwesenheit oft gekommen war, hatte auffallen müssen, und man hatte es falsch gedeutet.

»Ich danke Ihnen, Herr von Feldegg, und bitte Sie ergebenst, mir eine Unterredung unter vier Augen mit Fräulein von Ronach zu gestatten«, sagte er dann.

Der alte Herr verneigte sich förmlich.

»Selbstverständlich, lieber Baron.«

Er klingelte und befahl dem eintretenden Heinrich, Fräulein von Ronach hierher zu bitten.

Als Ursula eintrat, blickte sie erschrocken auf den Baron, von dessen Anwesenheit sie nichts wußte.

»Du hast mich rufen lassen, Onkel Rudolf?« fragte sie zaghaft.

»Allerdings. Baron Rippach möchte mit dir sprechen.«

Ursula erblaßte und sah mit großen Augen auf den Baron.

»Ich lasse Sie mit meinem Mündel allein, lieber Baron, wie Sie es wüschen. Sie finden mich drüben im Wohnzimmer, wenn Sie mir nachher noch etwas zu sagen haben.«

Der Baron hatte sich bei Ursulas Eintritt erhoben und verneigte sich, erst vor ihr, dann vor Herrn von Feldegg, der mit unbewegtem Gesicht das Zimmer verließ, in dem Gefühl, als hätte er eine empfindliche Niederlage erlitten. Ursula und Baron Rippach waren allein.

Der Baron trat rasch auf Ursula zu.

»Mein hochverehrtes, gnädiges Fräulein, ich bitte sehr um Entschuldigung, daß ich Sie habe hierher bemühen lassen. Seit vielen Wochen schon hoffte ich vergeblich, einige Minuten des Alleinseins mit Ihnen herbeiführen zu können. Es wollte mir nicht gelingen. Heute habe ich darum Ihren Vormund gebeten, mir eine Unterredung mit Ihnen zu gestatten, weil ich Sie bitten möchte, meine Frau zu werden. Ihr Herr Vormund hat mir seine Einwilligung gegeben, und nun, Ursula, – nun frage ich Sie, die ich unaussprechlich liebe und verehre, ob Sie mir Ihre liebe Hand fürs Leben reichen wollen.«

Schlicht und einfach, aber mit großer Wärme und Herzlichkeit hatte er das gesagt und sah mit seinen treuen, guten Augen voll heißer Bitte in das süße, blasse Gesicht Ursulas.

Sie krampfte die Hände zusammen, und in ihrem Antlitz zuckte es wie tiefer Schmerz. Was ihr da geboten wurde, wußte sie wohl zu würdigen.

Da stand ein stolzer, aufrechter Mann, den sie hoch schätzte, und bot ihr seine treue Liebe, sein ganzes Herz. Und dieser Mann war der reichste Großgrundbesitzer der ganzen Umgegend. Er war imstande, ihr ein glänzendes, unabhängiges

Leben zu schaffen, sie zu erlösen aus aller Not und Sorge. Wäre ihr Herz frei gewesen – sie hätte ohne Besinnen ihre Hand in die seine gelegt, auch wenn sie ihm nichts hätte bieten können als diese warme, verehrungsvolle Hochachtung. Aber da stand ein geliebtes – ach, so heißgeliebtes Antlitz vor ihrer Seele, und zwei dunkle, machtvolle Männeraugen sahen sie an und flehten: ›Tu es nicht!‹.

Malte von Feldeggs Augen waren es, die sie nicht losließen. Und ob sie wollte oder nicht, sie mußte tun, was diese Augen von ihr erbaten, wenn sie auch dem Mann da vor ihr bitter weh tun mußte.

Sie atmete tief auf und ihre Augen feuchteten sich. Schmerzlich sah sie den Baron an, und mit einer hilflosen Bewegung trat sie einen Schritt zurück.

»Ich weiß wohl zu schätzen, Herr Baron, was Sie mir, der armen Waise, die hier im Haus das Gnadenbrot ißt, für ein hochherziges Anerbieten machen mit Ihrem Antrag. Aber ich schätze Sie viel zu hoch, um Ihnen meine Hand ohne mein Herz zu bieten. Es schmerzt mich, daß ich Ihnen weh tun muß, und ich will Ihnen wenigstens mit meinem vollsten Vertrauen auf Ihren ehrenvollen Antrag antworten. Ich kann Ihre Frau nicht werden, weil mein Herz einem andern gehört, wenn auch noch nie ein Wort von Liebe zwischen uns gesprochen wurde und wohl auch nie gesprochen werden wird. Und doch kann ich meine Hand keinem andern reichen, und am wenigsten Ihnen, Baron, der es so sehr verdient, von ganzem Herzen geliebt zu werden. Bitte, ach bitte, zürnen Sie mir nicht.«

Ihre Stimme brach. Tränen rannen über ihre Wangen, und sie schlug die Hände vor das Antlitz.

Baron Rippach war sehr bleich geworden. Mit einem Schlag war all sein Hoffen vernichtet. Aber als er Ursula so im Schmerz aufgelöst vor sich sah, vergaß er sein eignes Leid über dem ihren. War sie nicht auch unglücklich, unglücklicher vielleicht als er selbst?

Nach einem kurzen, schweren Kampf trat er auf sie zu und zog ihr sanft die Hände vom Gesicht.

»Mein gnädiges Fräulein – nein, liebes, teures Fräulein Ursula, ich bitte Sie, weinen Sie nicht! Ich gestehe, es schmerzt mich tief, daß Sie nicht die Meine werden wollen, aber noch mehr schmerzt es mich, daß Sie selbst unglücklich sind. Ihr Leben hier im Haus, das weiß ich, ist ohnedies eine Marter für Sie. Ich hätte Sie so gern daraus erlöst und Sie in einen sicheren Hafen gerettet. Aber ich muß mich bescheiden, so schwer es auch für mich ist. Aber eines lassen Sie mich aus dieser Stunde retten, lassen Sie mich in Zukunft Ihr treuer, ergebener Freund sein. Diese Stunde gibt mir ein Anrecht auf diese Bitte.«

Sie faßte mit beiden Händen seine Rechte und sah mit leuchtenden Augen zu ihm auf. »Wenn Sie es sein wollen, Baron Lutz, ach, wie dankbar will ich Ihnen dafür sein. Ich nehme Ihre Freundschaft an als ein köstliches Gut, das mir, der Heimatlosen, geboten wird.«

Er küßte ihre Hand. In seinem Herzen zuckte es, als er in ihr schönes Antlitz sah, das ihm nie süßer erschienen war als eben jetzt.

»Ich danke Ihnen, Ursula, und frage Sie: Kann ich nicht etwas für Sie tun? Gibt es denn auf der ganzen Welt kein wärmeres Plätzchen für Sie als hier? Haben Sie gar keinen Menschen auf der Welt, zu dem Sie sich flüchten könnten, heraus aus dieser lieblosen Umgebung?«

Ursula strich sich die losen Löckchen aus der Stirn und schüttelte den Kopf.

»Nein, ich wüßte niemanden.« Sinnend sah sie vor sich hin. Dann fuhr sie fort: »Wohl lebt noch eine Jugendfreundin meiner Mutter, eine geborene Baronesse Wildenfels, jetzt verwitwete Fürstin Ried. Nach dem Tod meiner Mutter schrieb sie mir in sehr herzlicher, liebevoller Weise und bat mich, falls ich je in Not komme, mich an sie zu wenden, denn sie habe meine Mutter sehr geliebt und sei es ihrem Andenken schuldig, sich meiner anzunehmen, wenn es nötig sei. Sie sei zwar nach dem Tod ihres Gemahls in sehr bescheidenen Vermögensverhältnissen, stehe aber im Begriff, das Amt einer Domina in einem adeligen Damenstift anzutreten, und als solche habe sie vielleicht Gelegenheit, etwas für mich zu tun. Das Stift heißt St. Annen und liegt nicht weit von der russischen Grenze.«

Aufmerksam hatte der Baron zugehört. »Und Sie haben sich nie an die Fürstin gewandt?«

»Nein, lieber Freund, bisher war ich ja nicht in Not.«

Er sah sie seltsam an.

»Nicht in Not? Nun, darüber kann man verschiedener Ansicht sein. Aber ich freue mich für Sie, daß Sie wenigstens noch einen Freund auf der Welt haben in der Fürstin Ried.«

Ursula zuckte leicht die Achseln.

»Wahrscheinlich hat sie mich längst vergessen.«

»Versprechen Sie mir aber, daß Sie sich an die Fürstin Ried wenden wollen, wenn die Verhältnisse hier für Sie unhaltbar werden sollten, da ich selbst ja nichts für Sie tun darf!«

Sie reichte ihm mit einem lieben Lächeln die Hand.

»Das verspreche ich Ihnen, lieber Freund. Ich war seit dem Tod meiner Eltern noch nie so reich wie heute. Habe ich doch einen Freund gefunden, einen großherzigen, gütigen Freund.«

Seine Stirn rötete sich.

»Sie beschämen mich, Ursula. Aber nun zum Abschied noch ein letztes Wort: Sollten Sie jemals anderen Sinnes werden, sollten Sie sich eines Tages entschließen können, trotz allem mir Ihre Hand zu reichen – dann genügt es, wenn Sie auf eine Visitenkarte schreiben: Ich will. Dann werde ich zu Ihnen eilen und dankbar aus Ihren Händen entgegennehmen, was Sie mir geben wollen. Das Leben spielt ohnehin sonderbar, und ich werde warten. Leben Sie wohl, Ursula.«

Hastig beugte er sich nochmals über ihre Hand und küßte sie. Dann eilte er hinaus.

3

Herr von Feldegg war, als er Ursula mit Baron Rippach allein gelassen, in das Wohnzimmer getreten, wo ihn seine Frau und Astrid erwarteten. Gusti saß unbeachtet mit einer Handarbeit in einer der Fensternischen. Sie ahnte, was Rippachs Besuch zu bedeuten habe, und war auf die Entwicklung der Dinge sehr gespannt.

»Papa, so rede doch! Was bringst du? Baron Rippach ließ sich dir doch in besonderer Angelegenheit melden«, sagte Astrid erregt.

Ihr Vater sah sie mit einem fast spöttischen Blick an und sagte dann in einem Ton, aus dem die schwere Enttäuschung klang:

»Jawohl, er ließ sich mir melden. Aber du brauchst dir keine Hoffnung zu machen. Als Freier ist Baron Rippach freilich nach Feldegg gekommen, aber um deine Hand hat er nicht angehalten, sondern um die Ursulas. So – nun weißt du Bescheid!«

»Aber das ist ja unmöglich!« stieß Frau von Feldegg fassungslos hervor.

»Es ist nun einmal Tatsache – obwohl du deiner Sache mit Astrid so sicher warst und von mir immer neue Opfer für Astrids Toiletten fordertest. Ursula hat mit ihren armseligen Fähnchen fertig gebracht, was Astrid trotz der teuren Toiletten nicht konnte. Der Baron ist jetzt in meinem Arbeitszimmer mit ihr allein, um sie zu fragen, ob sie seine Frau werden will.«

Astrid fuhr aus ihrer Erstarrung empor.

»Diese Kokette! Habe ich es dir nicht gleich gesagt, Mama, daß sie ihn fangen wird, wenn sie nicht aus dem Haus kommt? Sie hat es ja so klug angefangen!«

Da fuhr Gusti empört auf und warf ihre Stickerei hin.

»Das ist nicht wahr, Astrid, das lügst du! Ursula hat sich in keiner Weise um den Baron bemüht, wie du es getan hast. Sie ist ihm im Gegenteil ausgewichen in letzter Zeit, seit ich ihr gesagt habe, daß er sich für sie interessiert.«

Die Mutter hob außer sich vor Erregung die Hand.

»Schweig, Gusti! Du hast hier nicht mitzureden.«

»Doch, Mama! Wenn Ursula von Astrid verdächtigt wird und niemand sie verteidigt, so muß ich es tun. Ursula ist ein viel zu vornehmer Charakter, um sich einem Mann aufzudrängen, und sie denkt überhaupt nicht dran, den Baron zu heiraten. Leider! Ich hätte ihr von Herzen solch ein Glück gegönnt, denn sie verdient es. Und Baron Lutz hätte ich es auch gegönnt, denn Ursula hätte ihn sehr glücklich gemacht, wenn sie ihm ihr Jawort gegegen hätte. Aber das wird sie leider nicht tun und euch damit beweisen, daß sie sich durchaus nicht um ihn bemüht hat.«

Damit sprang Gusti auf und verließ schnell das Zimmer. Das Weinen war ihr nahe, aber trotzig warf sie den Kopf zurück.

Astrid sah ihr gehässig nach. »Es ist empörend, was sich Gusti herausnimmt. Und immer nimmt sie für Ursula Partei, weil sie ganz unter deren Einfluß steht. Natürlich hat Ursula mit dem Baron kokettiert. Ich habe es doch selbst beobachtet, wie sie ihm in den Weg gelaufen ist. Und sie wird nun triumphierend als seine Braut vor uns hintreten. Das ist der Dank für alle Wohltaten, die wir ihr erwiesen haben!«

Sie brach in zornige Tränen aus.

»Hättest du sie doch nie nach Feldegg gebracht, Rudolf«, seufzte Frau von Feldegg.

Ihr Gemahl sah sie mit spöttischem Lächeln an.

»Jetzt wollt ihr wohl mir noch die Schuld aufbürden?« fragte er.

Seine Gattin zuckte die Achseln.

»Es hat ja auch keinen Zweck, festzustellen, wer schuld ist. Damit läßt sich nichts ungeschehen machen. Aber was nun, Rudolf? Nun ist uns auch diese Hoffnung zuschanden geworden.«

Herr von Feldegg starrte vor sich hin und strich sich ein paarmal über die Stirn. Dann sagte er resigniert:

»Man muß sehen, was aus der Situation noch zu retten ist. Wie die Dinge nun einmal liegen, dürfen wir uns mit Ursula jetzt auf keinen Fall überwerfen. Unsre ganze Hoffnung ruht jetzt auf Ursula, sie muß uns helfen. Schließlich ist sie uns ja Dank schuldig und kann etwas für uns tun, wenn sie Majoratsherrin von Rippach wird. Also – macht gute Miene zum bösen Spiel, ich rate euch, und sucht euch auf einen freundlichen Fuß mit ihr zu stellen. Wir dürfen uns ohnedies keine Blöße geben und merken lassen, daß uns diese Verlobung allerlei Hoffnungen zerstört hat.«

Astrid fuhr auf. »Ich kann nicht freundlich zu ihr sein, ich hasse sie!«

Der Vater sah sie streng und kalt an. »Hasse sie, soviel du willst – aber laß es dir nicht anmerken. Ich verlange, daß du dich freundlich zu ihr stellst, verstanden?«

Astrid sah hilfeflehend ihre Mutter an. Diese zuckte die Achseln und seufzte. »Papa hat recht, Astrid – wir müssen tun, was er verlangt. Als Braut des Barons Rippach ist Ursula eine andere für uns als zuvor, muß eine andere für uns sein.«

Da klopfte es an der Tür, und der alte Heinrich trat ein und meldete:

»Der Herr Baron von Rippach läßt sich den gnädigen Herrschaften empfehlen und um Entschuldigung bitten, daß er ohne förmlichen Abschied abgefahren ist. Er hatte große Eile.«

Betroffen starrten die drei Personen den alten Diener an.

»Der Herr Baron ist bereits fortgefahren?« fragte Herr von Feldegg, sich zuerst fassend.

»Sehr wohl, gnädiger Herr – soeben.«

»Und Fräulein Ursula?« forschte er weiter.

»Sie ist hinaufgegangen in ihr Zimmer, gnädiger Herr.«

Eine Weile blieb es still. Dann sagte der alte Herr kurz:

»Sagen Sie Fräulein Ursula, sie möge sich sofort hierher bemühen.«

»Sehr wohl, gnädiger Herr.«

Der Diener verschwand.

Die Zurückbleibenden starrten sich fassungslos an, bis Astrid ausrief: »Was soll das heißen?«

Ihr Vater zuckte die Achseln. »Ich weiß nicht mehr als du.«

»Sie wird doch nicht – um Gottes willen, nein – das wäre ja –, sollte Gusti wirklich recht haben?« fragte Frau von Feldegg angstvoll.

Höhnisch sah ihr Gatte seine Damen an. »Nun, Astrid war ja so fest davon überzeugt, daß Ursula mit dem Baron kokettiert hat. Da würde sie ihm doch keinen Korb geben.«

Seine Gattin zuckte die Achseln.

»Dann weiß ich nicht, wie der Baron fortfahren konnte, ohne Weiteres mit dir zu besprechen.«

Herr von Feldegg trommelte nervös auf den Tisch.

»Nun, wir werden gleich von Ursula hören, was das alles zu bedeuten hat.«

Es währte nur einige Minuten, bis Ursula erschien. Als sie mit blassem Gesicht eintrat, zwang sich Herr von Feldegg aus diplomatischen Gründen zur Freundlichkeit.

»Willst du uns nicht sagen, Ursula, wie deine Unterredung mit Baron Rippach verlaufen ist? Ich erwartete, euch als Brautpaar hier eintreten zu sehen. Statt dessen wird mir gemeldet, daß der Baron fortgefahren ist und du dein Zimmer aufgesucht hast. Was soll das bedeuten?«

Sie atmete tief auf und sagte leise: »So leid es mir tut, mußte ich doch den ehrenvollen Antrag Baron Rippachs ablehnen.«

Einen Moment herrschte fassungsloses Staunen. Dann fuhr Herr von Feldegg unbeherrscht auf:

»Bist du denn von Sinnen, Ursula? Ich hoffe

doch, ich habe nicht recht gehört. Oder ist das möglich? Du hättest diese glänzende Partie ausgeschlagen?«

Ursula stand hilflos diesem staunenden, fassungslosen Unwillen gegenüber.

»Du hast recht gehört, Onkel Rudolf. Ich habe Baron Rippach gesagt, daß es mir unmöglich ist, seine Frau zu werden.«

Jetzt fuhr auch Frau von Feldegg auf.

»Das ist ja nicht zu fassen, Ursula! Statt dem lieben Gott für solches Glück auf den Knien zu danken, schlägst du es aus. Solchen Antrag lehnt man doch nicht ab, wenn man auf die Barmherzigkeit anderer Menschen angewiesen ist.«

Ursula trat einen Schritt zurück, flammende Röte stieg ihr ins Gesicht, und ihre Augen wurden dunkel. Groß und ernst richteten sie sich auf die Tante.

»Ich habe sehr wohl empfunden, Tante Anna, welch ein großherziges Anerbieten mir Baron Rippach machte, und ich habe ihm dafür gedankt, so warm und herzlich ich konnte. Aber so leid es mir tat, mußte ich doch seine Werbung zurückweisen.«

»Und warum mußtest du das?« fragte Herr von Feldegg, der sich inzwischen klargemacht hatte, welche Folgen Ursulas Weigerung für ihn selbst haben konnten, kalt und streng.

Ursula senkte die Augen.

»Weil ich ihn nicht liebe«, sagte sie leise.

Astrid und ihre Eltern lachten höhnisch auf, und Herr von Feldegg sagte schneidend:

»Den Luxus, aus Liebe zu heiraten, mußt du

reichen Leuten überlassen. Ich kann zu deiner Entschuldigung nur annehmen, daß du dir in der Überraschung nicht darüber klargeworden bist, was du ausgeschlagen hast. Selbstverständlich wirst du dich eines Besseren besinnen.«

»Nein, Onkel Rudolf, das werde ich nicht tun. Ich stelle Baron Rippach viel zu hoch, als daß ich ihm ohne Liebe meine Hand reichen würde. Es ist mir gewiß nicht leicht geworden, ihn zu kränken, allein ich konnte nicht anders.«

Herr von Feldegg trat dicht vor sie hin: »Ja, du konntest nicht anders«, sagte er schneidend, »und wie denkst du dir nun deine Zukunft, wenn ich dir erkläre, daß Feldegg in kurzer Zeit unter den Hammer kommen wird, wenn mir nicht von einer Seite jemand mit Kapital zu Hilfe kommt? Dann werden wir vielleicht selber heimatlos und können für dich nichts mehr tun.«

Ursula krampfte die Hände zusammen und sagte, so ruhig sie konnte.

»Dann werde ich mir eine Stellung suchen, wo ich mir mein Brot verdienen kann. Ich bin jung und gesund und kann arbeiten.«

Herr von Feldegg lachte hart auf.

»Als ob das so leicht wäre. Und an uns denkst du natürlich nicht. Pflichten der Dankbarkeit sind immer lästig, das kennt man. Du hast wohl nicht einmal daran gedacht, daß du als Braut des reichen Baron Rippach auch für uns hättest etwas tun und uns so deine Dankbarkeit dafür hättest beweisen können, daß wir dir, der hilflosen Waise, eine Heimat boten? Auf deine Bitte hätte mir Baron Rippach sicher das nötige Kapital geliehen, mit dem ich Feldegg hätte halten können.«

Ursula war sehr bleich geworden und schüttelte hilflos den Kopf.

»Nein – daran habe ich nicht gedacht, eine solche Möglichkeit habe ich nicht erwogen. Aber ich konnte nicht anders handeln. Rippach kennt meine Gründe und ehrt sie.«

Herrn von Feldeggs Gesicht nahm einen unerbittlichen Ausdruck an. Dann sagte er, jedes Wort betonend: »Und wenn ich dich als dein Vormund zwinge, Vernunft anzunehmen?«

Mit einem Ruck fuhr Ursula empor und sah groß und furchtlos in sein Gesicht. »Onkel Rudolf, du hast kein Recht und keine Macht, mich zu etwas zu zwingen, das ich für ein Unrecht halte. Und außerdem bin ich zweiundzwanzig Jahre alt und mündig. Du hast keine Gewalt über mich.«

Außer sich vor Zorn ballte Herr von Feldegg die Hand.

»Du sagst dich also von mir los? Nun gut, so sieh auch in Zukunft zu, wo du bleibst. In meinem Haus bin ich der Herr, und wer mir nicht gehorcht, gehört nicht herein. Wenn du mir nicht mehr das Recht eines Vormundes einräumst, so entbindest du mich auch der Pflichten. Fügst du dich meinem Willen nicht zu deinem eigenen Besten, so sind wir fertig miteinander und du kannst dir sofort eine Stellung suchen, was dir leichter erscheint, als Baronin Rippach zu werden. Ich hoffe, daß du binnen einem Monat mein Haus verlassen wirst – falls du dich nicht anders besinnst.«

Ursula war totenblaß geworden. Ihr Antlitz

zuckte, ein zitternder Atemzug hob ihre Brust. Dann sagte sie, so ruhig sie konnte:

»Es ist gut, Onkel Rudolf – ich werde Feldegg sobald wie möglich verlassen und werde euch hoffentlich nicht mehr einen ganzen Monat lästig zu sein brauchen. Ich werde sofort die nötigen Schritte tun. Verzeih, wenn ich dich erzürnen mußte.«

Und ohne eine Entgegnung abzuwarten, verließ sie das Zimmer.

Minutenlang blieb es still, dann sagte Frau von Feldegg mit klagendem Ton: »Du hättest sie nicht fortweisen sollen, Rudolf, wir brauchen sie notwendig im Haushalt.«

Da fuhr ihr Gatte zornig herum. »Wir können jetzt keine unnötigen Esser in Feldegg gebrauchen. Mögen sich Astrid und Gusti in ihre Arbeit teilen.«

»Als ob das so einfach wäre, Rudolf. Was Ursula geleistet hat, das können Astrid und Gusti nicht. Ich denke doch, du nimmst zurück, was du gesagt hast.«

Da mischte sich Astrid ein: »Nein, nein, Mama. Papa hat ganz recht. Ursula muß aus dem Haus. Bleibt sie hier, dann kann Baron Rippach nicht mehr gut bei uns im Haus verkehren. Wir werden ihn wissen lassen, wenn Ursula fort ist und daß wir ihn nach wie vor gern bei uns sehen würden.«

Astrids Worte weckten eine neue Hoffnung in den Herzen ihrer Eltern. Ihr Vater nickte ihr zu.

»Du bist klüger, als ich dachte, Astrid. Und wenn Baron Rippach wieder bei uns verkehrt, dann hast du eine neue Chance. Nach so einer Niederlage sind die Männer doppelt für liebevolles Entgegenkommen dankbar.«

»Du sollst mit mir zufrieden sein, Papa. Glaube mir, hätte damals Mama auf meinen Wunsch Ursula fortgeschickt, dann wäre ich längst am Ziel.«

Frau von Feldegg zuckte die Achseln.

»Wie konnte ich denken, daß der Baron dich übersah, um an Ursula Gefallen zu finden.«

Herr von Feldegg kniff die Augen zusammen.

»Du hast sie unterschätzt. Sie ist nicht minder schön als Astrid – und – sie hat eine Seele. Das reizt Männer wie den Baron. Ich rate dir, Astrid, zeige dich ihm ein wenig mehr im Genre Ursulas, die teuren Toiletten allein tun es nicht.«

So war es beschlossene Sache, daß Ursula von Ronach Feldegg verlassen sollte. Mochte sie sehen, wie sie sich ihr Leben weiter einrichtete. Litt sie fortan Not, so hatte sie es sich selbst zuzuschreiben. Man hatte ihr Bestes gewollt.

4

Gusti von Feldegg war nach dem heftigen Auftritt mit ihren Eltern in den Park gegangen. Sie wußte ja, daß Ursula den Baron abweisen würde. Das war für sie sehr traurig, denn dann würde sie Rippach wohl nicht so bald wiedersehen und auch von seinem Vetter Hans nichts mehr hören.

Baron Hans war Gustis ganz besonderer

Freund, wenn nicht mehr als das. In ihrer jungen Seele grünte und blühte der erste junge Liebestraum, der sich freilich hinter allerlei Stachelwerk und Dornen verschanzte, weil er eine rauhe Berührung nicht vertragen konnte. Es knüpften sich keinerlei Hoffnungen und Zukunftspläne an Gustis junge Liebe. Sie wußte ja, Baron Hans war ohne Vermögen und von seinem Vetter abhängig. Aber an solcher Aussichtslosigkeit stirbt eine junge, starke Liebe nicht. Jedenfalls mußte sie Baron Rippach noch einmal sprechen, ehe er Feldegg verließ.

Und so bezog sie kurzentschlossen Posten am Parktor. Es dauerte auch gar nicht lange, da vernahm sie Räderrollen. Gusti trat entschlossen mitten in den Weg und winkte dem ihr bekannten Kutscher.

Ohne zu zögern trat sie an den Wagenschlag heran, aber heftig pochte ihr Herz dennoch, als sie in das ernste, blasse Männergesicht blickte, das deutlich die schmerzliche Enttäuschung zeigte. Aber sie kämpfte tapfer ihre Befangenheit nieder und bat: »Ich möchte gern ein paar Worte mit Ihnen sprechen, Baron Lutz. Schicken Sie den Wagen voraus; wir können ein paar Schritte durch den Wald gehen.«

Zwar wäre Rippach in diesem Augenblick lieber allein geblieben, allein Gustis bittenden Augen gegenüber vermochte er doch nicht nein zu sagen. Er sprang aus dem Wagen, gab dem Kutscher Weisung, langsam weiterzufahren, und schlug mit Gusti den schmalen Fußpfad neben dem Fahrweg ein.

»Also, womit kann ich Ihnen dienen, Fräulein Gusti?«

Sie sah ein wenig zaghaft zu ihm auf. Dann begann sie zögernd: »Ach, Baron Lutz, es kommt mir plötzlich fast anmaßend vor, Sie hier festzuhalten. Aber ich mußte es tun. Ich weiß nämlich, was Sie heute nach Feldegg geführt hat, und ebenso, daß Ursula nicht hat ja sagen können.«

Einen Augenblick hielt sie inne, um dann fortzufahren. »Ich bin sehr traurig darüber, daß alles so kommen mußte. Und Ursula wird es nun bei uns noch schwerer haben als vordem.« Sie seufzte leise, und ehrliche Bekümmernis lag auf ihren Zügen.

Baron Rippach drückte ihr warm die Hand und sah ihr ernst ins Gesicht.

»Sie meinen, man wird es Fräulein Ursula entgelten lassen, daß ich um sie angehalten habe?«

Gusti sah ihn zaghaft an.

»Ach, darüber kann ich mich nicht so aussprechen, wie ich möchte.«

Er neigte sich zu ihr herab.

»Fräulein Gusti, ich habe schon immer gewußt, daß Sie in Feldegg der einzige Mensch sind, der gut zu Fräulein Ursula ist.«

»Oh – meinen Bruder Malte dürfen Sie nicht vergessen, Baron Lutz. Er ist freilich leider nur selten zu Haus, das wissen Sie ja. Und Sie sind Maltes Freund und kennen ihn. Es quält ihn genauso wie mich, daß die Eltern und Astrid kein bißchen lieb zu Ursula sind.«

Es zuckte seltsam in den Augen des Barons. Malte von Feldegg? War er es, dem Ursulas Herz gehörte? Es fiel ihm wie Schuppen von den Augen. Ja – Malte mußte es sein. Ursula hatte von einer aussichtslosen Neigung gesprochen – und Malte hatte ihm anvertraut, daß seine Eltern in ihn drangen, eine reiche Heirat zu machen, denn er konnte keine arme Frau heiraten, wie die Verhältnisse in Feldegg nun einmal standen. Einen Mann wie Malte mußte eine Frau wie Ursula mit der ganzen Ausschließlichkeit ihres Wesens lieben.

»So, also Ihr Bruder Malte gehört auch zu Fräulein Ursulas Freunden?« fragte er nachdenklich.

Sie nickte eifrig. »Ja, Baron Lutz, Malte quält es sehr, daß er nichts für Ursula tun kann, und wenn je, so braucht sie jetzt einen treuen Freund. Denn wie es ihr nun gehen wird, wenn Sie nicht wieder nach Feldegg kommen, das mag ich gar nicht ausdenken. Man wird ihr Vorwürfe machen, daß – ach Gott –, ich kann das ja nicht alles so sagen, wie ich möchte. Und überhaupt, ich bin auch ganz unglücklich, wenn die Beziehungen zwischen Rippach und Feldegg abgebrochen werden.«

Das letzte klang wie ein tiefer Stoßseufzer.

Baron Rippach sah sinnend auf das schlanke, zierliche Mädchen herab, das mit geneigtem Kopf ganz verzagt neben ihm herging.

Eine Weile überlegte er. Jetzt in Feldegg zu verkehren war ihm unmöglich. Aber zugleich würde ihn die Unruhe über Ursulas Geschick quälen, wenn er nichts von ihr sah und hörte. Daß Gusti Ursula treu ergeben war, wußte er, und nun segnete er doch den Einfall der tapferen Kleinen, ihn hier festzuhalten.

Schnell entschlossen faßte er ihre Hand. »Fräulein Gusti, wenn wir beide nun ein Schutz- und Trutzbündnis schließen würden im Interesse Fräulein Ursulas und zuweilen an einem dritten Ort zusammenträfen?«

Ihre Augen leuchteten auf.

»Ach ja – von Herzen gern.«

»Das freut mich. Ich will Ihnen, meiner lieben kleinen Bundesgenossin, sagen, daß mir Fräulein Ursulas Glück und Wohl höher steht als das meine. Aber als abgewiesener Freier darf ich mich eigentlich gar nicht mehr um sie kümmern. Da müssen Sie nun die Mittelsperson sein, und Sie werden sich sehr gut dazu eignen. Vor allen Dingen müßten Sie mich immer auf dem laufenden halten, wenn etwas Unvorhergesehenes an Fräulein Ursula herantritt. Alles, was sie betrifft, ist mir von höchstem Interesse. Verstehen Sie das?«

»Natürlich, Baron Lutz, und Sie sollen sicher alles erfahren. Wir können uns ja täglich treffen, wenn es Ihnen recht ist.«

»Gewiß, Fräulein Gusti! Vielleicht hier auf diesem Waldweg. Sie dürfen nur eine Zeit bestimmen, wenn es Ihnen am besten paßt. Und ist es Ihnen einmal nicht möglich zu kommen, dann treffen wir uns am nächsten Tag.«

Gusti nickte. »Ja, so wollen wir es halten.«

»Und noch eins, Fräulein Gusti. Sie wissen, in den nächsten Tagen, vielleicht schon übermorgen, kommt mein Vetter Hans. Vor ihm brauchen wir keine Heimlichkeiten zu haben. Er weiß, daß ich mich um Fräulein Ursula bewerben wollte, und wird auch erfahren, daß es vergeblich war. Also in seiner Gegenwart können Sie mir ruhig alles berichten.«

Gustis Gesichtchen war in flammende Röte getaucht. Sie hätte laut aufjubeln und am liebsten den Baron vor Freude umarmen mögen.

»Also gut, Baron Lutz«, sagte sie glücklich, »Baron Hans wird in unser Schutz- und Trutzbündnis eingeweiht, aber sonst darf niemand darum wissen.«

»Nein, nein. Vor allen Dingen auch Fräulein Ursula selbst nicht! Sie kommen immer ganz zufällig hierher. Es gilt ja einem guten Zweck, sonst würde ich Sie nicht darum bitten.«

»Das weiß ich, Baron Lutz. Und mit Ihnen kann ich unbedenklich komplottieren. Sie haben mein unbegrenztes Vertrauen.«

Er nahm ihre Hand und streichelte sie.

»Liebe kleine Bundesgenossin – Sie wundervoller kleiner Mensch.«

Sie lachte verschämt.

»Ach nein, ich bin sonst ein ›Greuel‹. Nur für Menschen, die ich liebe – da gehe ich durch dick und dünn. Ist es Ihnen recht, wenn wir uns gleich morgen treffen? Es könnte doch nach allem Vorgefallenen nötig sein.«

»Ja, ich bitte darum; wann darf ich auf Sie warten?«

»Sagen wir nachmittags um drei. Die Eltern schlafen dann. Astrid liegt auf ihrem Zimmer und liest, und Ursula – nun, die muß ja leider immer arbeiten. Da kann ich mich am besten davonmachen!«

»Gut – also ich bin jeden Tag um drei Uhr zur Stelle.«

Sie reichten sich die Hände mit warmem Druck.

»Auf Wiedersehn, Baron Lutz – und nicht wahr, Sie sind mir nicht böse, daß ich wie ein Wegelagerer über Sie hergefallen bin?«

Er lächelte.

»Im Gegenteil, Fräulein Gusti, ich danke Ihnen herzlich. Auf Wiedersehn morgen um drei Uhr.«

Sie nickte ihm zu und eilte davon. Baron Rippach ging mit ernstem Gesicht zu seinem Wagen hinüber und fuhr davon.

In seiner Seele klaffte ein schmerzlicher Zwiespalt, wenn er daran dachte, daß Malte von Feldegg es war, dem Ursulas Herz gehörte, denn er sagte sich seufzend und resigniert: »Er verdient ihre Liebe und ist ihrer wert.«

Als Gusti nach Hause kam und ins Wohnzimmer trat, fand sie dort nur Astrid – und obendrein in denkbar schlechtester Laune.

Als Gusti nach Ursula fragte, zuckte die Schwester nur die Achseln und sagte mit boshaftem Lächeln: »Übrigens, daß du es nur weißt, Ursula ist die längste Zeit in Feldegg gewesen. Sie muß fort.«

Gusti schrak unwillkürlich zusammen und starrte die Sprecherin verständnislos an. »Was soll das heißen?« fragte sie betroffen.

»Daß Papa ihr kurzerhand die Tür gewiesen hat.«

»Das hat man ihr angetan?« rief Gusti außer sich.

»Ja, das hat man ihr angetan«, antwortete Astrid höhnisch.

Gustis Augen füllten sich mit Tränen. »Und warum?« fragte sie tonlos. Sie vermochte den Zusammenhang nicht zu fassen.

Mit triumphierendem Lächeln lehnte sich Astrid in ihrem Sessel zurück und spielte mit einem Armreifen. »Warum? Weil sie aufsässig gegen Papa wurde. Zu ihrem eigenen Besten redete ihr Papa zu, die Absage an Baron Rippach zurückzunehmen. Er hielt ihr vor, daß es die Pflicht der Dankbarkeit von ihr fordert. Aber statt sich zu fügen, erklärte sie trotzig, Papa dürfe sie nicht zwingen, sie sei mündig und brauche keinen Vormund mehr. Natürlich war nun auch Papas Langmut zu Ende. Er hat ihr die Tür gewiesen, und spätestens in vier Wochen muß sie das Haus verlassen haben. Gott sei Dank!«

Gustis Augen flammten auf. Mit einem verächtlichen Blick sah sie auf Astrid herab und ballte die kleinen Fäuste.

»Oh, ihr ... ihr ... wie mögt ihr sie gequält haben!« Damit wandte sich Gusti um und lief hinaus.

Mit großen Sätzen stürmte sie die Treppe hinauf zu Ursulas Zimmer. Die Tür war verschlossen. Gusti pochte. »Urselchen, mach auf, ich bin's!« rief sie mit tränenerstickter Stimme. Drinnen wurde der Riegel zurückgeschoben und die Tür geöffnet.

Gusti trat schnell ein und warf sich in Ursulas Arme.

»Mein Urselchen, mein armes Urselchen – was haben sie dir getan!«

Ursula war sehr bleich, aber gefaßt. Mit zitternder Hand strich sie Gusti übers Haar und sah ihr liebevoll in die Augen. »Du weißt schon, Gusti, daß man mich von Feldegg fortgewiesen hat?«

Gusti nickte und schluchzte laut auf. »Astrid hat es mir eben gesagt – im Triumph, und natürlich hat sie alles entstellt. Was sie dir zugemutet haben, das weiß ich, und daß du nicht gegen deine Überzeugung handeln konntest, weiß ich auch. Aber sie verstehen dich natürlich nicht. Ach Urselchen – was soll nun aus dir werden?«

Ursula zog die Kleine neben sich auf den Diwan.

»Sorge dich nicht um mich, meine Gusti, ich werde mir schon mein Brot verdienen. Eben war ich im Begriff, an die Fürstin Ried zu schreiben. Du weißt, ich habe dir von ihr erzählt. Ich will sie bitten, mir eine Stellung zu verschaffen. Vielleicht hilft sie mir. Bekomme ich keine Antwort von ihr, dann muß es auch so gehen.«

»Nein, nein, Ursula, du darfst nicht fort! Ich will zu Papa gehen und ihn bitten, daß er sein hartes Wort zurücknimmt.«

Ursula schüttelte den Kopf.

»Nein, Gusti, das sollst du nicht tun, ich würde ja doch nicht bleiben. Denkst du, ich wäre nicht längst fortgegangen, um mich auf eigne Füße zu stellen, wenn ich mir nicht immer wieder gesagt hätte, daß man mich hier notwendig braucht und es mir die Dankbarkeit gebietet, auszuharren, solange es möglich ist? So habe ich wenigstens versucht, mich durch meine Arbeit nützlich zu machen. Ich habe heute noch zu Baron Rippach gesagt: Solange man mich hier nicht fortschickt, bleibe ich. Aber nun hat mir dein Vater die Tür gewiesen, und keine Macht der Welt könnte mich jetzt noch zurückhalten. Lieber allem trotzen, als hier um ein Almosen bitten. Nicht wahr, Gusti, das wirst du verstehen?«

Gusti schluckte krampfhaft an ihren Tränen und küßte Ursula.

»Ach, Urselchen, verstehen kann ich dich natürlich – und ich glaube, ich würde genauso handeln wie du. Aber wenn ich daran denke, wie es sein wird, wenn du erst fort bist – da möchte ich am liebsten gleich mit dir gehen. Was habe ich denn dann noch in Feldegg?«

Ursula streichelte sie zärtlich.

»Meine kleine Gusti, du mußt tapfer sein. Und du mußt nun sehen, daß du an meiner Stelle hier auf dem Posten sein kannst. Ich will dich noch, soviel ich kann, anlernen, damit nachher nicht alles aus dem Geleise kommt.«

»Daß du daran noch denken kannst! Selbst jetzt sorgst du dich noch um Feldegg! Ach, wenn ich an den Abschied denke.«

Ursula seufzte tief auf.

»Ja, Gusti, der wird uns schwer werden, das weiß ich. Und – ach nein – ich will an nichts weiter denken, es muß ja sein.«

Gusti faßte ihre Hände.

»Hättest du Baron Lutz wirklich nicht liebgewinnen können, Ursula? Er ist doch ein so guter Mensch.«

»Das ist er, Gusti, niemand weiß das besser als ich. Und er verdient es, eine Frau zu bekommen, die ihn von ganzem Herzen liebt. Aber ich« – sie brach ab, ohne den Satz zu vollenden.

Forschend blickte Gusti sie an.

»Urselchen, sag es mir doch, nicht wahr – du hast einen andern lieb?«

Ursula sah vor sich hin. Und dann sagte sie leise und schwer:

»Ja, ich hab' einen andern lieb.«

Herzlich umschlang Gusti sie mit beiden Armen.

»Dann verstehe ich, daß du nicht anders konntest. Aber ich möchte wohl wissen, wem du dein Herz geschenkt hast. Außer mit Baron Lutz verkehren wir doch nur noch mit Baron Hans. Und den – nein, Urselchen, in den wirst du dich doch um Gottes willen nicht verliebt haben?«

Ein mattes Lächeln huschte um Ursulas Mund.

»Nein, Gusti, sei unbesorgt, in den ganz bestimmt nicht. Das überlasse ich dir.«

»Also ein anderer? Wer denn nur? Sag es doch.«

Mit brennenden Augen sah Ursula vor sich hin, und ein herbes Weh lag auf ihrem jungen Antlitz.

»Quäle mich nicht, Gusti – frag nicht mehr.«

Gusti schwieg und wollte nicht weiter in Ursula dringen. Dann sagte sie plötzlich: »Malte wird auch außer sich sein, wenn er übermorgen kommt und hört, daß Papa dir die Tür gewiesen hat.«

Da zuckte Ursula leise zusammen und wurde sehr blaß. Gusti bemerkte das, und wie mit einem Schlag wurde es hell vor ihren Blicken. Ursula und Malte! Ach, daß sie daran nicht gedacht hatte. Und auf einmal kam ihr vielerlei in den Sinn, was sie bisher kaum beachtet hatte. Maltes Erregung, wenn Ursula lieblos behandelt wurde, sein Ausweichen, wenn die Eltern in ihn drangen, sich nach einer passenden Frau umzutun. Das alles erschien Gusti nun in einem ganz neuen Licht.

Und je mehr sie nachdachte, um so sicherer schien es ihr, daß Malte und Ursula sich liebten. Deshalb hatte Ursula auch Baron Rippachs Hand ausgeschlagen.

Das alles machte Gusti das Herz nur noch schwerer. Sah sie doch ein, daß die beiden ihr liebsten Menschen ein tiefes Herzeleid trugen, weil eine Verbindung zwischen ihnen ausgeschlossen war.

Hand in Hand saßen die beiden Freundinnen in tiefe Gedanken versunken da, bis Ursula sich aufraffte.

»Nun muß ich dich aber fortschicken, Gusti. Ich will noch an die Fürstin Ried schreiben, und nachher habe ich noch allerhand Arbeit«, sagte sie, Gusti über den blonden Scheitel streichend.

Gusti erhob sich.

»Ja, Urselchen, ich gehe. Der Brief an die Fürstin ist natürlich sehr eilig. Hoffentlich kann sie dir eine gute Stellung verschaffen. Aber wenn du nun vor Ablauf der vier Wochen keine Stellung erhältst – was dann?«

»Dann wird sich auch eine Unterkunft für mich finden. Am liebsten wäre ich auf der Stelle gegangen – und ich hätte es auch getan, wenn es hier nicht noch allerlei zu ordnen gäbe. Meinen Pflichtenkreis will ich so verlassen, daß ich es vor mir selbst verantworten kann.«

»Ach Ursula, daß du dich jetzt noch darum sorgen magst. Aber ich hätte dich auch nicht so von heute auf morgen fortgelassen. Ich muß mich erst langsam an den Gedanken gewöhnen. Schwer genug wird es mich ohnedies ankommen. Und dann – du könntest doch auch nicht fort, ohne von Malte Abschied genommen zu haben.«

Die letzten Worte Gustis klangen leise und zaghaft, und ihre Augen blickten bang in die Ursulas.

Der stieg das Rot ins Gesicht. Sie wandte sich hastig ab, ihrem Schreibtisch zu.

»Also bis nachher, Gusti«, sagte sie mit heiserer Stimme.

»Ja, Urselchen – ich gehe.«

Langsam ging Gusti aus dem Zimmer.

Ach, Gott, wie ist das Leben schwer, dachte sie.

Als Gusti und Rippach tags darauf zur verabredeten Zeit zusammentrafen, sah der Baron ihr sofort an, daß etwas Besonderes geschehen war.

»Fräulein Gusti, Sie sehen aus, als hätten Sie mir nichts Gutes zu melden«, sagte er, aus dem Sattel springend und ihr die Hand reichend.

Gusti seufzte. »Sie haben leider recht, Baron Lutz. Denken Sie nur, Ursula muß fort von Feldegg.«

»Muß fort?« fragte er betroffen.

»Ja, Papa hat ihr gestern gesagt, nachdem Sie fort waren, sie habe Feldegg spätestens in einem Monat zu verlassen.«

Jäh stieg dem Baron das Blut in die Stirn. »Das ist ja unerhört.«

Gusti seufzte. »Ach, lieber Baron, ich schäme mich fast, eine Feldegg zu sein. Alles das ist so häßlich, so ... so ... nein, ich kann es nicht aussprechen. Es gab gestern eine furchtbare Szene. Papa wollte Ursula als Vormund zwingen, ihr Nein zurückzunehmen, sie aber blieb fest und erklärte, sie sei mündig und lasse sich nicht zu einem Unrecht zwingen. Und so ist es zur Katastrophe gekommen.«

»Und Ihr Herr Vater ist bis heute nicht anderen Sinnes geworden?« fragte er dann.

Gusti zuckte die Achseln.

»Ich weiß es nicht. Gestern bot ich Ursula an, daß ich Papa bitten würde, sein hartes Wort zurückzunehmen. Aber Ursula wollte es nicht. Sie mag sich nicht noch tiefer demütigen lassen als bisher, denn sie hat es ja nicht leicht bei uns gehabt, und besonders war es Astrid, die ihr das Leben sauer machte, und sie triumphiert jetzt, daß Ursula aus dem Haus kommt.«

»Und wie trägt Fräulein Ursula alles?«

»Sie ist ruhig und gefaßt wie immer. Natürlich hat sie unter all den Kränkungen gelitten, und dabei hat sie sich aufgeopfert für Feldegg. Glauben Sie nur nicht, daß Ursula es war, die Wohltaten in Feldegg empfing. Sie war es, die uns allen gegeben hat.«

»Davon war ich immer überzeugt, Fräulein Gusti. Ich weiß, was sie für Feldegg bedeutet. Und nun ist sie, wie Sie sagen, gefaßt und ruhig?«

»Gewiß. Aber dennoch bangt sie vor der Trennung von unserem Haus und – von mir. Und ich ginge am liebsten mit ihr fort.« Sie schwieg eine Weile und fügte dann hinzu:

»Ich bin nur darauf gespannt, was Malte zu alledem sagen wird. Es gibt deswegen sicher noch einen Auftritt zu Hause.«

Der Baron sah sie forschend an. »Sie meinen, Ihr Bruder wird für Fräulein Ursula eintreten?«

»Das wird er ganz gewiß tun, aber helfen wird es schon deshalb nicht, weil Ursula sich nicht helfen lassen will. Sie will um keinen Preis bleiben. Ihr Stolz verbietet es ihr.«

»Das ist ja verständlich, aber wissen Sie, was Sie vorhat?«

»Zunächst hat sie an die Fürstin Ried geschrieben. Sie hofft, durch sie eine Stellung zu finden. Ich habe eben den Brief selbst zur Post getragen, weil ihn Ursula nicht dem Postsack anvertrauen wollte. Sobald sie Nachricht von der Fürstin hat, wird sie wohl Feldegg verlassen. Wenn sie nicht gleich eine Stellung findet, will sie in ein Frauenheim gehen. Einige tausend Mark besitzt sie ja zum Glück noch von ihren Eltern.«

Der Baron atmete auf.

»Gott sei Dank, davon wußte ich nichts. So ist sie vor der ersten Not geschützt, bis ihre Freunde ihr helfen können. Sagen Sie mir, Fräulein Gusti, können Sie sich noch auf die genaue Adresse besinnen, die der Brief an die Fürstin Ried trug?«

»Ja, gewiß.« Und sie nannte dem Baron die Adresse, die er sich notierte.

»Ich danke Ihnen, Fräulein Gusti.«

Fragend sah sie zu ihm auf.

»Wozu brauchen Sie diese Adresse?«

Unschlüssig sah er sie an. Dann sagte er ernst:
»Sie sollen es wissen, Fräulein Gusti. Aber ich muß um strengstes Stillschweigen bitten.«

»Ich bin keine Plaudertasche, Baron Lutz. Mein Wort darauf – ich bewahre strengste Diskretion.«

»Für eine Plaudertasche halte ich Sie gewiß nicht«, sagte er lächelnd, »aber vor allem darf Fräulein Ursula nicht wissen, was ich Ihnen jetzt sagen werde.«

»Ich verrate ihr kein Wort.«

»Gut. Also – ich will sofort selbst an die Fürstin Ried schreiben. Sie glauben ja nicht, wie es mich schmerzt, daß meine Werbung zu alledem Anlaß gegeben hat. Wenn ich auch, ehrlich gestanden, überzeugt bin, daß Fräulein Ursula in Feldegg nicht auf Rosen gebettet war, so hatte sie doch eine Heimat, die ihr durch meine Schuld genommen wird. Und ich werde nicht eher wieder ruhig sein, bevor ich sie nicht wieder geborgen weiß. Dabei darf ich doch auf Ihre Hilfe rechnen?«

Mit festem Druck reichte Gusti ihm die Hand: »Ganz gewiß, Baron Lutz. Ich wollte nur, ich könnte mehr für Ursula tun. Aber nun muß ich mich beeilen, nach Hause zu kommen, sonst sucht man mich. Auf Wiedersehen morgen, Baron Lutz.«

»Auf Wiedersehen, Fräulein Gusti, und nochmals vielen Dank!«

5

Malte von Feldegg kam zusammen mit Baron Hans von Rippach auf dem Bahnhof der kleinen Kreisstadt an, die in der Nähe von Feldegg und Rippach lag. Sie standen beide in derselben Garnison, wenn auch nicht bei dem gleichen Regiment, und verkehrten viel zusammen. Baron Hans Rippach war zwar drei Jahre jünger als Malte, aber sie verstanden sich sehr gut und kannten sich von Kind auf. Baron Lutz von Rippach war der Dritte in diesem Freundschaftsbund. Und wenn Malte und Baron Hans es irgendwie einrichten konnten, nahmen sie zu gleicher Zeit Urlaub, damit sie mit Lutz zusammensein konnten.

Der Wagen aus Feldegg, den man für Malte zur Station gesandt hatte, war diesmal leer. Malte wunderte sich darüber, denn sonst pflegte Gusti ihn stets abzuholen. Daß die Eltern es ihr heute verboten hatten, konnte er nicht ahnen. Aber Lutz war mit seinem Gefährt da, um den Vetter Hans in Empfang zu nehmen. Nach kurzer Begrüßung der Freunde schlug er Malte vor, er könne seinen Wagen bis zum Kreuzweg vorausfahren lassen und bis dahin bei ihm und seinem Vetter Platz nehmen.

Während der Fahrt sah Baron Lutz mehr als einmal prüfend in Maltes Antlitz. Er mußte sich eingestehen, daß dieser Mann, dessen tiefgebräuntes charakteristisches Gesicht fast südländische Züge aufwies, dieser Mann, dessen hohe kräftige Gestalt in jeder Bewegung den deutschen Offizier verriet, wohl geeignet war, die Liebe einer Frau wie Ursula zu verdienen. Und dennoch zuckte ein eifersüchtiges Gefühl in seinem Herzen. Allein diese Eifersucht war nicht unedel und machte ihn nicht ungerecht gegen den Freund.

Während man von oberflächlichen Dingen plauderte, mußte Lutz immerfort denken, was Malte wohl tun würde, erführe er, daß sein Vater Ursula die Tür gewiesen hatte.

Schnell rollte der Wagen auf der wohlgepflegten Fahrstraße dahin, und nach einer knappen Stunde hatte man den Kreuzweg erreicht, wo Malte absteigen mußte, um nach Feldegg weiterzufahren.

Und hier stand ein schlankes, zierliches Geschöpf im weißen Kleid im Sonnenschein und winkte den Herren mit ihrem Sonnenschirm zu.

»Gusti!« rief Malte erfreut.

Kaum hielt der Wagen, da sprang er heraus und umarmte und küßte seine Lieblingsschwester herzlich.

Aber auch Baron Hans war abgesprungen und stand mit lachendem Gesicht und erwartungsvollen Augen bereit, Gusti von Feldegg zu begrüßen. Als Malte sie aus den Armen ließ, wandte sie sich auch sofort mit leisem Erröten Baron Hans zu und reichte ihm die Hand.

»Gott sei Dank, daß Sie wieder einmal Urlaub haben, Baron Hans. Willkommen in der Heimat! Wie geht es Ihnen?«

Er strahlte sie mit seinen blauen Augen an. »Momentan wundervoll, Fräulein Gusti! Die Sonne scheint, ich habe Pfingsturlaub und – gleich auf dem Weg ein besonderes Glücksomen: ein Glücksengel auf dem Kreuzweg zwischen Feldegg und Rippach. Mehr kann man sich doch vom Schicksal nicht wünschen.«

Die beiden jungen Augenpaare tauchten ineinander. Und Gusti fand das Leben mit einem Mal ebenfalls wunderschön.

Jetzt mußte es aber bei kurzen Begrüßungen bleiben. Malte drängte heim. Und so verabschiedeten sich die Geschwister von den beiden Baronen, die auf der Chaussee weiterfuhren.

Gusti legte ihre Hand in Maltes Arm. »Laß uns ein Stück zu Fuß gehen, bis zum Park, Malte. Ich muß etwas mit dir besprechen«, sagte sie.

Malte hatte jedoch Eile heimzukommen. Nicht weil er sich nach seinen Angehörigen sehnte, sondern weil er es nicht erwarten konnte, Ursula wiederzusehen. Und so war er von der Verzögerung nicht sehr erbaut.

»Ist es etwas Wichtiges, was du mir zu sagen hast, Gusti? Ich muß gestehen, daß ich möglichst schnell nach Hause möchte.«

Gusti machte sich heute ihre besonderen Gedanken über seine Eile. Daß er sich nicht so sehr nach den Eltern und Astrid sehnte, wußte sie nur zu gut. Sie sah ihm von der Seite scharf und forschend in das herbe Gesicht.

»Es betrifft Ursula, Malte«, sagte sie halblaut.

Da blieb er mit einem Ruck stehen und sah sie an. Die helle Unruhe blickte ihr aus seinen Augen entgegen. »Was ist mir ihr?« fragte er hastig.

»Sie muß fort von Feldegg, Malte. Papa hat ihr die Tür gewiesen.«

Maltes Gesicht verdüsterte sich. Ein Stöhnen brach aus seiner Brust, und trotz der braunen Farbe bemerkte sie sein Erbleichen.

Gustis Herz erzitterte. Sie war hellsehend geworden und glaubte nun bestimmt daran, daß Malte und Ursula sich liebten. Deshalb konnte sie sehr gut verstehen, was in Malte vorging bei der Nachricht, die sie ihm brachte.

Malte sah Gustis große, bange Augen und riß sich gewaltsam zusammen. »Das ist doch nicht möglich, Gusti«, stieß er hervor.

»Doch, Malte, es ist, wie ich dir sagte.«

»Was ist geschehen?« fragte er, heiser vor Erregung.

Sie atmete tief auf. »Das will ich dir erzählen, Malte. Baron Lutz, den doch Astrid durchaus heiraten wollte und sollte – der hat um Ursulas Hand angehalten.«

Wieder blieb Malte mit einem Ruck stehen, und sein Gesicht sah plötzlich so fahl und schlaff aus wie das eines Schwerkranken. Er wollte sprechen und konnte nicht. Und nun fuhr Gusti schnell fort: »Aber Ursula hat ihn abgewiesen, weil sie ihn nicht liebt.«

Da rang sich ein zitternder Atemzug aus Maltes Brust empor, und mit dem Aufgebot aller Kraft zwang er sich zur Ruhe. »Sprich weiter, Gusti«, bat er rauh.

Und Gusti erzählte ausführlich, was in Feldegg geschehen war, seit Baron Lutz um Ursulas Hand angehalten hatte. Malte verlor kein Wort von ihrer Erzählung und las ihr die Worte förmlich von den Lippen.

Als sie zu Ende war, lag das Parktor vor ihnen. Gusti zog ihren Arm aus dem des Bruders, der sie um ein ganzes Stück überragte.

»So, Malte, nun weißt du alles. Und nun kannst du in den Wagen steigen und vollends nach Hause fahren. Es soll dort niemand wissen, daß ich dich schon gesprochen habe. Das sollte ich wahrscheinlich nicht. Deshalb gestatteten mir die Eltern nicht, dich abzuholen. Man will es dir wohl in einer anderen Beleuchtung erzählen. Ich schlich mich aber durch den Park, um dir aufzulauern, weil ich nicht wollte, daß du das alles unvorbereitet erführest.«

Malte drückte ihr die Hand so fest, daß es sie schmerzte. Aber sie hielt tapfer aus, ohne zu zukken. Sprechen konnte er nicht. Er streichelte ihr nur noch wortlos die Wangen und bestieg dann den Wagen, der ihn auf dem Hauptweg durch den Park nach dem Feldegger Herrenhaus brachte. Die grauen Mauern desselben, verschönt durch die mit blühenden Geranien geschmückte Veranda, leuchteten ihm bald entgegen.

Mit brennenden Augen starrte er hinüber und suchte sehnsüchtig nach einem goldblonden Mädchenkopf. Aber nur Astrid und die Eltern waren auf der Veranda zu sehen.

Währenddessen schritt Gusti auf einem Umweg durch den Park und den Wirtschaftshof zur Hinterfront des Hauses und betrat dasselbe durch die Hintertür, so daß sie unbemerkt in ihr Zimmer gelangte.

In der kühl-freundlichen Weise, die ihr Verhältnis zueinander kennzeichnete, wurde Malte von den Eltern und von Astrid empfangen. Es war nie viel Wärme und Herzlichkeit zwischen ihnen gewesen, allein in den letzten Jahren war es noch frostiger zwischen den Parteien geworden als früher. Malte sah mit klarem Blick, wie die Verhältnisse sich daheim immer mehr verschlechterten, und er grollte den Eltern und namentlich dem Vater, weil er den ererbten Besitz immer mehr verschuldete. Und der Vater machte ihm offen und geheim einen Vorwurf daraus, daß er sie alle nicht durch das bequeme Mittel einer reichen Heirat mit einem Schlage aus den drohenden Verlegenheiten befreite. Fast war er schon dazu bereit gewesen. Da aber kam Ursula nach Feldegg, und eines Tages erkannte Malte, daß er in ihr sein Schicksal gefunden habe. Wohl war diese Liebe aussichts- und hoffnungslos; aber dennoch, sobald er sich einer andern näherte, stand Ursulas Bild vor ihm und sah ihn mit ihren lieben, treuen Augen an. Er konnte nicht los von ihr, und so war er immer wieder unverlobt nach Hause gekommen.

So auch heute. Und schwerer als je war ihm dieses Mal der Eintritt ins Vaterhaus gefallen, nachdem Gusti ihm mitgeteilt hatte, was sich hier in den letzten Tagen abgespielt hatte.

Nun saß er im Wohnzimmer den Eltern gegenüber.

»Wie ist es, Malte«, redete der Vater ihn an, »bringst du uns gute Nachricht, hast du dich endlich um Fräulein von Reinhard beworben?«

Das war die Tochter eines Großindustriellen, eine reiche Erbin, die auch dazu noch leidlich hübsch und angenehm war. Herr von Feldegg hatte sie im Haus ihrer Eltern kennengelernt, als er dort mit seinem Sohn Besuch machte, und hatte alles in seiner Macht Stehende getan, den Sohn zu veranlassen, sich um die junge Dame zu bewerben.

Maltes Gesicht wurde noch härter und steinerner als sonst.

»Nein, Papa, ich habe es nicht getan. Ich konnte nicht. Und jetzt ist Fräulein von Reinhard auf Monate mit ihrer Mutter verreist.«

Herr von Feldegg fuhr sich durchs Haar und sprang auf. »Unglaublich, was man mit seinen Kindern für Ärger hat! Du hättest doch nur zuzufassen brauchen. Die junge Dame war in dich verliebt und hätte mit Freuden ja gesagt. Nun läßt du sie dir wie ein blöder Tor entwischen. Alles war so vorzüglich in die Wege geleitet. Ihre Eltern waren dir wohlgesinnt. Es ist wirklich, um aus der Haut zu fahren! Nun schnappt sie dir sicher ein anderer weg. Was denkst du denn, wie lange ich Feldegg noch halten kann?«

Maltes Gesicht zuckte. Er vermochte sich kaum zu beherrschen. Am liebsten hätte er dem Vater ins Gesicht gesagt: ›Laß mich zufrieden mit diesen erbärmlichen Heiratsprojekten, ich verkaufe mich nicht.‹ Nur mit Aufbietung aller Kraft konnte er die in ihm gärende Erregung niederzwingen. So ruhig er konnte, erwiderte er:

»Ich konnte nicht tun, was du von mir verlangtest.«

Sein Vater lachte höhnisch und gereizt. »Konnte nicht! Das setzt du all meinen Ermahnungen entgegen. Sag lieber, du willst nicht. Du hast einfach keine Lust, deine Freiheit aufzugeben. Als ob du dir nicht als reicher Mann, auch wenn du verheiratet bist, deine Freiheit wahren könntest. Mehr als einmal waren dir die glänzendsten Partien geboten. Die Frauen sind ja rein toll nach dir. Ich begreife nicht, was sie an dir haben, denn soviel ich beobachtet habe, bist du im Verkehr mit ihnen äußerst langweilig, wenigstens nach meinem Begriff. Aber gefehlt hat es dir an Gelegenheit nicht. Warum greifst du zum Donnerwetter nicht endlich zu? Denkst du, ich rate es dir zum Vergnügen? Du wirst müssen, was du nicht willst, denn wenn ich bis zum ersten Oktober nicht bare fünfzigtausend Mark beschaffen kann, kommt Feldegg unter den Hammer. Dann hast du es dir allein zuzuschreiben.«

Malte sah seinen Vater mit großen, ernsten Augen an. Der stille Vorwurf, der in diesem Blick lag, zwang Rudolf von Feldegg, den Blick von seinem Sohn abzuwenden. Aber daß er es mußte, ärgerte ihn maßlos. Und wütend auf den Tisch schlagend, rief er, die anklagende Stimme in sich selbst zum Schweigen bringend: »Das hat man von seinen Kindern! Nicht einmal vor dem sicheren Ruin wollen sie einen retten, obwohl sie es könnten!«

Malte starrte finster vor sich hin und atmete schwer. Er war mit seinem Interesse nur halb bei dieser Unterhaltung. Immer lauschte er hinaus, ob er nicht Ursulas leichten Schritt vernahm. Vor

Sehnsucht nach ihrem Anblick fühlte er sich halb krank.

Und nun begann sein Vater auf Ursula zu schelten. In der gehässigsten Weise fielen die beiden Damen mit ein, und Malte erfuhr nun alle Einzelheiten der Werbung des Barons und was sich daran angeschlossen hatte.

»Ich habe ihr natürlich den Laufpaß gegeben«, schrie der alte Herr. »Getan habe ich nun genug an ihr, und unnütze Brotesser kann ich in Feldegg nicht mehr brauchen.«

Malte hatte sich auf Gustis Rat vorgenommen, zu allem zu schweigen. Aber nun konnte er doch nicht an sich halten. Mit gepreßter Stimme sagte er: »Ich denke doch, Ursula hat sich ihr Brot stets reichlich in Feldegg verdient durch ihre unermüdliche Tätigkeit.«

Wütend fuhr sein Vater nach ihm herum.

»Komm du mir auch noch mit diesem Unsinn! Gerade als ob ich Gusti hörte, die sich in ihrer überspannten Backfischschwärmerei permanent für sie als Schützerin aufwirft. Was hab' ich denn von ihr verlangt? Nichts als ihr eigenes Glück. Das wollte ich begründen. Und die Pflicht der Dankbarkeit hätte es ihr gebieten müssen, uns zu helfen, da auch wir ihr halfen, als sie schutzlos und verlassen im Leben stand. Nun sind wir fertig miteinander, und sie verläßt Feldegg. Sie ist alt genug, um auf eigenen Füßen zu stehen. Mag sie sehen, wo sie bleibt. Ich habe mich jetzt um anderes zu sorgen. Und ich frage dich nun, was denkst du, daß geschehen soll, um den völligen Ruin von Feldegg abzuwenden?«

Malte fuhr sich über die Stirn.

»Könntest du die fünfzigtausend Mark, die du zu zahlen hast, nicht an anderer Stelle aufnehmen?«

Sein Vater lachte schneidend auf.

»Versuch's doch einmal! Wo habe ich nicht schon überall angeklopft. Niemand gibt mir einen Pfennig, denn Feldegg ist reichlich überlastet, und Kredit haben wir längst nicht mehr. Baron Rippach hätte mir das Geld vielleicht gegeben, wenn er mein Schwiegersohn geworden wäre. Sicher aber hätte ich dann neuen Kredit bekommen als Schwiegervater des reichen Majoratsherrn von Rippach. Und das muß mir diese verflixte Ursula verderben!«

Malte atmete tief und schwer.

»So will ich zu Lutz Rippach gehen und ihn um diese Summe bitten, Papa.«

Sein Vater machte eine abwehrende Bewegung.

»Vergebliche Mühe! Ohne triftigen Grund tut er das nicht. Dazu ist er ein zu vorsichtiger Geschäftsmann.«

»Ich müßte ihm natürlich einige Garantien geben, Papa. Wenn ich ihm sage, daß ich meinen Abschied nehme und mich hier mit aller Kraft gegen den Untergang stemme, wenn ich ihm mein Wort gebe, daß hier bis zum Äußersten gespart und jede unnütze Ausgabe unterlassen wird, dann tut er es doch vielleicht, aus Freundschaft für mich. Du müßtest mir dann erlauben, den bunten Rock auszuziehen. Ich habe dich schon so oft gebeten, laß mich doch meine Kräfte als Landwirt nützen in Feldegg. Du weißt, ich habe Lust und Verständnis dafür, wäre immer lieber Landwirt als Soldat gewesen. Du könntest den Inspektor entlassen und spartest meinen hohen Wechsel, den ich doch nun einmal bei meinem teuren Regiment verbrauche. Freudig würde ich an die Arbeit gehen und alle Kräfte einsetzen, um Feldegg wieder hochzubringen.«

Mit einem unbehaglichen Achselzucken sah ihm sein Vater in das erregte Gesicht. Er hatte durchaus keine Lust, Malte in den Betrieb von Feldegg aufzunehmen und sich auf die Finger sehen zu lassen.

»Das sind haltlose Phantastereien! Das Emporbringen ist nicht so leicht. Ohne Geld ist da nichts zu machen, das weiß ich besser als du. Man müßte noch mal fünfzigtausend Mark in die Wirtschaft stecken und zwei bis drei Jahre auf einen Ertrag verzichten können. Dann könnte Feldegg vielleicht wieder ertragsfähig und rationell bewirtschaftet werden. Aber so, wenn man mit dem Pfennig knausern muß, geht das nicht. Schaffe mir rund hunderttausend Mark – dann will ich Feldegg selbst wieder in die Höhe bringen, ohne deine Hilfe. Und wenn du eine reiche Heirat machst, ist das sehr einfach. Dann brauchst du keinen vergeblichen Gang zu Baron Rippach zu gehen, der jetzt, nach dem erhaltenen Korb, natürlich besonders schlechter Laune sein wird. Er wird es uns entgelten lassen, daß ihn Ursula ausschlug. Also nochmals – setze alles daran, dich reich zu verheiraten. Es ist und bleibt der einzige Ausweg. Ich möchte nur wissen, weshalb du dich so dagegen sträubst. Hast du dich etwa gar mit einem armen Mädchen verplempert?«

Malte wandte sich ab, um zu verbergen, daß ihm das Blut in die Stirne schoß, die viel heller gegen das gebräunte Gesicht abstach. »Ich habe mich ganz sicher nicht verplempert, wie du sagst«, antwortete er heiser.

Seine Mutter und Astrid sahen ihn mißtrauisch an, und auch der Vater betrachtete ihn mit scharfen Augen.

»Na, dann weiß ich nicht, warum du so töricht bist und nicht zugreifst, wenn dir solch eine Partie geboten wird wie Fräulein von Reinhard. Wann kommt sie denn von ihrer Reise zurück?«

»Im August.«

»Nun – hoffentlich kommt sie unverlobt zurück. Dann nimm endlich Vernunft an; kann ich im September deine Verlobung mit einer reichen Erbin proklamieren, soll es mir nicht schwerfallen, neuen Kredit zu erhalten. Kann ich das nicht, stehen wir hier vor dem Letzten. Aber genug von dem allen für heute. Ich fühle mich von all den Aufregungen erschöpft und bedarf der Ruhe – zu Rippach aber gehst du mir auf keinen Fall wegen des Geldes. Nein, auf keinen Fall, hörst du!« – Damit verließ er das Wohnzimmer.

Malte sah dem Vater mit brennenden Augen nach.

Seine Mutter trat seufzend zu ihm. »Warum tatest du Papa den Willen nicht, Malte? Fräulein von Reinhard soll doch ein reizendes Mädchen sein.«

Malte lächelte bitter.

»Reiche Mädchen pflegen immer reizend zu sein. Mir ist sie trotzdem unsympathisch.«

Wieder seufzte die Mutter und sah bekümmert auf ihren stattlichen Sohn. Im Grunde war sie sehr stolz auf ihn. Aber auch sie berührte es bitter, daß er es ablehnte, sie alle durch das einfache Mittel einer reichen Heirat aller Sorgen zu entheben. Daß sie ein Opfer von ihm verlangte, kam ihr keinen Augenblick in den Sinn. Sie hielt sein Sträuben nur für eine Widersetzlichkeit. »Dann weiß ich nicht, was aus uns werden soll«, sagte sie vorwurfsvoll und ging ebenfalls hinaus.

Malte war zumute, als richte sich eine unübersteigbare Mauer zwischen ihm und seinen Angehörigen auf.

Verstimmt trat er ans Fenster und merkte nicht, daß auch Astrid das Zimmer verließ. Als die Tür hinter ihr ins Schloß fiel, fuhr er aus seinem Brüten empor und sah sich um. Langsam ging er durch das Gemach – er wollte zu Gusti gehen, die nun sicher heimgekommen war, und sie fragen, wo Ursula sich befinde.

Er war bis zur Mitte des Raumes gelangt, als sich die Tür öffnete. Auf der Schwelle erschien Ursula. Sie zog, als sie Malte erblickte, die Tür zaghaft hinter sich zu. In ihr Antlitz schlug dunkle Röte. Unsicher und befangen sah sie ihn an und streckte zögernd die Hand nach ihm aus. »Guten Tag, Malte! Ich … ich wußte nicht, daß du hier bist … ich wollte nur den Teetisch herrichten«, sagte sie halblaut. Seine Augen hingen mit einem Blick an ihr, als wollte er ihren Anblick in sich hineintrinken. Der Hals war ihm wie zugeschnürt vor Erregung. Nie war sie ihm so hold und schön erschienen, wie mit diesem blassen, zaghaften Gesicht. Da er schwieg, wurde der Ausdruck ihres Gesichtes immer banger. Nicht einmal ihren Gruß gab er ihr zurück. Sie wußte nicht, daß er sich krampfhaft mühen mußte, ruhig zu bleiben. Ein Zittern lief über sie hin. Hilflos sah sie ihn an.

»Ach, Malte – du bist mir wohl auch böse, wie die andern, weil ... weil ich das Opfer für Feldegg nicht bringen konnte, Baron Rippach mein Jawort zu geben?« fragte sie mit verhaltener, gebrochener Stimme.

Da stieß er einen schweren, zitternden Atemzug aus. Mit zwei Schritten stand er dicht vor ihr und faßte mit heftigem Druck ihre Hände in die seinen.

»Dir böse sein! Ich dir böse sein, Ursula? Ach nein, das glaubst du nicht, das kannst du nicht glauben. Danken will ich dir – aus meines Herzens Grunde, daß du mich vor Verzweiflung bewahrt hast. Weißt du denn nicht, Ursula, daß ich dich nicht an der Seite eines anderen Mannes sehen könnte? Weißt du nicht, daß ich all die Zeit mit mir im Kampf lag, um nicht schwach zu werden, um dich nicht in meine Arme zu reißen, egal, was daraus werden sollte? Es ist ein Unrecht, daß ich jetzt, in diesem Augenblick, nicht die Kraft habe, weiter zu schweigen. Aber ich bin auch nur ein Mensch. Und einmal muß es über meine Lippen, ein einziges Mal, daß ich dich liebe – namenlos, unsagbar. Wenn ich dich doch bei der Hand nehmen könnte, um mit dir hinauszuwandern in die weite Welt. Wir zwei würden uns durchschlagen, da hätte ich keine Sorge.

Aber wenn hier alles in Trümmer geht, darf ich meine Angehörigen nicht verlassen, darf nicht nur an mich denken. Sonst – bei Gott, Ursula –, sonst ginge ich noch in dieser Stunde Hand in Hand mit dir aus diesem Haus. Und, nicht wahr, du würdest mit mir gehen?! Sag es mir ein einziges Mal, du mein heißgeliebtes Leben, daß dein Herz mir gehört, daß du willig mit mir gehen würdest.«

Das alles stieß er rauh und heiser vor Erregung heraus, als ringe es sich qualvoll aus seiner Brust hervor.

Ursula stand zitternd diesem Ausbruch gegenüber. In ihrem Antlitz kam und ging die Farbe. Eine Wonne ohnegleichen war es ihr, daß er seinem Empfinden Worte gab. Und was sie bisher ängstlich in sich verschlossen hatte, das drängte sich in dieser Stunde auch gewaltsam über ihre Lippen. Mit leuchtenden Augen sah sie in die seinen. »Ja, Malte – in Not und Tod würde ich willig mit dir gehen. Ich kann es dir in dieser Stunde nicht verschweigen, daß ich dich liebe von ganzem Herzen. Wunschlos und still, aber tief und stark. Und sei ganz ruhig, ich werde nie einem andern Mann angehören – niemals. Dein bin ich – dein bleibe ich, was uns auch trennen mag.«

So sagte sie mit verhaltener Stimme.

Er beugte sich auf ihre Hand herab und preßte sie an seinen Mund, mit einer Inbrunst ohnegleichen.

»Du – du! Wie danke ich dir!« rang es sich über seine Lippen. Und seiner selbst nicht mehr mächtig, riß er sich von ihr los und stürmte hinaus. Er hätte sie sonst in seine Arme nehmen und küssen müssen, aller Vernunft zum Trotz.

Sie sah ihm nach, die Hände aufs Herz gepreßt, mit feuchtem, strahlendem Glanz in den Augen.

»Nun bin ich reich und glücklich in aller Not. Deine Worte haben meine Seele leicht und frei gemacht, mein Malte. Mein Leben wird nun nie mehr ohne Sonne sein nach dieser Stunde«, sagte sie erzitternd.

Und als sie dann still und pflichtgetreu an ihre Arbeit ging, sang und klang ihr ein Dichterwort im Herzen, das ihr Malte einmal vorgelesen hatte:

Ich besaß es doch einmal,
Was so köstlich ist,
Daß das Herz, zu seiner Qual,
Nimmer es vergißt.

6

Das adlige Damenstift St. Annen lag in waldiger, fruchtbarer Gegend Ostpreußens. Es bestand aus einem langgestreckten Wohnhaus mit ziemlich nüchterner, grauer Fassade und einigen kleineren Wirtschaftsgebäuden und Ställen.

Früher war es ein Herrensitz gewesen und hatte ›Der Annenhof‹ geheißen. Nach dem Aussterben der früheren Besitzer war der dazugehörige Grundbesitz Domäne geworden, und das alte Herrenhaus hatte sich in das Damenstift St. Annen verwandelt, in das bereits seit mehr als hundert Jahren manches arme, heimatlose Weiblein seinen Einzug gehalten hatte, um es meist erst wieder zu verlassen, wenn es auf dem kleinen, dicht am Wald gelegenen Stiftsfriedhof beerdigt wurde.

Gegenwärtig hausten achtzehn Damen aus alten Adelsfamilien in dem Stift unter der Herrschaft einer Patronesse, der verwitweten Fürstin von Ried. Die Stiftsdamen brachten ihr unbedingtes Vertrauen entgegen und kamen zu ihr, sooft sie irgend etwas auf dem Herzen hatten.

Das ganze Jahr über pflegte es sehr still im Stift zuzugehen, nur zur Zeit der Obsternte herrschte im Haus von früh bis spät ein reges Leben, denn es war unmöglich, den ganzen Erntesegen an Früchten aufzubrauchen. Deshalb wurden sie zentnerweise zu Marmeladen und Konserven eingekocht, und die großen, sonst unbenutzten Paterreräume bekamen dann fast das Aussehen einer Konservenfabrik.

Aber in diesem Jahr versetzte noch ein anderer Umstand das Haus in Unruhe. Fräulein von Hallern, die Stiftssekretärin, die der Fürstin bei der Korrespondenz und bei dem Führen der Bücher half und die den alten Damen täglich eine Stunde im großen Konversationssaal vorlas, hatte ihre Stellung zum ersten Juni gekündigt und um ihre baldmögliche Entlassung gebeten, da ihr plötzlich verwitweter Bruder ihrer bedurfte zur Führung seines Hauswesens und zur Erziehung seiner Kinder.

Die Aufregung hierüber war ungeheuer, und die Fürstin hatte Mühe genug, ihre fassungslosen Schützlinge zu trösten und zu beruhigen. Obwohl sie Fräulein von Hallern durch ihre Grillen und Nörgeleien oft genug das Leben schwer gemacht hatten, so betrübte sie ihr bevorstehender Weggang doch außerordentlich.

»Wer soll uns nun vorlesen, Durchlaucht? Wir können diese Lesestunden, an die wir uns so gewöhnt haben, nicht mehr entbehren«, sagte Frau Oberst von Reitzenhain, die nächst der Fürstin die hervorragendste Stellung unter den Stiftsdamen einnahm.

Fürstin Maria lächelte – ihr gütiges, überlegenes und verstehendes Lächeln. »Nur Ruhe, meine Damen. Ich werde mich sofort um einen passenden Ersatz für Fräulein von Hallern umsehen.«

»Ja, ja, Durchlaucht, das ist ganz gut und schön, aber man muß sich doch wieder an ein anderes Gesicht und eine andere Stimme gewöhnen«, klagte eine andere alte Dame und schüttelte sorgenvoll das graue Haupt.

Die Fürstin legte ihr die Hand auf die Schulter: »Das allerdings. Aber ich denke, das ist nicht so schlimm, wie Sie es sich ausmalen. Denken Sie doch daran, wie schnell Sie sich an mich gewöhnt haben, als ich nach St. Annen kam.«

»Aber liebste, teuerste Durchlaucht, das waren auch Sie! An etwas so Gutes und Liebes gewöhnt man sich leicht.«

Alle Damen stimmten eifrig zu. Die Fürstin strich sanft und lächelnd mit der Hand über die meist schon grauen Köpfe ihrer Schützlinge, wie etwa eine Mutter die Köpfe ihrer Kinder streicht, obwohl sie durchaus nicht die Älteste unter ihnen war.

»Wer weiß, vielleicht finden wir bald geeigneten Ersatz. Ein Inserat in einer oder der anderen Tageszeitung wird schon seine Wirkung tun.«

Zwei Tage darauf, als die Fürstin in ihrem gediegen und behaglich eingerichteten Arbeitszimmer saß, erhielt sie zwei Briefe, die sie außerordentlich interessierten. Der eine stammte von Ursula von Ronach, und der andere von Baron Rippach.

Der Brief Ursulas lautete:

›Ew. Durchlaucht wollen gütigst verzeihen, wenn ich mir erlaube, von Ihrem nach dem Tod meiner Mutter mir gütigst gemachten Anerbieten heute Gebrauch zu machen. Damals schrieben Eure Durchlaucht mir, käme ich in Not und gebrauchte ich eine Hilfe, dürfe ich mich vertrauensvoll an Sie als die Freundin meiner verstorbenen Mutter wenden. Heute bin ich Ihnen besonders dankbar dafür, daß ich es tun darf. Meines Bleibens ist nicht länger in Feldegg, wo mein Vormund mir nach meiner Mutter Ableben eine Zuflucht geboten hatte. Ich muß Ew. Durchlaucht der Wahrheit gemäß mitteilen, daß Herr von Feldegg mich aus seinem Haus weist und mich der Undankbarkeit zeiht, weil ich ihm ungehorsam sein mußte.

Damit Eure Durchlaucht nicht schlecht von mir denken, will ich hier hinzufügen, daß ich gegen den Willen meines Vormundes die Bewerbung eines Mannes ausschlug, den ich wohl hochachten, aber nicht lieben kann. Weil ich ihn zu hoch hielt, ihm meine Hand ohne mein Herz zu bieten, mußte ich ihn abweisen.

Näher will ich auf diese Angelegenheit nicht eingehen, um Eurer Durchlaucht nicht zu lange lästig zu fallen. Ich will nun Feldegg verlassen, so schnell ich kann, und werde einstweilen in einem Frauenheim Unterkunft suchen, bis auf weiteres.

Der eigentliche Zweck meines Schreibens ist, Eure Durchlaucht ergebenst zu bitten, mir gütigst behilflich sein zu wollen, eine Stellung zu finden, in der ich mein Brot verdienen kann. Leider habe ich gar keine Verbindungen und Empfehlungen und weiß, daß es ohne solche schwer ist, eine Anstellung zu finden. Vielleicht haben Eure Durchlaucht die große Güte, sich für mich zu verwenden.

Es ist mein ehrliches Bestreben, mich auf eigene Füße zu stellen. Um keinen Preis möchte ich jemand zur Last fallen. Ganz gleich ist es mir, welcher Art die Stellung ist, wenn ich mir nur mein Brot ehrlich verdienen kann. Ich habe mancherlei gelernt und könnte mich als Gesellschafterin, Stütze, Pflegerin, Haushälterin oder dergleichen nützlich machen. Ich scheue keinerlei Arbeit, bin gesund und kräftig und habe den festen Willen, zu leisten, was man mir vorschreibt.

Besondere Talente habe ich freilich nicht, doch kann ich kochen, nähen, feine Stickereien anfertigen, einen großen Haushalt führen, verstehe mich gut auf Landwirtschaft, kann Bücher führen, ein wenig musizieren, geläufig Englisch und Französisch sprechen, Kranke pflegen und alle die Dinge tun, die einer jungen Dame von guter Erziehung geläufig sind. Man hat mir auch gesagt, daß ich einfache Lieder gut vortragen und verständnisvoll, mit gutem, klaren Organ, vorlesen kann. Dies alles erlaube ich mir aufzuzählen, um Eure Durchlaucht erkennen zu lassen, für welche Stellung ich mich eignen würde.

Es wäre mir eine große Freude, wenn Eure Durchlaucht sich meiner gütigst erinnern wollten und für mich verwenden könnten und bitte, mir nicht zu zürnen, daß ich Eure Durchlaucht belästigt habe. Einer gütigen Nachricht sehe ich entgegen und empfehle mich als Ihrer Durchlaucht ganz ergebenste

Ursula von Ronach‹

Mit einem sinnenden Lächeln legte die Fürstin diesen Brief hin und ergriff den des Baron Rippach, um auch diesen zu lesen. Nach der formellen Überschrift begann dieser Brief:

›Eure Durchlaucht verzeihen gütigst einem Fremden, der nicht die Ehre und den Vorzug hat, Eurer Durchlaucht bekannt zu sein, wenn er sich erlaubt, mit einem Schreiben lästig zu fallen.

Ich weiß, daß Eure Durchlaucht wahrscheinlich zugleich mit diesem Brief ein Schreiben von Fräulein Ursula von Ronach erhalten werden, bemerke jedoch hier sogleich, daß diese junge Dame keine Ahnung hat, daß auch ich mir die Freiheit genommen habe, das Wort an Eure Durchlaucht zu richten.

Ich muß ein wenig weit ausholen, um verständlich zu werden, und bitte ergebenst um einige Geduld. Als nächster Nachbar von Feldegg hatte ich Gelegenheit, Fräulein Ursula von Ronach kennen, verehren und lieben zu lernen. Ich hoffte, mir ihre Zuneigung gewinnen zu können, und warb um ihre Hand. Die junge Dame sagte mir jedoch ehrlich, daß sie mich nicht lieben könne, und wies mich ab.

Mit meinen Gefühlen will ich Eure Durchlaucht nicht behelligen, will nur bemerken, daß mir Fräulein von Ronach nach wie vor als das verehrungswürdigste, liebenswerteste weibliche Wesen gilt. Es schmerzt mich unsagbar, daß ich in Erfahrung bringen mußte, daß der Vormund der jungen Dame, Herr von Feldegg, der sie aus egoistischen Gründen zwingen wollte, meine Hand anzunehmen, sie ersuchte, sein Haus zu verlassen, als sie dies verweigerte.

So bin ich gewissermaßen, wenn auch gegen meinen Willen, schuld daran, daß die junge Dame heimatlos wird, ich, der ich ihr am liebsten die Hände unterbreitete, damit sie sich nicht an einen Stein stößt. Und doch bin ich machtlos, als abgewiesener Freier etwas für sie zu tun, wenigstens in direkter Weise. Sie würde ja von mir keine Hilfe annehmen, wenn ich sie auch noch so zart bieten würde. Nun habe ich aber in Erfahrung bringen können, daß sich Fräulein von Ronach an Eure Durchlaucht wenden wird mit der Bitte, ihr bei der Beschaffung einer Stellung behilflich zu sein. Fräulein Gusti von Feldegg, die jüngste Tochter des Hauses, die Fräulein von Ronach herzlich ergeben ist, teilte es mir auf meine dringende Bitte mit. Außer von Fräulein Gusti hat Fräulein von Ronach in Feldegg wenig

Liebe und Güte erfahren. Trotz ihrer aufopfernden Tätigkeit schenkte man ihr keine Demütigung und ließ sie in ungerechter und wenig vornehmer Weise ihre Abhängigkeit fühlen.

Mit all diesen Ausführungen hoffe ich Eure Durchlaucht für die junge Dame zu erwärmen und zu interessieren. Und nun bitte ich Eure Durchlaucht ganz ergebenst, mir beizustehen. Falls Eure Durchlaucht nicht geneigt oder imstande sind, der jungen Dame eine Heimat zu bieten, bitte ich sehr, mir behilflich sein zu wollen, Fräulein von Ronachs Zukunft in irgendeiner Weise sicherzustellen. Die junge Dame dürfte jedoch, wie gesagt, keine Ahnung haben, daß ich dabei beteiligt bin. Wir Männer sind in so delikaten Angelegenheiten ungeschickt und hilflos. Deshalb wende ich mich an Eure Durchlaucht, die mir Fräulein von Ronach als eine gütige, feinsinnige Dame geschildert hat. Eure Durchlaucht werden gewiß mit der gütigen, edlen Frauen eigenen Zartheit einen Ausweg finden, wie ich meine Schuld an Fräulein von Ronach gutmachen kann. Ich gebe mich ganz rückhaltlos in Eurer Durchlaucht Hände. Als Majoratsherr von Rippach und Besitzer des Gutes Waldau und eines großen Privatvermögens gibt es in pekuniärer Beziehung keinerlei Unmöglichkeiten für mich in dieser Angelegenheit. Ich habe auch auf niemand Rücksicht zu nehmen. Eure Durchlaucht haben also ganz freie Hand, über mich und mein Vermögen zu verfügen, denn obwohl mich Fräulein von Ronach abgewiesen hat, bin ich ihr nach wie vor mit Gut und Blut treu ergeben und habe nur den einen Wunsch, sie sorglos und glücklich zu machen.

Ich hoffe, Eure Durchlaucht werden mich einer gütigen Antwort für würdig halten, und empfehle mich als Eurer Durchlaucht untertänigster und ergebenster

Baron Lutz Rippach‹

Mit einem leisen Kopfschütteln legte die Fürstin auch diesen Brief beiseite. »Das ist wie ein Märchen: Ein abgewiesener Freier, der sich in solcher Art für die Dame seines Herzens in die Schanze schlägt. Das ist ein günstiges Zeichen, für ihn – und für Ursula von Ronach. Nun, diese müßte ja nicht die Tochter ihrer Mutter sein, wenn sie nicht einer solchen Liebe würdig wäre.«

Sie erhob sich und schritt nachdenklich im Zimmer auf und ab.

Endlich mußte sie wohl zu einem Entschluß gekommen sein, denn sie setzte sich an ihren Schreibtisch und beantwortete sofort die beiden Briefe.

Ursula und Malte waren sich in den nächsten Tagen nur im Beisein der andern begegnet. Gusti, die mit ihren geschärften Blicken wohl merkte, daß zwischen Malte und Ursula etwas vorgegangen sein müsse, schien es fast, als ob ihr Bruder Ursula absichtlich miede. Aber sie vermied jede Frage und Andeutung. Malte streifte fast den ganzen Tag über im Freien umher, zu Pferd oder zu Fuß. Unendlich schwer wurde es ihm, nach Rippach hinüber zu reiten, um, wie in früheren Zeiten, einen Tag mit den Freunden zu verbringen. Aber endlich bezwang er sich und begab sich hinüber. Hans' Anwesenheit ließ keine Verlegenheit aufkommen. Fest und warm wie sonst war der Händedruck zwischen Malte und dem Hausherrn. Baron Hans sorgte dafür, daß die Stimmung der Freunde herzlich war und blieb und sagte ganz unbefangen zu Malte: »Morgen werde ich mir erlauben, in Feldegg vorzusprechen.«

Baron Hans wußte zwar von Lutz, daß dieser von Ursula einen Korb erhalten hatte, aber Lutz hatte ihn selbst gebeten, in Feldegg Besuch zu machen, ohne darauf Rücksicht zu nehmen und die nachbarlichen Beziehungen nicht einschlafen zu lassen, wenn er auch selbst jetzt nicht nach Feldegg gehen würde.

Baron Hans Rippach wurde zu seinem eigenen Erstaunen am nächsten Tag zur Besuchsstunde von Herrn von Feldegg und seinen Damen mit besonderer Liebenswürdigkeit aufgenommen. Sahen sie in ihm doch gewissermaßen einen Parlamentär, der den Frieden brachte. Hätte Baron Lutz unversöhnlich grollen wollen, so hätte sein Vetter jetzt kaum diesen Besuch gemacht.

Sonst waren Herr von Feldegg mit seiner Frau und auch Astrid weniger liebenswürdig zu Baron Hans gewesen, in dem sie ja nur den armen, unbedeutenden Vetter des Majoratsherrn sahen. Aber jetzt führte der Weg zu Baron Lutz über seine Person, und deshalb stieg er im Wert. Frau von Feldegg hatte sonst nicht gern gesehen, wenn sich Baron Hans mit Gusti beschäftigte, weil sie fürchtete, dieser ›arme Leutnant‹ könne

Gusti den Kopf verdrehen. Jetzt schwiegen diese Bedenken. Der Zweck heiligt das Mittel, hieß es jetzt. Bereitwilligst erhielt Gusti Erlaubnis, jeden Nachmittag mit Baron Hans Tennis zu spielen. Er wurde dann meist gebeten, zum Tee zu bleiben, und wenn er sich entfernte, wurden ihm immer besonders herzliche Grüße aufgetragen an Baron Lutz. Hauptsächlich Astrid konnte sich darin nicht genug tun.

Baron Hans durchschaute diese Komödie so gut wie Malte und Gusti, aber er gab sich den Anschein der Harmlosigkeit und freute sich, daß er so viel mit Gusti zusammensein konnte.

Ursula bekam er nur flüchtig zu Gesicht. Dann begrüßte er sie zwar stets mit ehrerbietiger Herzlichkeit, aber Frau von Feldegg fand immer schnell einen Auftrag für sie, um sie zu entfernen.

Als Hans seinem Vetter das erstemal bei seiner Heimkehr erzählte, daß er Ursula gesehen und gesprochen habe, erkundigte sich dieser hastig, wie sie ausgesehen und wie sie sich verhalten habe.

Hans berichtete getreulich. »Mir scheint, sie wird wie eine Art Verbrecherin betrachtet. Man schickte sie gleich wieder unter einem Vorwand fort. Sie sah ein wenig blaß aus, schien mir aber sonst ruhig und gelassen. Desto nervöser und unruhiger kommt mir Malte vor. Ich weiß nicht, Lutz, was mit ihm ist. Er macht mir den Eindruck, als schleppe er eine Last mit sich herum, die ihn niederdrückt. Wahrscheinlich sind die Verhältnisse in Feldegg, wie du annimmst, wenig erfreulich.«

Baron Lutz sah vor sich hin. »Sie sind, fürchte ich, auf die Dauer unhaltbar«, sagte er, schien aber mit seinen Gedanken weit fort zu sein. Die beiden Herren saßen in dem mit schwerer, gediegener Pracht eingerichteten Speisezimmer im Rippacher Herrenhaus. Auf dem Tisch vor ihnen stand ein köstlich bereitetes Mahl, und in den hohen Kristallkelchen schimmerte goldener Wein. Man sah, daß es die Tafel eines reichen Mannes war und daß in diesem Hause Reichtum und vornehmer Geschmack regierten. Aber der Besitzer dieses Hauses sah mit ernsten, traurigen Augen vor sich hin und schien sich seines Lebens nicht zu freuen.

Auch Baron Hans sah eine Weile nachdenklich vor sich hin.

»Um Malte tut es mir leid, Lutz«, sagte er endlich, »er ist ein Prachtmensch. Und um die kleine Gusti erst recht. Siehst du, Lutz – mit ihr ergeht es mir, wie es dir mit Ursula ergangen ist, ich möchte sie herausreißen aus diesen mißlichen Verhältnissen und in Sicherheit bringen. Und ich glaube, sie würde mir gern das Recht dazu einräumen. Aber ich bin ein armer Schlucker, und so ist gesorgt, daß die Bäume nicht in den Himmel wachsen.«

Lutz riß sich von seinen Gedanken los und lächelte. »Nun, mein Junge, vielleicht wachsen sie für dich doch ausnahmsweise in den Himmel. Gedulde dich nur noch ein Weilchen. So eilig ist es ja noch nicht, ihr seid beide noch so jung.«

Hans lachte schon wieder. »Ja, gottlob! Und vielleicht gewinne ich mal das große Los, ich werde in der Lotterie spielen. Sehr anspruchsvoll ist die kleine Gusti nicht.«

Lutz faßte seine Hand. »Und schließlich bin ich ja auch noch da, mein Junge.«

Hans drückte ihm die Hand so fest, daß er eine Grimasse schneiden mußte.

»Ach du, lieber Lutz – ich habe dir schon so viel zu danken.«

»Schweig doch!« rief Lutz abwehrend.

»Ja doch, ich bin schon still. Aber das muß ich dir noch sagen – du hättest wie kein anderer ein volles, reiches Glück verdient. Fast könnte ich Ursula von Ronach zürnen, daß sie dich abweisen konnte.«

»Tu es lieber nicht, Hans. Zur Liebe kann sich kein Mensch zwingen. Übrigens – ich habe heute von der Fürstin Ried Antwort auf mein Schreiben bekommen.«

Hans blickte ihn erwartungsvoll an. »Nun, und?«

Baron Lutz nahm den Brief der Fürstin aus seiner Brieftasche. »Da – lies selbst.«

Hans entfaltete den Brief und las:

›Sehr geehrter Herr Baron! Zunächst danke ich Ihnen herzlich für das mir bewiesene Vertrauen. Glauben Sie mir, daß jedes Ihrer Worte den Weg zu meinem Herzen gefunden hat. Ihre Hochherzigkeit rührt mich tief. Mit Ursulas Mutter hat mich einst ein inniges Freundschaftsband verbunden. Sie war eine seltene Frau. Wohl hätte ich nach ihrem Ableben gern etwas für Ursula getan, erhielt aber von ihrem Vormund die Nachricht, daß sie in Feldegg eine Heimat finden würde. So glaubte ich denn, sie würde dort besser aufgehoben sein als bei mir. Hätte ich geahnt, wie sehr sie an Liebe darben mußte, hätte ich sie doch lieber zu mir genommen. Ursula hat, wie Sie vermuteten, an mich geschrieben. Sie läßt in ihrem Schreiben aber deutlich durchblicken, daß sie unbedingt auf eigenen Füßen stehen und sich ihr Brot selbst verdienen will. Ich habe das Gefühl, als würde sie selbst nicht von mir, noch weniger von Ihnen irgend etwas annehmen. Wahrscheinlich ist ihr das Gnadenbrot in Feldegg sehr bitter geworden.

So ist es jedenfalls am besten, wir berücksichtigen ihre Wünsche und schaffen ihr vor allen Dingen eine gewisse Selbständigkeit. Und ein glücklicher Zufall macht es mir möglich, sie trotzdem in meine Nähe und unter meinen Schutz zu nehmen. Unsre Stiftssekretärin, ein Fräulein von Hallern, hat um ihre Entlassung gebeten. Ich werde Ursula heute diese Stellung anbieten. So ist ihr wohl vorläufig am besten gedient. Ich denke, sie wird sich nicht besinnen, anzunehmen.

Seien Sie versichert, daß ich dafür sorgen werde, daß Ursula hier wirklich eine neue Heimat findet. Soweit es in meinen Kräften steht, will ich ihr eine zweite Mutter sein und sie all das Schwere, was sie erlebt hat, vergessen lassen. Falls Sie es wünschen, werde ich Ihnen gern von Zeit zu Zeit Nachricht über Ursulas Ergehen senden. Ich hoffe, daß wir uns auch einmal persönlich begegnen werden. Für heute begrüße ich Sie als Ihre ergebene

Maria von Ried‹

»Famos! Die Fürstin scheint eine sehr warmherzige und gütige Dame zu sein. Da kann man Ursula von Ronach nur gratulieren«, sagte Baron Hans. »Ich hoffe, lieber Lutz, daß dir dieser Brief ein wenig die Sorgen um das Schicksal der jungen Dame genommen hat.«

Baron Lutz nickte. »Gottlob ja! Ich bin sehr froh, daß Ursula nach St. Annen kommt. Wenn auch so ein Damenstift, in dem sich doch wohl meist alte Damen aufhalten, nicht gerade ein verlockender Aufenthalt für ein junges Mädchen ist, so wird sich Ursula doch dort wohler fühlen als in Feldegg. Jedenfalls ist sie vorläufig in Sicherheit, und ich hoffe, durch Vermittlung der Fürstin später noch etwas tun zu können, um Ursulas Zukunft in irgendeiner Weise sicherzustellen. Ich werde das Anerbieten der Fürstin annehmen und mit ihr in Verbindung bleiben, damit ich immer weiß, wie es Ursula geht. Die Sorge um sie liegt mir sehr am Herzen.«

7

Zu gleicher Zeit, als Baron Rippach den Brief der Fürstin bekam, erhielt auch Ursula deren Schreiben.

Dieser Brief hatte in der Posttasche gelegen, die Herr von Feldegg selbst zu öffnen pflegte.

Mit einem sonderbar verkniffenen Gesicht sah er auf den Brief herab, der auf der Rückseite den Aufdruck ›Stift zu St. Annen‹ trug. Er wußte sofort, daß er von der Fürstin Ried war, und ahnte, daß sich Ursula an diese gewandt hatte.

Er war sehr neugierig, wie diese Antwort wohl beschaffen sein mochte. Am liebsten hätte er den Brief geöffnet. Aber dann warf er ihn doch auf den Tisch und zuckte mit den Achseln.

Mochte doch die Fürstin denken, was sie wollte, daß er Ursula aus dem Haus wies. Er konnte sein Machtwort nicht mehr rückgängig machen, wollte es auch nicht. Er klingelte und übergab dem eintretenden Diener den für Ursula bestimmten Brief. Er sollte ihn ihr bringen.

Ursula hatte in diesen Tagen ruhig wie bisher ihre Arbeit getan und suchte noch allerlei zu erledigen, damit nach ihrem Fortgang das Hauswesen leidlich funktionierte. So war sie jetzt dabei, die Wäscheschränke noch einmal nachzusehen, als ihr der alte Heinrich den Brief brachte. Freundlich dankte sie dem alten Diener. Schnell, mit klopfendem Herzen, eilte sie in ihr Zimmer und öffnete das Schreiben.

Die Fürstin hatte geschrieben:

›Meine liebe Ursula! Das war eine Fügung des Himmels. Unsre Stiftssekretärin hat um ihre Entlassung gebeten, und ich war in großer Not, wo und wie ich Ersatz für sie finden sollte. Da kam Ihr lieber Brief, und nun weiß ich gleich, wer diesen Posten erhalten soll. Kommen Sie schnell, liebe Ursula, so schnell Sie können, damit Fräulein von Hallern, unsre bisherige Sekretärin, Sie ein wenig in Ihr Amt einführen kann, ehe sie abreist.

Was Sie als Stiftssekretärin zu tun haben?

Nichts, was Sie nicht leisten könnten. Sie haben die Eintragungen in die Stiftsbücher zu machen und den Stiftsdamen jeden Morgen und jeden Nachmittag eine Stunde vorzulesen. Außerdem ist es wünschenswert, wenn Sie zur Zeit der Obsternte helfen können beim Einkochen der Früchte. Das würde Ihnen das Wohlwollen der Stiftsdamen eintragen. Sicher sind Sie darin geübt, da Sie in Feldegg doch auch Früchte eingekocht haben. Das ist alles. Sie sehen, Unmögliches wird nicht von Ihnen verlangt.

Sie erhalten allerdings kein sehr großes Gehalt. Bei völlig freier Station pro Monat fünfzig Mark – ist das genug?

Und was ich Ihnen sonst noch bieten kann von meiner Seite: ein herzliches Entgegenkommen und liebevoll-mütterliche Zuneigung, die mir der Tochter meiner unvergeßlichen Freundin gegenüber nicht schwerfallen wird. So, liebes Kind, nun schreiben Sie schnell, ob Sie wollen und wann ich Sie erwarten darf.

Alles andere sagen wir uns, wenn wir uns, nach langen Jahren, wiedersehen. Ich bin gespannt, was aus dem langaufgeschossenen Schulmädchen geworden ist, das mich einst Tante Maria nannte. Seitdem habe ich Sie ja nicht mehr gesehen.

Nun seien Sie herzlichst begrüßt, meine liebe Ursula, von Ihrer

Maria von Ried‹

Ursula war sehr glücklich über diesen herzlichen Brief. Nun wußte sie doch, wohin sie ihre Schritte lenken sollte. Nur der Gedanke einer Trennung von Gusti und Malte machte ihr das Herz schwer. Allein ihre Vernunft sagte ihr, es sei das beste für sie, von Feldegg fortzukommen und alles zu vergessen, was trennend zwischen ihr und Malte stand. Also fort. Je eher, besto besser. Heute war Donnerstag. Am Montag schon würde sie nach St. Annen abreisen können. In diesem Sinne schrieb sie auch sogleich an die Fürstin, ihr ihren innigen Dank für ihre Güte aussprechend.

Gerade als sie den Brief beendet hatte, schlüpfte Gusti ins Zimmer. Sie mußte jetzt heimlich kommen, seit man ihr den Verkehr mit Ursula verboten hatte. Ursula zog die junge Freundin in die Arme und küßte sie. Die Augen wurden ihr dabei feucht. Schweigend reichte sie Gusti den Brief der Fürstin. Als die Kleine das Schreiben gelesen hatte, fiel sie der Freundin um den Arm. »Ach, wie ich mich freue, Urselchen, daß die Fürstin sich deiner annimmt. Wenn ich auch schweren Sinnes an den Abschied von dir denke, so habe ich doch wenigstens den Trost, daß du nicht einsam und verlassen in der Welt dastehen wirst. Und, nicht wahr, wir schreiben uns oft, wenn du in St. Annen bist?« Ihre Stimme zitterte bei diesen Worten.

Ursula strich ihr zärtlich das Haar aus der Stirn. »Ja, wenn deine Eltern es uns erlauben.«

Das klang wenig zuversichtlich. Aber Gusti schüttelte energisch den Kopf. »Da fragen wir lieber erst gar nicht. Sie könnten es uns verbieten, und dann müßte ich es gegen ihren Willen tun. Du kannst mir ja postlagernd schreiben.«

Einen Augenblick schwankte Ursula, denn solche Heimlichkeit widerstrebte ihr eigentlich.

Dann aber überwand sie ihre Bedenken. Gusti hing mit so rührender Liebe an ihr, daß sie ja sagen mußte.

Bei der Abendtafel teilte Ursula ihrem bisherigen Vormund mit, daß sie am kommenden Montag Feldegg verlassen würde.

Einen Augenblick sah Herr von Feldegg überrascht auf.

Dann sagte er: »Man darf wohl fragen, wohin du gehst.«

Ursula sah ihn fest und ruhig an. »Ich hatte mich an eine Freundin meiner Mutter, die Fürstin Ried, gewandt und sie gebeten, mir eine Stellung zu verschaffen. Sie teilte mir heute mit, daß ich als Stiftssekretärin in St. Annen eintreten könne, und sie wünscht sich, ich möchte so bald wie möglich eintreffen. Ich habe meine Ankunft daher für Montag angemeldet.«

Eisiges Schweigen folgte ihren Worten. Aber aus Maltes Augen flog ein Blick zu ihr herüber, der ihr in das Herz schnitt. Ach, wie wenig galt ihr alle eigene Qual gegen das Leid, das aus seinen Augen zu ihr sprach.

Die Tage bis zu Ursulas Abreise vergingen rasch. Malte wurde von einer verzehrenden Unruhe umhergetrieben. Am liebsten wäre er keinen Augenblick von Ursulas Seite gewichen, und doch wich er ihr aus wie einer Gefahr, vor der er sich fürchtete. So kam der Sonntagnachmittag heran.

Ursula war ins Dorf gegangen, um im Pastorhaus Abschied zu nehmen. Gleich nach Tisch war sie aufgebrochen.

Herr und Frau von Feldegg hielten Nachmittagsruhe, und Astrid saß auf der Veranda und las.

Da nahm auch Malte ein Buch und ging in den Park hinüber. Er setzte sich auf eine Bank, die vor einer Gebüschgruppe stand, und versuchte zu lesen. Aber das an sich interessante Buch fesselte ihn nicht, und so legte er es schließlich unruhig beiseite.

Düsteren Blickes starrte er vor sich hin. Alle seine Gedanken waren bei Ursula. Morgen, klang es durch seine Seele, geht sie von dir. Morgen siehst du das Glück deines Lebens zum letztenmal. Morgen geht es ans Scheiden von ihr, die deiner Seele Höchstes und Bestes ist. Mit ihr wird die Sonne aus deinem Leben verschwinden.

So dachte er.

Lautlos still war es ringsum. Ein sonniger Frieden lag über der Frühsommerpracht des alten Parks. Leise, verträumt sangen die Vögel ihr Lied über ihm in den Zweigen, und zuweilen kam einer zutraulich zu dem stillen Mann herangeflogen und äugte mit schiefgehaltenem Köpfchen nach ihm.

Auf einmal vernahm er einen leichten Schritt. Er blickte auf, und wie ein Ruck ging es durch seine Gestalt. Wenige Schritte vor ihm kam Ursula auf dem Parkweg daher, das Auge auf den Boden geheftet.

So sah sie Malte nicht. Erst als er jäh emporsprang, schrak sie aus ihrem Sinnen auf und erblickte ihn.

»Malte!« Tief erglühend preßte sie die Hände auf das Herz.

Mit glühenden Blicken sah er sie an und vertrat ihr den Weg, so daß sie nicht weiter konnte.

Er sagte kein Wort, er vermochte keines zu sprechen, sondern schaute sie nur an, so daß unter seinen Blicken ein dunkles Rot in ihr bleiches Gesicht stieg.

Schweigend standen sie so eine Weile einander gegenüber. Ihre Lippen blieben stumm, aber ihre Augen redeten eine desto beredtere Sprache.

Und dann breitete Malte plötzlich die Arme aus: »Ursula.«

Wie es gekommen war, keiner von ihnen wußte es zu sagen, aber auf einmal hielten sie sich innig umschlungen, und ihre Lippen preßten sich aufeinander, und alle Wonnen des Himmels wurden ihnen offenbar.

So standen sie da. Waren es Minuten oder Ewigkeiten? Sie wußten es nicht, wußten nur, daß ihnen die Erfüllung ihres tiefsten Sehnens zuteil wurde, daß sie nach diesem Sichfinden kein höheres Glück finden konnten.

Weltvergessen ruhte eines an des anderen Herzen, so vertieft in ihre bange Seligkeit, daß sie es nicht wahrnahmen, daß Gusti auf die Stelle zugeschritten kam, wo sie standen.

Aber Gusti sah sie, und ahnend, daß dies ein Finden und Abschiednehmen zugleich war, das keine Störung vertrug, trat sie schnell hinter ein Gebüsch, um nicht selber gesehen zu werden.

Malte und Ursula erwachten endlich aus ihrem kurzen, seligen Glückstraum. Ursula richtete sich empor und sagte leise. »Gib mich frei, Malte. Ich muß gehen.«

Er aber hielt sie fest. »Ich kann dich nicht lassen, mein geliebtes Leben, nachdem ich dich einmal in meinen Armen gehalten habe.«

Sie erbebte, ein wehes Zucken umspielte ihren Mund. Einen Moment schloß sie die Augen. Dann aber, sich aufrichtend, bog sie seinen Arm zurück.

»Ich danke dir für deine Liebe, Malte. Du weißt, daß mein Herz dir für alle Ewigkeiten gehört. Aber diese Stunde darf nun weiter keine Macht über uns haben. Denn es kann ja kein gemeinsames Glück für uns geben. Laß uns das Andenken an diesen Augenblick der Seligkeit wie einen Schatz in unseren Herzen bewahren. Er war das Höchste, was uns das Schicksal bieten konnte.«

Er ließ sie langsam aus seinen Armen, faßte aber ihre Hände, als fürchte er, sie könne ihm ganz entgleiten. Sein Gesicht mit ihren Händen bedeckend, stöhnte er: »Du, du, ich kann dich nicht lassen.«

Schmerzlich bewegt sah sie ihn an. »Laß es zugleich ein Abschied sein, Malte. Wir werden einander nichts mehr sagen können, sagen dürfen. Laß mich gehen, ich bitte dich, damit ich mir keine Vorwürfe machen brauche wegen meiner Schwäche.«

Mit schmerzlichem Blick sah er sie an. »Ich kann nicht aufhören, zu hoffen, daß ich mir dich dennoch erringen kann. Vielleicht geschieht ein Wunder. Ich kann mich nicht fügen in den Gedanken, daß ich für immer von dir lassen soll.«

Sie schüttelte wehmütig den Kopf. »Nein,

nein – nicht Hoffnungen erwecken, die unerfüllbar sind. Wir dürfen uns beide nicht verlieren in Haltlosigkeiten. Sei stark und mutig, Malte.«

»Das kann ich nur sein im Handeln, nicht im Dulden«, stieß er hervor.

Sie unterdrückte einen Seufzer. »Zwei arme Menschen wie wir können das Glück nicht fassen. Laß uns freiwillig verzichten und stark sein im Verzicht. Unsre Seelen werden einander niemals verlieren, das weiß ich. Nie werde ich dich vergesssen, nie meiner Liebe zu dir untreu werden. Aber damit müssen wir uns abfinden, daß diese Stunde ein Abschied sein muß fürs ganze Leben.«

»Ich soll dich nicht wiedersehen, Ursula?« stieß er hervor.

Mit einem herzzerreißenden Lächeln schüttelte sie den Kopf. »Nein, Malte – wir dürfen uns nicht wiedersehen. Das hat mich diese Stunde gelehrt.«

Mit einer unsagbar zarten, weichen Bewegung nahm sie seinen Kopf in ihre Hände, sah ihm tief in die Augen und küßte ihn noch einmal, daß es ihn wie heiße Seligkeit durchdrang. »Leb wohl, Malte. Gott mit dir.«

Er haschte ihre Hand. »Ursula – Ursula! So helfe Gott uns beiden«, stieß er außer sich hervor.

Sie riß sich los. »Leb wohl.«

Er wollte sie fassen, halten. Aber sie floh wie gejagt vor ihm.

Da brach Malte auf der Bank zusammen und barg aufstöhnend das Antlitz in den Händen.

Gusti war Zeuge von ihrem Versteck aus gewesen, und was sie gesehen hatte, war ein tiefes Erlebnis für ihre junge Seele ... Es hatte an ihr gerüttelt wie ein unsagbarer Schmerz. Sie wußte nun, was sie bisher nur geahnt hatte, daß Malte und Ursula einander liebten. Was hätte sie nicht dafür gegeben, den beiden zu ihrem Glück zu verhelfen. Die abenteuerlichsten Pläne schossen ihr durch den Kopf. Ob sie sich Baron Lutz anvertraute? Er war doch so gut und hatte ihr damals gesagt, Ursulas Glück gehe ihm über alles. Ach, wenn er wollte – er könnte helfen.

Sie überlegte ganz ernstlich, ob sie es tun solle. Aber dann schüttelte sie mutlos die Locken. Nein, es ging doch nicht. Wie hätte sie Lutz sagen dürfen, daß Ursula einen anderen liebe. Nein, nein, es ging nicht. Und trotz allen Grübelns fand sie keinen Ausweg, wie sie den beiden helfen könne.

Als Baron Hans später zum Tennisspiel kam, fand er Gusti ernst und still, ganz gegen ihre sonstige Art. Er beobachtete sie eine Weile mit unruhigen Augen, und als ein Spiel zu Ende war und sie sich müde in einen Korbsessel warf, trat er vor sie hin und klemmte das Rakett unter den Arm.

»Was fehlt Ihnen heute denn, Fräulein Gusti? Sie sind doch nicht krank?«

»Nein, krank bin ich nicht, aber sehr traurig.«

»Traurig? Darf ich wissen, weshalb?« forschte er weiter.

»Ach, ich glaube, ich habe tausend Gründe. Wenn ich alle aufzählen wollte, würde ich heute kaum fertig werden.«

»Ich würde aber ganz geduldig zuhören und versuchen, Sie zu trösten.«

Ihre Augen wurden noch trauriger. »Ach, es gibt keinen Trost für mich«, sagte sie ganz verzagt.

Baron Hans wurde unruhig. Gustis sonst so fröhliches Gesicht so blaß und traurig zu sehen machte ihn ernstlich besorgt. »Liebes Fräulein Gusti, sagen Sie mir doch, was Sie bedrückt. Wir sind gute Freunde, und unter solchen muß Vertrauen herrschen. Oder halten Sie mich Ihres Vertrauens nicht für wert?«

Sie schüttelte den Kopf. »Oh, im Gegenteil, Baron Hans. Ich weiß, Sie meinen es gut. Aber es gibt Dinge, die man selbst dem besten Freund nicht anvertrauen kann. Sehen Sie, über die traurigen Verhältnisse, die in Feldegg herrschen, kann ich nicht mit Ihnen sprechen. Und im Grunde kommen daher alle meine anderen Schmerzen. Da ist zum Beispiel mein Bruder, der unter den Verhältnissen in Feldegg noch viel schwerer leidet als ich. Und dann geht Ursula morgen fort. Das tut mir so weh, sie ist mir doch so viel – viel mehr als meine Eltern und meine Schwester. Es kränkt mich namenlos, daß man sie so von Feldegg fortschickt.«

Er faßte zart und behutsam ihre Hand, und seine Stimme klang unsicher, als er sagte:

»Fräulein Gusti, seien Sie nicht so traurig! Fräulein Ursula kommt ja gottlob in angenehme Verhältnisse!«

Gusti seufzte tief auf. »Ja, gottlob, den Trost habe ich wenigstens! Ach, am liebsten ginge ich mit Ursula fort! Ich fühle mich in Feldegg so überflüssig. Und wenn ich denke, daß Ursula und dann Malte und auch Sie fortgehen, dann – ja, dann hat man doch gar nichts mehr, worauf man sich freuen kann, wenn man morgens aufwacht.«

Sie sagte das mit reizender Unbefangenheit und doch halb schmollend, fast wie ein Kind, dem man ein Lieblingsspielzeug genommen hat.

Mitleidig streichelte er ihre Hand. Und seine Augen sahen sie so gut und treuherzig an, daß ihr plötzlich ganz warm ums Herz wurde.

»Wenn ich Ihnen doch etwas zum Freuen schaffen könnte, Fräulein Gusti«, sagte er nun.

Sie lächelte schon ein wenig getröstet. »Würden Sie es tun, wenn es in Ihrer Macht stünde?«

Leuchtenden Blickes sah er ihr in die Augen. »Ich denke, das wissen Sie, Fräulein Gusti, oder nicht?«

Sie antwortete nicht sogleich. Eine leichte Röte stieg in ihre Wangen, und sie senkte den Blick.

»Nun?« drängte er.

Da nickte sie. »Ja, ich weiß es.«

Er atmete tief auf. »Wissen Sie, was ich am liebsten tun möchte?« fragte er entschlossen.

»Was denn?« entgegnete sie unsicher, und das Rot auf ihren Wangen wurde nur tiefer.

Er ließ plötzlich ihre Hand los und trat zurück. Unwillig über sich selbst schüttelte er den Kopf.

»Ach nein, das darf ich Ihnen nicht sagen – jetzt noch nicht, liebes Fräulein Gusti. Ich glaube, wir sind beide noch ein wenig zu jung. Aber wenn noch ein paar Jahre um sind, so eins oder zwei, dann sage ich Ihnen, was ich mir wünsche – vorausgesetzt, daß Sie darauf warten wollen.«

Sie senkte das Köpfchen wie eine tauschwere Blume. Und dann sah sie auf, in seine guten Augen hinein – und lächelte.

»Natürlich werde ich darauf warten«, sagte sie fest und energisch. Und dann sprang sie auf und strich sich über die Stirn.

»Und nun wollen wir noch eine Partie spielen!«

Er nahm das Rakett auf und folgte ihr. Nun, da sie wieder ganz die alte war, wurde auch er wieder vergnügt. Ihre Worte hatte er genommen als das, was sie auch wirklich waren – ein festes Versprechen.

Sie traten sich im Spiel gegenüber.

»Sind Sie nun nicht mehr traurig, Fräulein Gusti?« rief er ihr zu.

Sie schüttelte den Kopf. »Man muß sich nicht unterkriegen lassen! Mit allem Zittern und Zagen ist doch nicht geholfen.«

»Bravo, Fräulein Gusti!«

Sie lachte schon wieder ein wenig. »Ich habe ja nun auch wieder etwas zum Freuen! Achtung, Baron Hans! Fertig?«

»Fertig!«

Ihr Ball flog herüber – aber er verfehlte ihn. Er hatte zu lange auf die zierliche, weiße Gestalt hinübergeblickt.

Sehr gut spielten sie beide heute nicht.

Am nächsten Morgen stand der Wagen pünktlich bereit, der Ursula zum Bahnhof bringen sollte.

Sie selbst war reisefertig und ging in das Wohnzimmer, um sich zu verabschieden.

Ruhig und sicher trat sie auf Herrn und Frau

von Feldegg zu. »Ich bitte mir zu verzeihen, wenn ich euch undankbar erscheinen muß. Ich bin es gewiß nicht, glaubt es mir, und ich bitte euch, meiner ohne Groll zu gedenken.«

Sie sagte das in ihrer gelassenen Weise, aber es klang doch ein Ton tiefer Bewegung in ihrer Stimme.

Herr von Feldegg reichte ihr förmlich die Hand. Er konnte es ihr nun einmal nicht verzeihen, daß sie sich seinem Willen nicht gefügt hatte. »Leb wohl! Ich will dir nur wünschen, daß du es nicht einmal bitter bereuen mußt, mir nicht gefolgt zu haben. Ich habe dein Bestes gewollt«, sagte er kühl.

Auch seine Gattin fand nur die üblichen Abschiedsworte. »Lebe wohl und laß es dir gut gehen«, sagte sie und reichte Ursula die Hand.

Zuletzt trat Ursula zu Astrid. »Leb wohl, Astrid, ich wünsche, daß dir die Zukunft ein reiches Glück bescheren möge«, sagte sie herzlich.

Aber Astrid legte nur flüchtig die Fingerspitzen in ihre Hand.

»Leb wohl!«

Eisig kalt kam dieser Gruß von Astrids Lippen.

Ursula wandte sich ab, traurig bis ins tiefste Herz hinein. Da warf sich Gusti, die mit ihren Tränen gekämpft hatte, in ihre Arme.

»Gott behüte dich, mein Urselchen! Er wird dich nicht verlassen! Komm, ich bringe dich zum Wagen – einer von uns soll dir doch wenigstens das Geleit geben«, sagte sie schluchzend, mit einem vorwurfsvollen Blick auf Eltern und Schwester.

Eng umschlungen traten die beiden auf die Veranda, an deren Stufen der Wagen hielt.

Da sahen sie Malte stehen. Er sah Ursula mit brennenden Augen entgegen und geleitete sie mit Gusti zum Wagen. Den alten Heinrich, der den Kutschenschlag öffnen wollte, schob er zur Seite und trat an seine Stelle. Sorglich hob er die zitternde Mädchengestalt in den Wagen und flüsterte dann, Ursulas Hand fassend und ihr in die feuchtschimmernden Augen blickend: »Leb wohl, mein holdes Glück.«

Dann trat er zurück und schloß den Schlag.

Noch ein letzter, leidvoller Blick, dann zogen die Pferde an.

Ursula sah nicht mehr zurück. Sie lehnte sich in die Polster und schloß die Augen, und während sie einer neuen Zukunft entgegenfuhr, klangen ihr die bittersüßen Worte im Ohre:

Ich besaß es doch einmal,
Was so köstlich ist,
Daß das Herz, zu seiner Qual,
Nimmer es vergißt.

8

Im Stift zu St. Annen herrschte große Aufregung. Heute sollte die neue Stiftssekretärin eintreffen, und das war für die alten Damen ein überaus wichtiges Ereignis.

Seit die Patronesse ihnen von der ›Neuen‹

gesprochen hatte, beschäftigte man sich ohne Unterlaß mit ihr. Die meisten der Konventualinnen waren doch ein bißchen unruhig, ob ein so junges Wesen nicht allzu große Störung in ihrem stillen Kreise verursachen würde. Aber dann dachten sie wiederum an die Worte ihrer verehrten Durchlaucht, daß ihnen allen ein bißchen Jugend guttun werde und sie vor frühzeitigem Abstumpfen bewahren solle. So sahen sie Ursula also mit gespannter Erwartung entgegen.

Zeitiger als sonst fanden sie sich heute im Konversationssaal ein und suchten dicht an den Fenstern Platz zu bekommen.

Mit einer gewissen Verwunderung nahm Fräulein von Hallern das wahr, als sie sich einfand, um, wie jeden Nachmittag, den Damen vorzulesen.

»Warten Sie nur noch ein Weilchen, liebe Hallern, wir wollen erst Fräulein von Ronach ankommen sehen. Sie können hier hinter mir Platz nehmen, damit sie auch hinaussehen können, wenn Ihre Nachfolgerin ankommt«, sagte Frau von Reitzenhain huldvoll.

Es dauerte nicht mehr lange, da schwankte die umfangreiche Stiftskutsche, mit dem in einer altertümlichen Livree steckenden Kutscher auf dem Bock, heran. Sie war weder neu noch elegant, die Stiftskutsche, aber sehr geräumig, und Durchlaucht hatte einmal lachend gesagt, zur Not könnten alle achtzehn Stiftsdamen darin auf einmal spazierenfahren.

Jetzt saß nur eine einzige schlanke junge Dame darin, aber die konnte man nicht sehen, da der Wagen geschlossen war und auch geschlossen bleiben mußte, weil der Verschluß nicht mehr funktionierte. Neben dem Kutscher standen zwei braune Lederkoffer. Der Wagen hielt vor dem Stiftsportal, und noch ehe der Kutscher herabklettern konnte, wurde das Portal geöffnet und eine der Dienerinnen öffnete den Wagenschlag.

Neunzehn meist grauhaarige Frauenköpfe spähten zu den verschiedenen Fenstern des Saales auf das schlanke blonde Mädchen herab, das in schlichtem grauen Reisekleid dem Wagen entstieg.

Aber Ursula sah auch in dem einfachsten Gewand distinguiert und schön aus, und so war der erste Eindruck bei den Stiftsdamen: eine vornehme, aristokratische Erscheinung sei die neue Stiftssekretärin jedenfalls.

Die alten Damen flatterten alsbald von den Fenstern zurück und nahmen ihre gewohnten Plätze ein. Ein ganz klein wenig unzufrieden mit der üblichen Hausordnung, denn vorläufig würde man nichts mehr von der ›Neuen‹ hören und sehen bis zur Teestunde, die sich seit einigen Jahren auch hier im Stift statt der guten alten Kaffeestunde eingebürgert hatte.

»Liebe Hallern, ich denke, Sie lesen uns noch ein Stündchen vor«, sagte Frau von Reitzenhain, die gewissermaßen stellvertretende Patronesse war in Abwesenheit Ihrer Durchlaucht.

Und das geschah auch, aber große Aufmerksamkeit schenkten die Zuhörerinnen der Vorleserin heute nicht.

Währenddessen entledigte sich Ursula in dem

freundlichen, ihr angewiesenen Stübchen ihrer Überkleider. Die sie begleitende Dienerin hatte sie allein gelassen mit dem Bemerken, sie werde draußen warten, bis das gnädige Fräulein fertig sei, und sie dann zu ihrer Durchlaucht führen.

Ursula fand das Zimmer reizend und lieb und hatte das Gefühl, als müsse sie hier Frieden und Ruhe finden.

Sie trat an das Fenster. Da unten lag ein riesengroßer Obstgarten, der sich bis zu dem Wald hinüberstreckte. Dieser Wald erinnerte sie mit seinen alten, hohen Bäumen an den Feldegger Park. Und wenn sie vergaß, was dazwischen lag, konnte sie sich einbilden, sie sei noch in Feldegg, wenn sie hinüberblickte. Dann konnte sie träumen – von der Stunde, da sie im Feldegger Park an Maltes Herzen, in seinen Armen geruht hatte.

Aufseufzend wandte sie sich ab und strich sich über die Stirn. Nicht den Jammer Herr über sich werden lassen, nicht weinen.

›Ich besaß es doch einmal,
Was so köstlich ist.‹

So klang es leise und tröstend durch ihren Sinn.

Eiligst ordnete sie nun ihren Anzug und befreite sich vom Reisestaub. In kurzer Zeit war sie fertig und trat hinaus auf den Korridor. Die Dienerin führte sie die Treppe hinab, durch einen langen Gang, und brachte sie endlich zu einer hohen Flügeltür an dessen Ende.

Hier klopfte die Dienerin an. Eine klare Frauenstimme rief zum Eintritt. Die Dienerin öffnete und meldete: »Fräulein von Ronach, wie Durchlaucht befohlen.«

»Bitte!« rief die Frauenstimme wieder.

Die Dienerin ließ Ursula eintreten und schloß hinter ihr die Tür. Ursula sah sich der Fürstin Ried gegenüber, die, wie stets, in schwarze Seide gekleidet und mit dem Stiftskreuz geschmückt, mitten im Zimmer – ihrem Arbeitszimmer – stand.

Einen Moment blickte Ursula zaghaft auf die imponierende, Ehrfurcht gebietende Frauengestalt. Sie erschien ihr fremd. Sie vermochte sie nicht wiederzuerkennen, denn als sie die Fürstin vor Jahren gesehen hatte, hatte diese schwarzes Haar gehabt und ein farbiges Kleid getragen. Auf die Züge konnte sie sich nicht mehr genau besinnen. Mit einer tiefen Verbeugung sank Ursula in sich zusammen. »Euer Durchlaucht gestatten gütigst, mich vorzustellen«, sagte sie leise.

Ein scharfer, forschender Blick war aus den Augen der Fürstin über das junge Mädchen geglitten. Wie Rührung zuckte es in ihrem Gesicht. Und nun trat sie rasch auf Ursula zu, faßte sie bei beiden Händen und zog sie zu sich heran, in ihre Arme.

»Ist mir doch, mein liebes Kind, als sei meine eigne Jugend mit dir über diese Schwelle getreten. Du mußt mir schon gestatten, liebe Ursula, daß ich dich ohne Umstände an mein Herz nehme. Du gleichst deiner lieben Mutter so sehr, daß ich meinen könnte, sie selbst sei zu mir gekommen. Laß dich anschauen! Ja, ja, Kind, ich muß mich zusammenrütteln, damit ich nicht vergesse, daß fast dreißig Jahre zwischen mir und jener Zeit liegen, als deine Mutter mit mir zusammen jung war.«

Wie eine warme Welle überfluteten die herzlichen Worte der Fürstin Ursulas Seele. Mit freudigem Erschrecken sah sie in das gütige Frauenantlitz.

»Euer Durchlaucht sind so überaus gütig«, sagte sie bewegt.

Die Fürstin lachte leise. »Kindchen, wenn wir zwei unter uns sind, dann wollen wir die langweilige Durchlaucht streichen. Sind wir unter uns, will ich nichts anderes für dich sein als deine Tante Maria, wie du mich einstmals, als deine gute Mutter noch lebte, zu nennen pflegtest. Oder willst du mir diesen trauten Namen nicht mehr geben?«

Ursula neigte sich mit feuchtschimmernden Augen auf die Hand der Fürstin herab und küßte sie dankbar und innig. »Wenn du es mir gestatten willst, Tante Maria – ach, liebe Tante Maria – du weißt nicht, was du mir damit für eine Wohltat erweist, daß du mich so gütig aufnimmst.«

Liebevoll strich ihr die Fürstin das Haar aus der Stirn und zog sie neben sich nieder auf den Diwan.

»Arme, kleine Ursula! Bist wohl nicht mit Liebe verwöhnt worden seit dem Tod deiner Mutter? Wenn ich gewußt hätte, daß du dich in Feldegg nicht wohl fühltest, nun – lassen wir das jetzt. Du mußt mir später alles aus deinem Leben erzählen, was ich nicht weiß. Warst wohl schon ganz verzagt, als dich niemand auf der Schwelle dieses Hauses empfing als einige Dienstboten?«

»Nein, Tante Maria. So leicht bin ich vor nichts und vor niemand bange. Wenn aber nun deine Güte als Schutzwall um mich steht, wie könnte ich da noch zagen? Ich danke dir, ach – ich danke dir tausendmal, daß du so gut zu mir bist und mir meinen Eintritt in dieses Haus so leicht machst.«

Die Fürstin küßte sie auf die Wange. »Nun, nun – gar so leicht wird es dir hier nicht werden, liebes Kind. Da sind außer mir achtzehn alte Damen, und jede von ihnen hat irgendeine kleine, wunderliche Schrulle, die respektiert werden muß. Das ist manchmal schwer. Aber ich werde dir helfen, daß du nicht anstößt und dich mit diesen kleinen Schwächen zurechtfindest.«

So plauderte die Fürstin, warm und herzlich, und nahm Ursula mit gütigen Händen alles Bangen aus der Seele. Von diesem und jenem plaudernd, gab sie Ursula immer wieder gute Ratschläge, wie sie sich hier im Stift zu verhalten habe. Auch Ursula mußte einiges aus ihrem Leben in Feldegg erzählen. So war die Stunde bald vorüber und es wurde Zeit, zum Tee in den Speisesaal zu gehen.

Die Stiftsdamen hatten diesen bereits betreten. Der Tee wurde hier in zwanglosen Gruppen an mehreren kleinen Tischen eingenommen. Der Tisch am Kamin war ein für allemal als Ehrenplatz für die Fürstin bestimmt, und jeden Tag durften an diesem Tisch noch drei andere Damen Platz nehmen. Dies geschah jedoch ebenfalls in strenger Reihenfolge, so daß jede zu ihrem Recht kam.

Als die Fürstin heute eintrat, verstummte sofort das lebhafte Geplauder. Alle Damen erhoben sich, um Durchlaucht mit einer tiefen Verbeugung zu begrüßen. Aber ihre Blicke glitten heute neugierig an der Patronesse vorbei und hin zu der jungen Dame an ihrer Seite.

Ursula fühlte sich ein wenig befangen. Eine Art von Lampenfieber befiel sie, aber sie gab sich Mühe, ruhig zu erscheinen.

Die Fürstin stellte sie allen Damen der Reihe nach vor und zuletzt Fräulein von Hallern, indem sie zu gleicher Zeit sagte: »Liebste Hallern, Sie haben wohl die Güte, Fräulein von Ronach gleich ein wenig in ihre Obliegenheiten einzuweihen. Ich denke, einige Tage werden genügen, bis sie sich eingerichtet hat. Und dann entbinden wir Sie gern von Ihrer Pflicht, da wir wissen, daß Sie im Haus Ihres Bruders nötig gebraucht werden. Nicht wahr, meine Damen, ich spreche da in Ihrem Sinn?«

Von allen Seiten wurde zugestimmt, und Fräulein von Hallern verneigte sich dankend.

Die Damen nahmen nun ihre Plätze ein und Fräulein von Hallern begab sich mit Ursula an einen Tisch neben der Tür, wo Teegeschirr, Toastplatten und Kuchenkörbchen bereitstanden. Es war Fräulein von Hallerns Amt, die Teetassen zu füllen und herumzureichen. Ursula beteiligte sich heute daran, und sie merkte sich gut, wie die Damen den Tee wünschten. Die eine nahm Sahne, die andere Zucker, die dritte beides zusammen. Eine vierte verlangte eine Zitronenscheibe, und zwei oder drei nahmen sogar einen kleinen Schuß Rum dazu.

Sobald eine Tasse geleert war, wurde sie von Fräulein von Hallern frisch gefüllt. Das alles behielt Ursula gut, um sich möglichst schnell ihren neuen Pflichten anzupassen. Ihr Bemühen wurde mit einer Art freundlicher Neugier beobachtet, und einige Damen zeichneten Ursula schon heute mit einer kleinen Ansprache aus. Die Fürstin merkte sogleich, daß Ursula sich gut eingeführt hatte.

Nachdem der Tee eingenommen war, schickte sie Ursula auf ihr Zimmer. »Sie können Ihre Sachen auspacken und einräumen, Fräulein von Ronach, und brauchen sich erst zum Abendessen, um halb acht Uhr, wieder hier einzufinden«, sagte sie ganz formell, wenn auch freundlich, denn sie wußte, daß ihre Schützlinge eifrig über das Dekorum wachten.

Ursula verneigte sich tief. »Wie Durchlaucht befehlen«, antwortete sie ehrfurchtsvoll und zog sich zurück.

Schneller, als sie es geglaubt hätte, waren für Ursula die ersten Wochen im Stift zu St. Annen vergangen. Sie hatte sich sehr schnell und leicht in ihren Pflichtenkreis eingelebt und fühlte sich so wohl, wie sie es nie zu hoffen gewagt hatte.

Freilich tat ihr das Herz weh, wenn sie an Malte und Gusti dachte, und manchen Abend weinte sie sich in den Schlaf. Wenn der Mond drüben über dem Wald stand, sah sie hinüber, bis die Augen schmerzten. So hatte er auch über dem Feldegger Park gestanden. Genau wie hier hatte sie ihn noch von ihrem Lager aus am Himmel stehen sehen können.

Fräulein von Hallern war schon drei Tage nach Ursulas Eintreffen abgereist, und Ursula war nun in alle ihre Pflichten eingetreten.

Die erste Vorlesung der neuen Stiftssekretärin war mit Entzücken aufgenommen worden. Die warme junge Stimme klang freilich anders als das etwas spröde Organ Fräulein von Hallerns. Vormittags las Ursula den Damen zumeist aus der Zeitung vor, und zwar gleich nach dem gemeinsam eingenommenen ersten Frühstück. So weltabgeschieden die Stiftsdamen sonst auch lebten, interessierten sie sich doch lebhaft für alles, was draußen in der Welt vorging, und die Fürstin hatte sogar eine der meist gelesenen Berliner Tageszeitungen abonniert, damit alle Neuigkeiten aus erster Hand ins Stift kämen. Nach dieser morgendlichen Vorlesungsstunde arbeitete Ursula im Arbeitszimmer der Fürstin bis gegen Mittag. Und wenn die alten Damen ihr Schläfchen hinter sich hatten, las Ursula ihnen aus einem Buch bis zur Teestunde vor.

Immerhin blieb täglich manche Stunde, über die sie frei verfügen konnte. Das war ihr etwas ganz Neues und Ungewohntes. In Feldegg waren ihre Tage stets überreichlich mit Arbeit ausgefüllt gewesen.

Sie erbat sich von der Fürstin die Erlaubnis, Spaziergänge in dem nahen Wald machen zu dürfen, der sehr schön war. Durchlaucht gestattete es gerne, und schließlich begleitete sie Ursula selbst auf ihren täglichen Wanderungen.

Die alten Stiftsdamen schüttelten darüber anfangs ein wenig den Kopf, daß Ihre Durchlaucht ›so anstrengende Märsche‹ unternehme, und gar bei Regenwetter. Aber da die Fürstin stets frisch und munter zurückkehrte, beruhigten sie sich mit der Zeit über diese Neuerung.

Trotz dieser Ausflüge war Ursulas Tätigkeitsdrang nicht gestillt worden. »Ich habe schrecklichen Arbeitshunger, Tante Maria, und beneide die Dienerinnen im Stift, weil sie sich ausarbeiten können. Ich bin dies bequeme Leben nicht gewöhnt«, sagte sie eines Tages zur Fürstin.

Diese lächelte. »Warte nur noch ein wenig, Ursula. Jetzt beginnt bald die Obsternte in St. Annen, und dann sollst du für einige Monate mehr Arbeit haben, als du dir wünschen kannst. Und wenn du dabei tüchtig hilfst, dann wirst du dich bei meiner kleinen Herde noch beliebter machen, als du es jetzt schon bist.«

»Bin ich das wirklich, Tante Maria?« fragte Ursula lachend.

Die Fürstin streichelte ihre Wange. »Ja, das bist du. Fräulein von Hallern hat es nicht immer so leicht gehabt, alle zufriedenzustellen, aber du zwingst ja alles in deinen Bann. Dir kann selbst die ärgste Nörglerin nicht widerstehen.«

Mit Gusti korrespondierte Ursula sehr fleißig, und zuweilen las sie der Fürstin einen von den Briefen ihrer jungen Freundin vor. Rückhaltlos hatte sie der Fürstin anvertraut, was sie in Feldegg erlebt, ohne jedoch mit einem Wort ihren Vormund, seine Gattin oder Astrid anzuklagen. Sie fand im Gegenteil noch Entschuldigungen für ihr Benehmen und begründete es mit der bedrängten Lage, in die sie geraten waren.

Auch Lutz Rippachs gedachte sie oft mit warmen Worten und bedauerte sehr, daß sie ihn hatte kränken müssen.

Die Fürstin interessierte sich sehr für seine Person, verriet aber mit keiner Silbe, daß sie durch ihn selber von allem unterrichtet sei.

Natürlich erwähnte Ursula auch Malte, aber stets nur mit ganz wenigen Worten. Doch die Fürstin war nicht nur eine gütige und feinfühlige, sondern auch eine scharfsichtige Frau. Und gerade daß Ursula so sparsam mit Mitteilungen über Malte war, gab ihr die Gewißheit, daß es hier für Ursula etwas zu verheimlichen gab, und sie wußte auch was. Allein sie forschte dem nicht weiter nach. Sie wollte sich nicht ein Vertrauen erzwingen, das ihr nicht freiwillig geboten wurde.

Als Ursula ungefähr vierzehn Tage in St. Annen war, erhielt sie folgenden Brief von Gusti:

›Mein herzliebes Urselchen! Da sitze ich schon wieder, um an Dich zu schreiben. Ich kann ja leider nicht mehr mit allem, was ich auf dem Herzen habe, zu Dir gelaufen kommen, um mir Luft zu machen und mich von Dir trösten zu lassen. Wenn Du wüßtest, wie Du mir fehlst, Du würdest mich herzlich bedauern. Ich habe nur eine Genugtuung, daß Du nämlich nicht nur mir, sondern allen hier im Haus fehlst, und sogar Astrid spürt es, wie notwendig Du uns warst. Mama seufzt täglich hundertmal, wenn etwas nicht klappen will – und es klappt eigentlich nichts mehr so recht: ›Wie Ursula hier war, da ging doch alles wie am Schnürchen und jetzt will gar nichts mehr glattgehen.‹ Papa rief die ersten Tage gewohnheitsmäßig immer wieder nach Dir, und wenn ihm dann einfiel, daß Du ja weit fort bist, kehrte er verdrießlich in sein Zimmer zurück.

Siehst Du, Urselchen, so schadenfroh bin ich doch, daß mich das freut. Warum haben sie Dich weggegrault! Sie sollen schon noch erkennen, was sie an Dir hatten. Das hat Malte auch gesagt – er weiß, was wir an Dir hatten, mein Urselchen, und ich weiß es auch.

Astrid ist wütend, daß sie jetzt manchmal mit Hand anlegen muß. Sie jammert fortwährend darüber, daß ihre wohlgepflegten Hände leiden. Eine Viertelstunde arbeitet sie – natürlich mit alten Glacéhandschuhen – und zwei Stunden braucht sie dann, um ihre Fingernägel wieder zu polieren. Das ist doch affig, nicht? Ich halte auch auf meine Hände, aber was zuviel ist, das ist zuviel. Und wenn ich bedenke, was Du alles getan hast und wie schön Deine Hände trotzdem waren, obwohl Du nicht viel Zeit darauf verwenden konntest. Aber Astrid mag überhaupt nichts tun, sie ist schrecklich faul.

Mir macht das Herumwirtschaften mehr Spaß als das dämliche Stillsitzen hinter den Handarbeiten. Damit kommt mir Mama gottlob jetzt nicht mehr. Du, Urselchen, ich habe Dir doch mancherlei abgeguckt, und es ist gut, daß Du mich heimlich in den letzten Tagen ein bißchen instruiert hast. So bin ich nicht zu unbeholfen. Ich denke jetzt so oft daran, daß Du mir immer gesagt hast: ›Wer arbeiten kann, wird nie ganz unglücklch sein.‹ Ich bin wirklich froh, daß ich meine Sorgen über der Arbeit zuweilen vergessen darf.

Das Herz ist mir ohnehin schwer genug. Solange Malte und Baron Hans noch da waren, ging es ja. Aber nun sind sie beide fort. Mein armer Malte! Er war ganz furchtbar traurig und bedrückt all die Zeit. Und stundenlang konnte er im Park auf der Bank an den Ginsterbüschen sitzen und vor sich hinstarren. Ich hab' ihn immer da fortholen müssen. Weißt Du – ich glaube, es quält ihn sehr, daß es so schlecht um Feldegg steht und Papa ihn immer wieder bedrängt, eine reiche Heirat zu machen. Ich habe ihn einmal gefragt: ›Malte, wirst Du Papas Wunsch erfüllen und Fräulein von Reinhard heiraten?‹ Da hat er mich ganz düster angesehen und gesagt: ›Nein, Gusti, niemals! Ich kann mich nicht verkaufen und will es auch nicht. Mag hier alles in Trümmer gehen!‹ Da hab' ich Malte um den Hals genommen und gesagt: ›Recht so, Malte, seinem Herzen muß man niemals Gewalt antun, das ist Sünde.‹ Da hat er mich geküßt und hat ganz weich und zärtlich gesagt: ›Kleine Gusti – liebe, kleine Gusti.‹

Ach, mein Urselchen, er ist doch ein herrlicher Mensch, mein großer Bruder, nicht wahr? Wenn es nur nicht so schlimm um Feldegg stünde, oder wenn Astrid einen reichen Mann bekäme. Aber darauf ist kaum zu hoffen. Sie hat natürlich nicht nachgelassen, bis Baron Hans seinen Vetter Lutz wieder mit nach Feldegg brachte. Er war nun schon zweimal wieder hier, aber ich glaube, er tut es nur seines Vetters wegen. Seit dieser fort ist, war er noch nicht wieder hier. Und wenn Astrid denkt, er heiratet sie, dann ist sie auf dem Holzweg. Wer eine Ursula liebhat, dem kann eine Astrid nicht gefallen.

Ach du lieber Gott – der Brief wird ja endlos lang, und dies ist mein letzter Bogen Briefpapier. Natürlich wird das auch ein Doppelbrief – hoffentlich kann ich bei Papa Briefmarken schnurren. Wenn ich Dir so oft schreiben würde, wie ich möchte, würde die Post schrecklich reich.

Du, Urselchen, ich freue mich mächtig, daß Durchlaucht so lieb und gut zu Dir ist und daß die Stiftsdamen Dich gern haben. Für mein Leben gern möchte ich einmal im Stift Mäuschen sein, wenn Teestunde ist. Du hast mir das alles so lebhaft geschildert. Schreib mir nur sehr bald wieder so einen langen Brief. Ich sehne mich sehr nach Deinen lieben Worten, denn nun bin ich für lange, lange Zeit ganz allein und habe keinen Menschen, der mich versteht und zärtlich zu mir ist. Die Augen könnte ich mir ausweinen. Aber nein, ich tue es nicht, ich habe Baron Hans fest in die Hand versprochen, den Kopf nicht hängen zu lassen und tapfer zu sein. Das will ich auch halten. Himmel, ist der Brief lang! Jetzt höre ich auf. Leb wohl, mein Urselchen! Ich küsse Dich und drücke Dich ein bißchen tot vor Liebe. Wenn es weh tut, mußt Du nicht mucksen. Gute Nacht, Urselchen – jetzt gehe ich zu Bett und will von Dir träumen.

Deine Gusti‹

Einige Tage später kam wieder ein Schreiben Gustis an Ursula. Das klang etwas vergnügter:

›Mein Urselchen! Neulich war ich doch die reine Tränenweide und habe Dich am Ende mit meinem Jammer angesteckt. Weißt Du, ich glaube, mir lag der Abschied von Malte und Baron Hans noch in den Gliedern. Nun bin ich aber ganz normal und Du brauchst Dich nicht zu sorgen. Heute muß ich Dir etwas sehr Sonderbares berichten. Denke Dir, Mama scheint sich einzubilden, daß sich Baron Lutz mehr für mich interessiert als für Astrid. Er war nämlich wieder in Feldegg und hat gegen Astrid so energisch Front gemacht, wie es nur möglich war einer Dame gegenüber. Sie wollte ihn wieder mit Beschlag belegen, und Mama unterstützte das noch. Da hat er aber meine Hand genommen und gesagt: ›Fräulein Gusti, leisten Sie mir doch Gesellschaft, Sie wissen, ich plaudere so gern mit Ihnen.‹ Und er wich nicht von meiner Seite, natürlich nur, um nicht mit Astrid allein sein zu müssen. Mit dieser hat er nur wenige, formelle Worte gesprochen, aber wir haben uns doch eine Menge zu erzählen, von seinem Vetter Hans, von Malte – und natürlich auch von Dir. Und was denkst Du, als er fort war, kommt Mama zu mir, ist furchtbar nett zu mir, wie sonst nie, und fragt mich so allerlei wegen Baron Lutz. Spiritus, merkst Du was?

Ich witterte gleich, worauf Mama hinauswollte, und sagte ihr kurz und bündig: ›Nein, Mama, was Du denkst, ist nicht. Baron Lutz ist mein Freund, aber er denkt nicht im Traum daran, mich zu heiraten, denn er liebt Ursula noch immer und wird sie immer lieben. Und ich denke ebensowenig daran, ihn zu heiraten, denn erstens ist er mir zu alt und zu ernst, und zweitens heirate ich einmal aus Liebe – oder gar nicht. Erst soll mal Astrid heiraten, ich habe noch lange Zeit. Aber laß sie nur nicht auf Baron Lutz warten, der heiratet sie bestimmt nicht.‹ Da wurde Mama sehr böse, nannte mich ein albernes, garstiges Ding und lief ärgerlich davon. Ach Urselchen, es könnte zum Lachen sein, wenn es nicht so traurig wäre. Meine Eltern wissen vor Angst um Feldegg kaum noch, was sie tun. Erst haben sie zu sehr aus dem vollen gelebt, und nun – es tut mir trotz allem schrecklich weh, daß ich ihnen nicht helfen kann, denn siehst Du, Urselchen, lieb hat man seine Eltern doch, wenn sie einem auch Kummer machen. Ach so, nun bin ich Jammerliese schon wieder beim Wehklagen und wollte doch vergnügt sein. Ich weiß nicht, es muß jetzt in der Luft liegen, daß man ewig so wehleidig ist. Ich will lieber Schluß machen für heute. Nächstes Mal schreibe ich ganz bestimmt einen lustigen Brief. Viele herzliche Küsse von

Deiner Gusti‹

Mit inniger Anteilnahme las Ursula diese beiden Schreiben und seufzend verschloß sie sie. Das Herz war ihr schwer. Für sie stand noch viel mehr in diesen Zeilen, als das gute Kind in Feldegg zu ahnen imstande war.

9

In der letzten Juniwoche begannen in St. Annen die alljährlichen Vorbereitungen zur Obsternte. Die großen Parterreräumlichkeiten wurden aufgeschlossen, und endlose Reihen von Gläsern, Flaschen und Büchsen standen bereit, den Segen des Sommers aufzunehmen.

Eine Anzahl von Frauen und Kindern aus dem nahen Dorf erschienen zur Mithilfe, und das ganze Stift erschien total verändert. Alle Damen waren voll Eifer. Am frühen Morgen, gleich nach dem Frühstück, schwärmten sie bereits in den großen Garten mit riesigen Schutzhüten, Schürzen, Handschuhen und Körben bewaffnet, um mit dem Obstpflücken zu beginnen.

Ursula war mit Feuereifer bei dieser Arbeit. Das war wieder einmal eine Gelegenheit, sich tummeln und seine Arme rühren zu können.

Vormittags wurde das Obst gepflückt und nachmittags eingemacht und verarbeitet, und hierbei konnte Ursula sogar einige sehr praktische Neuerungen einführen, was sie in so stiller, bescheidener Weise tat, daß die alten Damen jeden Widerspruch vergaßen.

Die Obsternte war dieses Jahr von dem herrlichsten Wetter begünstigt. Das ganze Stift duftete nach dem köstlichsten Fruchtaroma, und die Bienen umschwärmten im eifrigen Wettbewerb die fleißigen Menschen, um ihrerseits von diesem Segen zu profitieren und Honig einzuheimsen.

Ursula gefiel dies frohe Treiben viel besser als die tatenlose Stille vorher. »Ich wollte, es wäre das ganze Jahr Obsternte in St. Annen, Tante Maria«, sagte sie zur Fürstin, als sie eines Morgens in deren Arbeitszimmer schnell einige schriftliche Arbeiten erledigen mußte.

Diese lachte. »Das wollte ich auch, Ursula, denn nie ist meine kleine Herde zufriedener und froher als in dieser Zeit. Die Obsternte ist ein Jungbrunnen für uns alle. Leider dauert sie nur bis zum Oktober. Da werden dann die letzten Birnen und Äpfel eingebracht und entweder auf dem Speicher gelagert oder in Körben fortgeschickt. Danach ist dann wieder Ruhe bei uns, die tiefste natürlich im Winter, wenn ringsum alles mit Schnee bedeckt ist und meine Weiblein sogar im warmen Zimmer noch in die Pelzjacken kriechen. Ja, ja, Ursula, dann wird es sehr, sehr still bei uns.«

Aber diesmal sollte sie mit ihren Voraussagen im Irrtum sein. Die Stille und Ruhe von St. Annen war, wie die der halben Welt, ernstlich bedroht. Schwere Wetterwolken, die furchtbaren Sturm kündeten, zogen am politischen Himmel auf, und die Kriegsfurie schwang drohend über den Völkern ihre Brandfackel.

Krieg!

Ursulas erster Gedanke galt bei diesem Wort, bei der bloßen Vorstellung davon, Malte. Nicht die eigene Gefahr, der sie hier möglicherweise ausgesetzt sein könnte, beunruhigte sie, sondern nur, daß Malte als einer der ersten mit ins Feld hinausziehen mußte, wenn Deutschland bedroht war.

Krieg! Ihr Herz krampfte sich in heißer Angst zusammen.

In St. Annen stellten die sich überstürzenden Ereignisse alles auf den Kopf. Wie eine aufgescheuchte Herde, in die ein Wolf eingebrochen ist, rannten die völlig kopflos gewordenen alten Damen durcheinander. So nahe der russischen Grenze fühlten sie sich von allen Schrecknissen des Krieges bedroht.

Einige wollten Hals über Kopf abreisen – irgendwohin. Aber die Eisenbahnen beförderten zunächst nur Militär und was damit zusammenhing.

Die Fürstin mahnte zur Ruhe. »Noch sind wir keiner Gefahr ausgesetzt, meine Damen, und es ist ganz zwecklos, den Kopf zu verlieren und uns durch allerlei Schreckbilder den Blick trüben zu lassen. Wir wollen vorläufig ruhig wieder an unsere Arbeit gehen und, so gut es möglich sein wird, die Obsternte beenden. Jetzt muß jeder, ob Mann oder Frau, auf seinem Posten stehen. Vorläufig sind wir hier in Sicherheit. Aber es ist wohl möglich, daß wir bald Einquartierung bekommen. Auch kann es sein, daß man uns später Verwundete hierher schickt. Da sehe ich eine Aufgabe für uns, der wir uns nicht entziehen dürfen. Wir wollen schon jetzt unsere Tätigkeit in den Parterreräumen auf die Küche und den anstoßenden Raum zu beschränken suchen und die anderen Zimmer für eventuelle Einquartierung vorbereiten. Wir können eine ganze Anzahl von Menschen unterbringen, wenn es not tut.«

Die ruhige Zuversicht der Fürstin verfehlte ihre Wirkung nicht auf ihre Schutzbefohlenen. Eine Weile sahen sich die alten Damen erregt an, aber dann erklärten sie einstimmig, solange Durchlaucht bliebe, würden sie auch standhalten, und daß sie bereit seien, ganz nach ihren Befehlen zu handeln.

Aber Mut und Fassung ging bei ihnen fast in die Brüche, als das nächste Dorf bald darauf mit Einquartierung belegt wurde und ein Hauptmann, zwei Offiziere und zwanzig Mann ihren Einzug in das Stiftshaus hielten.

Für die Mannschaften hatte die Fürstin den einen großen Parterreraum herrichten und für die Offiziere einige Logierzimmer öffnen lassen.

Sie ging den Herren entgegen, begrüßte sie freundlich und verhieß ihnen gute Aufnahme und Verpflegung.

Am andern Tag zog die Einquartierung schon wieder ab, und als zum zweiten Mal Soldaten in St. Annen ihren Einzug hielten, hatten die Stiftsdamen ihre Angst verloren. Bald darauf erhielt St. Annen zum dritten Mal Einquartierung. Wieder war es ein Hauptmann, einige Offiziere und Mannschaften.

Die Fürstin begrüßte auch diese Offiziere in ihrer freundlichen Art.

»Ich heiße Sie willkommen, meine Herren, und hoffe, Sie lassen es sich in St. Annen gefallen«, sagte sie.

Der Hauptmann, ein stattlicher blonder Recke, trat vor.

»Durchlaucht gestatten gütigst, daß ich meine

Offiziere und mich vorstelle. Ich betrachte es als einen besonders glücklichen Zufall, daß ich in St. Annen Quartier bekommen habe. Mein Name ist Lutz von Rippach.«

Mit freudigem Erstaunen sah die Fürstin auf den stattlichen Offizier in der feldgrauen Uniform, der mit so guten, offnen Augen in ihr Gesicht blickte. Das also war Baron Lutz von Rippach – der Mann, dessen Hand Ursula ausgeschlagen hatte.

»Seien Sie mir herzlich willkommen, Herr Hauptmann«, erwiderte sie, »ich freue mich, Ihre persönliche Bekanntschaft zu machen, wenn auch die Veranlassung dazu eine sehr traurige ist.«

Baron Lutz küßte ihr die Hand.

»Durchlaucht können versichert sein, daß wir den Frieden dieses Hauses streng respektieren werden. Gestatten Durchlaucht, Herr Oberleutnant von Geckenbach, Leutnant Flandern.«

Die Fürstin entließ die Herren mit einem freundlichen Neigen des Hauptes und begab sich in ihr Arbeitszimmer. Hier saß Ursula am Schreibtisch, über die Rechnungsbücher gebeugt, und machte einige Eintragungen.

Sie hatte keine Ahnung von der Anwesenheit Baron Rippachs im Hause.

Lächelnd wandte sie der eintretenden Fürstin das Antlitz zu. »Die neue Einquartierung ist wohl eingetroffen, Tante Maria?«

»Ja, Kind«, erwiderte die Fürstin nähertretend und legte ihr die Hand auf den Scheitel, »du wirst einen alten Bekannten unter ihnen finden.«

Ursula fuhr jäh empor und starrte die Fürstin mit großen Augen an. »Wer ist es, Tante Maria?«

»Baron Lutz von Rippach, der Hauptmann der Kompanie, die im Dorf und Stift St. Annen einquartiert ist.«

Ein tiefer Atemzug hob Ursulas Brust. Sie hatte gehofft und gefürchtet, Maltes Namen zu hören.

Die Fürstin sah ihr prüfend ins Gesicht. Sie verstand, daß Ursula den Namen eines anderen zu vernehmen gehofft hatte, der ihr teurer war als der des Barons Rippach.

»Baron Lutz – daß er hierhergekommen ist, welch seltsame Fügung«, sagte Ursula leise.

»Er nennt es einen besonders glücklichen Zufall, Kind«, entgegnete die Fürstin leise.

Mit einem tiefen Seufzer fuhr sich Ursula über die Stirn. »Auch ich würde es so nennen, wenn ...«

Die Fürstin streichelte ihr Haar. »In Zeiten, wie wir sie jetzt durchleben, meine liebe Ursula, bekommt alles ein anderes Gesicht. Da wird manches umgewertet, was in uns und um uns ist. Ich denke, du kannst der Begegnung mit diesem hochherzigen Mann ruhig entgegensehen.«

»Wird er längere Zeit hierbleiben?«

»Das weiß ich nicht, glaube es aber kaum.«

Es klopfte an die Tür, und auf den Zuruf der Fürstin trat die Dienerin ein, welche die Offiziere zu ihren Zimmern geführt hatte.

»Was wollen Sie, Christine?« fragte die Fürstin.

»Der Herr Hauptmann von Rippach lassen ergebenst anfragen, ob er Euer Durchlaucht jetzt seine Aufwartung machen dürfe«, meldete Christine.

Die Fürstin sah einen Moment auf Ursula, dann sagte sie schnell: »Führen Sie den Herrn Hauptmann in mein kleines Empfangszimmer. Ich komme sogleich.«

Christine verschwand. »Du bleibst inzwischen hier, bis ich dich rufen lasse, Kind. Sicher will dich der Baron begrüßen.«

Ursula neigte das Haupt. »Ich bleibe hier, Tante Maria.«

Als die Fürstin durch ihre Zimmer schritt, dachte sie: ›Ist es ein Zufall oder eine höhere Fügung, was Baron Rippach in unser stilles Haus geführt hat?‹

Der Baron hatte ihr bei der persönlichen Bekanntschaft sehr gut gefallen, und sie hätte keine Frau sein müssen, wenn sie nicht erwogen hätte, ob sie nicht zwischen ihm und Ursula würde vermitteln können. Mit einiger Unruhe ging sie dem Baron entgegen.

Fast zu gleicher Zeit mit ihm betrat sie das Empfangszimmer. Die Fürstin reichte Baron Lutz mit unverkennbarer Herzlichkeit die Hand.

»Ich sehe, Sie haben sich bereits etwas erfrischt, Herr Hauptmann, und freue mich, daß ich Sie jetzt schon sprechen kann. Bitte nehmen Sie Platz; ich freue mich herzlich, Ihre persönliche Bekanntschaft zu machen.«

Baron Lutz verneigte sich, küßte ihr die Hand und nahm ihr gegenüber Platz. »Mir ist es gleichfalls eine große Freude und eine hohe Ehre, Euer Durchlaucht kennengelernt zu haben. Durchlaucht können wohl ermessen, mit welchen Gefühlen ich hierher kam. Teilweise freue ich mich, daß ich Fräulein von Ronach noch einmal wiedersehen kann, ehe ich ins Feld ziehe, und teilweise fürchte ich mich vor diesem Wiedersehen – denn ich habe meine Herzensruhe noch nicht zurückgewinnen können.

Über all diese Gefühle geht mir aber momentan die Sorge, daß St. Annen so nahe der Grenze liegt. Es kann schon heute oder morgen in der Nähe zu blutigen Kämpfen kommen, und so ist es leicht möglich, daß die der Grenze naheliegenden Ortschaften in Mitleidenschaft gezogen werden. Ich halte es für Eure Durchlaucht und die übrigen Damen für besser, das Stift zu verlassen und sich ins geschützte Innere des Landes zu begeben.«

Die Fürstin seufzte ein wenig. »Lieber Baron, das ist nicht so einfach, wie Sie denken. Gesetzt, die Eisenbahn würde uns befördern oder eine andere Verkehrsmöglichkeit sich uns bieten, aber wohin sollen wir gehen? Meine Schutzbefohlenen sind auf das Leben in St. Annen angewiesen, und müßten sie ihr Heim verlassen, wären sie wohl auf die öffentliche Wohltätigkeit angewiesen. Deshalb müssen wir bleiben, solange es nur irgend geht, und mein Platz ist selbstverständlich bei meinen Schützlingen. Ich habe Ursula schon gefragt, ob sie nicht für die Dauer des Krieges wieder nach Feldegg zurückkehren will. Ich selbst würde Herrn von Feldegg um Aufnahme für sie bitten. Aber sie hat mir erklärt, daß sie das um keinen Preis möchte.«

»Das glaube ich wohl. Durchlaucht hätten Fräulein von Ronach das kaum vorgeschlagen, wenn Sie die Verhältnisse in Feldegg kennen würden. Auch hat der plötzliche Ausbruch des Krieges dort vollends dem Faß den Boden ausgeschlagen. Malte von Feldegg ist schon am ersten Mobilmachungstag ausgerückt mit seinem Regiment. Die Gläubiger seines Vaters, die etwa noch auf eine reiche Heirat des Sohnes gerechnet haben, sind nun besonders dringlich geworden, denn wer kann wissen, ob Malte aus diesem Krieg heimkehrt? Ist bis zum ersten Oktober nicht das nötige Kapital beschafft, dann kommt Feldegg unter den Hammer, denn niemand wird Herrn von Feldegg noch Geld leihen. Aus dem Zusammenbruch wird er kaum soviel retten, daß er sich noch eine kurze Zeit mit Frau und Töchtern in den bescheidensten Verhältnissen über Wasser halten kann. Also in Feldegg könnte Fräulein von Ronach, selbst wenn sie wollte, kaum ein Unterkommen finden. Und weil ich das alles weiß, bin ich in quälender Sorge um sie. Wenn sie der Krieg hier aus diesem stillen Friedenshafen vertreibt, was soll dann aus ihr werden?«

Gütig sah die Fürstin in sein sorgenvolles Gesicht. »Lieber Baron, Sie sind wirklich ein seltener Mensch. Ich kann Sie nur bewundern. Ihre Sorge um Ursula kann ich aber auch jetzt gottlob zerstreuen. Sie ist mir während der kurzen Zeit ihres Hierseins schon so fest ans Herz gewachsen, daß ich sie ganz sicher nie mehr verlassen werde. Sie soll bei mir bleiben, solange sie es selbst will. Und müssen wir, was Gott verhüten möge, fort von St. Annen, so geht sie mit mir. So schmal auch mein Einkommen ist, für uns beide reicht es schon aus.«

Der Baron atmete auf. »Das ist mir ein großer Trost. Eure Durchlaucht können kaum ermessen, wie dankbar ich für diese Beruhigung bin. Aber – wer kann heute über Leben und Sterben hinaus Bestimmungen treffen? Wenn Ursula von Ronach eines Tages ihrer gütigen Beschützerin beraubt würde, was würde dann aus ihr?«

Ein wenig verwirrt sah die Fürstin vor sich nieder. Sie wußte nicht sogleich zu antworten.

»Auf alle Fälle«, fuhr Rippach fort, »möchte ich Eurer Durchlaucht eine Bitte unterbreiten. Darf ich sprechen?«

»Ich bitte darum.«

Er atmete auf. »So möchte ich Eure Durchlaucht ersuchen, eine Schenkung von mir anzunehmen. Nein – gestatten Durchlaucht mir, zu Ende reden zu dürfen. Nur um eine quasi illusorische Schenkung soll es sich handeln und Durchlaucht gewissermaßen nur die Mittelsperson sein. Die Schenkung selber habe ich Fräulein Ronach zugedacht, aber sie soll sie aus Eurer Durchlaucht Hand erhalten, da sie sie von mir nicht annehmen würde und auch nicht annehmen soll. Wenn Durchlaucht mir zu dem allen die Hand bieten würden, könnte ich Ihnen von Herzen dankbar sein und mit vollkommener Ruhe allem Kommenden entgegensehen. Denn ich wüßte Ursula vor Not geborgen. Auch falls ich am Leben bleibe, nähme es mir eine Last von der Seele. Denn die junge Dame ist mir trotz ihrer Abweisung das Liebste, was ich auf der Welt besitze. Darum würde Eure Durchlaucht mich froh und glücklich machen, wären Sie bereit, mir in dieser Angelegenheit zu helfen.«

Seine Augen baten so dringend, daß die Fürstin sich tief gerührt fühlte. Bewegt reichte sie ihm die Hand. »Mein lieber Baron, ich enthalte mich jeden Einspruches. Ihr hochherziges Anerbieten soll nicht kleinlichem Bedenken bei mir begegnen. Kann ich Ihnen die Ruhe damit geben, in Gottes Namen denn.«

Es strahlte wundersam in den Augen des Barons auf. Er entnahm seiner Brieftasche ein Dokument und reichte es der Fürstin hin. »Durchlaucht sehen, ich hatte bereits fest damit gerechnet, daß mein Wunsch erfüllt würde. Ich habe bereits eine gerichtlich beglaubigte Schenkungsurkunde ausstellen lassen. Hätte mich mein Weg nicht nach St. Annen geführt, wäre sie Eurer Durchlaucht mit einem Schreiben von mir zugegangen. Bitte, wollen Eure Durchlaucht das Dokument durchlesen und verwahren.«

Sie warf einen Blick hinein und erschrak unwillkürlich über die Höhe der darin ausgesetzten Summe. Sie wollte etwas sagen, allein er ließ sie nicht zu Worte kommen.

»Es ist nur ein Bruchteil meines Vermögens, Durchlaucht, das wenigste, was ich tun konnte, um finanzielle Not und Sorgen von Fräulein von Ronach fernzuhalten. Wenn Durchlaucht bedenken, daß ich ihr am liebsten meinen ganzen Besitz zu Füßen gelegt hätte, wird Ihnen die Summe gering erscheinen.«

Sinnend schüttelte die Fürstin das Haupt. »Sie sprachen vorhin von einem Notpfennig. Dies aber ist ein Vermögen. Jetzt sieht die ganze Angelegenheit wesentlich anders aus.«

»Durchlaucht wollen doch um Gottes willen Ihr Wort nicht zurücknehmen?« fragte er erschrocken.

Sie zögerte eine Weile nachdenklich. Dann schüttelte sie lächelnd den Kopf.

»Nein – was ich Ihnen zusagte, will ich halten. Nur eine Einwendung lassen Sie mich machen. Ich nehme das Dokument und verwahre es. Und sollten Sie, was Gott verhüten möge, fallen, dann soll es mir als Ihr letzter Wille heilig sein. Kehren Sie aber aus dem Feld heim und bin auch ich dann noch am Leben, lege ich das Dokument in Ihre Hände zurück. Sterbe ich, bevor wir wieder Frieden haben, werde ich in einer letztwilligen Verfügung bestimmen, daß diese mir geschenkten 100000 Mark Ursula gehören sollen. Ist Ihnen das so recht?«

Des Barons Augen strahlten wieder. »Ja, Euer Durchlaucht, obwohl ich jetzt schon weiß, daß ich nie etwas an diesem Dokument ändern werde. Und somit nochmals meinen tiefinnigsten Dank.«

Gütig lächelnd sah sie ihn an. »Es bedarf keines Dankes, lieber Baron. Wie sehr ich bedaure, daß Ursula nicht Ihre Frau werden will, vermag ich Ihnen nicht mit Worten auszudrücken. Ich wünschte, sie würde anderen Sinnes.«

Er schwieg, aber eine tiefe Röte färbte seine Wangen. Nach einer Weile sagte er, ohne etwas auf die letzten Worte der Fürstin zu erwidern: »Darf ich nun Fräulein von Ronach begrüßen, Durchlaucht?«

Die Fürstin neigte zustimmend das Haupt. Sie

erhob sich und nahm das Dokument an sich. Sie wollte es nachher einsiegeln und zu ihren Papieren in den eisernen Geldschrank legen. Dann schellte sie und trug der eintretenden Dienerin auf, Ursula herbeizurufen.

Nicht lange darauf trat Ursula ein. Sich bezwingend, trat Rippach auf sie zu und streckte ihr die Hand entgegen. »Ich hatte nicht erwartet, daß mir das Schicksal ein so baldiges Wiedersehen mit Ihnen schenken würde, Fräulein Ursula.«

»Ich würde mich noch viel mehr freuen, Sie zu sehen, wenn ich nicht wüßte, daß Sie auf dem Weg zum Kriegsschauplatz wären. Und – ich hoffe, Sie zürnen mir nicht mehr«, klang es zurück. Das letzte sagte sie leise und erst, als sie gemerkt hatte, daß die Fürstin ins Nebenzimmer gegangen war, um dieses Wiedersehen nicht zu stören.

Er schüttelte ernst den Kopf. »Ich habe Ihnen nie gezürnt, nicht einen Augenblick, das wissen Sie, Ursula. Und ich danke dem Schicksal, daß es mich hier vorüberführte. Sonst hätte ich wohl kaum Abschied von Ihnen nehmen können – vielleicht für immer.«

»Das wolle Gott verhüten, lieber Freund. Daß Sie gesund wieder zurückkommen und dann Ihren Weg wieder über St. Annen nehmen werden, dafür will ich beten.«

Still und ernst sah er in ihre schönen, beseelten Augen.

»Es wird mir ein sehr lieber Gedanke sein, daß Sie für mich beten wollen. Ich danke Ihnen, Ursula, daß Sie mir das gesagt haben.«

Ihre Augen feuchteten sich. Ablenkend sagte sie dann: »Und nun darf ich Sie wohl fragen, wie es in Feldegg geht. Seit Ausbruch des Krieges habe ich keine Nachricht von Gusti, die mir sonst regelmäßig schrieb.«

»Das liegt wohl jetzt an der mangelhaften Postverbindung. Darüber müssen Sie sich nicht beunruhigen. Ich war am 4. August das letztemal in Feldegg, um mich zu verabschieden. Am 5. August bin ich von Rippach abgereist zu meinem Regiment. Natürlich war man auch in Feldegg in sehr erregter und gedrückter Stimmung. Malte hat gar nicht noch einmal nach Hause kommen können. Er ist sogleich mit seinem Regiment ausgerückt.«

Ursula wurde bleich und schloß einen Moment die Augen.

»Wissen Sie, wohin er gekommen ist?« fragte sie, als ringe sie sich diese Frage aus dem Herzen.

Er hatte sie forschend angesehen und ihr Erblassen bemerkt. Schmerzlich zuckte es in seinem Herzen. Aber er blieb äußerlich ruhig. »Ich weiß nur, daß er nach der Grenze abgegangen ist. Wohin, ist mir nicht bekannt.«

Ursula senkte den Blick. Ihr Herz begann hastig zu pochen. Sich bezwingend, fragte sie nach einer Weile: »Werden Sie längere Zeit in St. Annen bleiben?«

»Nur bis morgen früh, dann geht es weiter.«

Die Fürstin trat wieder ein. Das Gespräch wurde jetzt allgemeiner. Bald darauf zog der Baron sich zurück.

Bei der Mittagstafel saßen heute die drei Offiziere zwischen den Stiftsdamen. Leutnant Flandern war ein lustiger, frischer Mensch und sorgte für eine heitere Stimmung, indem er den alten Damen reihum ein wenig den Hof machte. Aber trotzdem galt deren Hauptinteresse Baron Lutz, dem stattlichen Hauptmann.

Früh am nächsten Morgen brachen die Männer auf. Beim Abschied sah Lutz Ursula lange in die Augen. »Leben Sie wohl, Ursula, und Gott mit Ihnen auf allen Wegen.«

Fest drückte sie seine Hand. »Nicht Lebewohl will ich sagen, sondern auf Wiedersehen. Kommen Sie gesund zurück, und Gott behüte Sie vor allem.«

10

Nun war vorläufig wieder Ruhe im Stift, und die Obsternte wurde fleißig fortgesetzt. Aber dann kam die Nachricht, daß es in der Nähe der Grenze zu blutigen Kämpfen gekommen war, und in St. Annen wurde eine Abteilung des Roten Kreuzes stationiert. Vom Dach des Hauses wehte die rote Kreuzfahne, und die Parterreräumlichkeiten wurden als Lazarett eingerichtet.

Alles das erregte die Stiftsdamen ungeheuer, so daß die Fürstin und Ursula Mühe hatten, sie einigermaßen zu beruhigen.

Mit leidlicher Fassung sahen sie nun dem ersten Verwundetentransport entgegen. Aber als er dann eintraf, flossen Ströme von Tränen, und die Fürstin mußte ihre kleine Herde wiederum trösten, wie eine gute Mutter ihre weinenden Kinder.

Ursula brauchte sich nun nicht mehr zu beklagen, daß es ihr an Arbeit fehle. Alle Hände voll hatte sie zu tun.

Es kamen auch Briefe aus Feldegg, allein sie klangen nicht tröstlich. Von Malte war daheim noch keine Nachricht eingetroffen. Selbst seine Angehörigen wußten nicht, wo er sich befand. Nur vor seinem Abmarsch hatte er ein paar kurze Abschiedsworte an seine Eltern und ein Briefchen an Gusti nach Hause gesandt. Und dieses schickte Gusti Ursula mit ein.

›Damit Du nicht denkst, Malte habe Dich vergessen‹, schrieb die Kleine, ›sollst Du seinen Abschiedsbrief an mich lesen. Verwahre ihn gut und sende ihn mir erst zurück, wenn der Krieg zu Ende ist, damit er nicht verloren geht.‹

Dann plauderte sie in ihrer krausen Art weiter, von den immer trauriger werdenden Verhältnissen in Feldegg, von Baron Lutz und Baron Hans, der nach Westen gekommen war, von den Gutsleuten, vom Pastor und seiner Frau, und von vielem andern sonst, was ihr Herz bewegte oder ihr Interesse in Anspruch nahm.

Sehr dankbar war Ursula Gusti dafür, daß sie ihr Maltes Abschiedsbrief zugeschickt hatte. Dieser lautete:

›Meine liebe kleine Gusti! In einer Stunde geht es fort ins Feld. Ich kann nicht noch einmal nach Feldegg kommen, um Abschied zu nehmen. So will ich es in diesem Brief tun. Leb wohl, mein geliebtes, kleines Schwesterchen, hab Dank für alle Liebe, die Du mir gegeben hast. Wenn Du Ursula schreibst, sage ihr, daß ich ihr ein letztes Lebewohl sende, und daß ich ihrer gedenken werde, wie es mir mein Herz eingibt. Bitte, bestelle ihr das genau, meine liebe Gusti, damit sie weiß, daß ich sie nicht vergessen werde. Gott mit Euch allen. Ich küsse Dich ein letztes Mal im Geist zum Abschied, hoffe aber auf ein frohes Wiedersehen.

Dein treuer Bruder Malte‹

Wie oft las Ursula diesen Brief. Wie oft ruhte ihr tränenverschleierter Blick auf den Worten: ›daß ich ihrer gedenken werde, wie es mir mein Herz eingibt.‹ Diese Worten sagten ihr so viel. Sie wußte, daß Malte an sie dachte, wie sie an ihn, in treuer, starker Liebe, die selbst in Not und Tod nicht vergeht.

In St. Annen traf ein großer Transport Verwundeter ein. Die meisten Räume des Erdgeschosses wurden mit Kranken belegt, und selbst in einigen leerstehenden Zimmern des Oberstocks wurden einige Offiziere untergebracht.

Das Pflegepersonal war knapp, und so leisteten die Stiftsdamen willig werktätige Hilfe, nachdem sie die erste Aufregung über solche Zumutung glücklich verwunden hatten.

Am eifrigsten beteiligten sich die Fürstin und Ursula daran, und sie galten bei Ärzten und Schwestern als tüchtige und zuverlässige Helferinnen.

Am nächsten Morgen traf noch ein separater Krankenwagen mit einem Schwerverwundeten ein. Die begleitende Schwester erfuhr, alles sei schon besetzt und niemand könne mehr aufgenommen werden. Sie ließ sich bei dem Oberarzt melden und sagte: »Der Kranke, den ich begleite, hat den dringenden Wunsch, in St. Annen aufgenommen zu werden.«

Der Arzt zuckte die Achseln. »Tut mir leid, Schwester, wir haben keinen Platz.«

»Dann muß ich bitten, daß man mich Ihrer Durchlaucht, der Fürstin Ried, meldet. Ich habe ihr etwas auszurichten.«

Als sie das sagte, ging gerade die Fürstin vorüber. Sie blieb stehen und fragte: »Was für einen Auftrag bringen Sie mir, Schwester?«

Die Schwester verneigte sich.

»Der Verwundete, den ich auf seinen dringenden Wunsch nach St. Annen transportierte, hat mich gebeten, falls man ihm hier die Aufnahme verweigern würde, Eurer Durchlaucht zu melden, er heiße Baron Lutz von Rippach und sei schwer verwundet. Das letztere kann ich bestätigen.«

Die Fürstin war zusammengezuckt. »O mein Gott! Baron Rippach? Und schwer verwundet, sagen Sie?«

»So ist es, Durchlaucht.«

Die Fürstin wandte sich schnell entschlossen an den Arzt: »Für ihn muß unbedingt Platz geschaffen werden. Lassen Sie ihn hereinbringen, Herr Doktor.«

»Aber wohin, Durchlaucht?«

»In mein eigenes Zimmer. Ich werde auch seine Pflege übernehmen. Baron Rippach ist mit mir befreundet.«

Der Arzt verneigte sich. »Was hat er für eine Verwundung?« fragte er die Schwester.

»Lungenschuß, Herr Oberarzt. Ich glaube, sein Zustand ist ziemlich hoffnungslos.«

Der Arzt gab den Krankenträgern Befehl, den Verwundeten aus dem Wagen zu heben und nach den Zimmern der Fürstin zu schaffen.

Momentan war Baron Lutz wieder bewußtlos. Er merkte nichts davon, daß er auf der schmalen Tragbahre in das Haus gebracht wurde, wohin seine Sehnsucht vorausgeflogen war.

Die Fürstin begegnete unterwegs Ursula und faßte sie bei der Hand. »Komm, Kind, hilf mir, mein Schlafzimmer für einen Verwundeten zu richten.«

»Dein Schlafzimmer, Tante Maria?« fragte Ursula erschrocken.

»Ja, ich werde mir in meinem Ankleidezimmer ein Lager herrichten lassen. Diesen Verwundeten konnten wir nicht abweisen. Es ist – erschrick nicht, Ursula – es ist Baron Lutz von Rippach.«

Kein Laut kam über Ursulas bleichgewordene Lippen. Aber ihre Hand zitterte in der der Fürstin.

Kaum daß ein Lager bereitet war, brachten die Träger den Verwundeten herauf und legten ihn sogleich auf das Bett.

Bis ins tiefste Herz getroffen, sah Ursula in das bleiche Gesicht des Mannes, der sie so sehr geliebt hatte.

»Bitte, lassen Sie mich hier die Pflege übernehmen«, bat sie den Oberarzt, der den Trägern gefolgt war.

Der Arzt sah erst sie und dann die Fürstin an. »Durchlaucht haben sich schon selber erboten.«

Die Fürstin strich Ursula über das Haar. »Wir pflegen ihn beide, Kind.«

Der Arzt, obwohl er sich von der Begleitschwester bereits Aufschluß über den Zustand des Kranken hatte geben lassen, untersuchte ihn dennoch noch einmal. Er fand bestätigt, was man ihm berichtet hatte – daß dem Hauptmann von Rippach nur noch eine kurze Lebensdauer beschieden sein würde. Im Nebenzimmer sagte er es der Fürstin. In schonendster Weise teilte diese es Ursula mit. »Es gibt keine Rettung mehr für ihn, Ursula. Aber es ist wenigstens möglich, ihm das Sterben so leicht wie möglich zu machen.«

Ursula war tief erschüttert und kehrte bleich und bedrückt an das Schmerzenslager des Barons zurück. Die Fürstin ließ sie allein, um nach den anderen Verwundeten zu sehen. Wohl eine Stunde saß Ursula vor dem Bett des schwer Atmenden, mit banger Sorge über ihn wachend. Die Fürstin trat ab und zu auf die Schwelle des Nebenzimmers und sah herüber, ob der Leidende immer noch bewußtlos sei.

Auch Ursula wartete sehnlichst darauf, daß er die Augen aufschlagen würde, diese guten, treuen Augen. Ihr war, als müsse sie ihm noch etwas zuliebe tun, damit sie ihren Herzensfrieden nicht für immer verlöre.

Und endlich – endlich schlug er mit einem tiefen Seufzer die Augen auf. Als er Ursula erblickte, flog ein Leuchten über sein Gesicht.

»Ursula!«

Sie neigte sich über ihn. »Mein lieber, lieber Freund.«

Er faßte ihre Hand. »Gottlob, daß ich hier bin – ich fürchtete, St. Annen nicht zu erreichen. Ich bin doch in St. Annen?«

»Ja, mein lieber Freund, Sie sind in St. Annen, und will's Gott, pflegen wir Sie hier gesund.«

Mit einem seltsamen Lächeln sah er in ihr Gesicht. »Es bedarf Ihrer frommen Lüge nicht, Ursula, ich weiß, daß mir nur eine kurze Frist bleibt. Das hat mir schon der Arzt auf meinen dringenden Wunsch gesagt, ehe er mich hierher schickte.«

Sie erzitterte und rang mit den aufsteigenden Tränen. Aber einige rollten ihr doch über die Wangen, und sie wischte sie hastig fort.

Er zog ihre Hand an die Lippen. »Gelten diese Tränen mir, Ursula?«

Sie schluchzte auf. »Ach, mein Freund, mein lieber teurer Freund. So heiße, bittre Tränen sind es, die ich um Sie weinen muß, daß ich Sie so krank vor mir sehe. Aber ich will ruhig sein und Sie nicht aufregen. Sie sollen auch nicht mehr sprechen, es könnte Ihnen schaden.«

»Lassen Sie mich, Ursula. Es ist so schön, daß ich noch mit Ihnen sprechen kann. Und nicht wahr, Sie werden bei mir bleiben – bis zum Schluß?«

Sie streichelte zitternd und bebend seine

Hand. »Ich weiche nicht von ihrer Seite. Kann ich sonst noch etwas für Sie tun?«

Er sah sie lange schweigend an. Dann sagte er, ihre Hand fest umschließend: »Ja, Ursula – etwas Großes und Schönes können Sie für mich tun.«

Sie neigte sich erwartungsvoll vor. »Sprechen Sie! Was es auch sein mag – wenn es in meiner Macht liegt, will ich es tun.«

Wieder sah er sie eine Weile schweigend an, ehe er sagte: »Sie können mir das Sterben leicht machen, Ursula, so leicht, daß ich diesen Weg ins dunkle Nichts mit Freuden gehen würde.«

Sanft und leise strich sie ihm das blonde Haar aus der feuchten Stirn. »Sagen Sie mir schnell, was ich tun soll – so gern werde ich Ihren Wunsch erfüllen.«

»Und werden doch erschrecken, wenn ... Liebe, teure Ursula, werden Sie jetzt noch meine Frau!«

Sie erbleichte und schrak zurück: »Baron Lutz!«

Er lächelte matt. »Ich wußte, daß Sie darüber erschrecken würden, Ursula. Und doch wiederhole ich meine Bitte. Werden Sie jetzt noch meine Frau. Ein Priester soll uns heute noch zusammengeben. Ursula, erfüllen Sie mir diese Bitte, es ist die letzte eines Sterbenden.«

Ursula hatte zitternd und bebend diesen Worten gelauscht. Die Bewegung zwang sie, sich niederzubeugen und ihr Gesicht auf seine Hand zu legen. Er fühlte, wie sie bebte. Leise strich er über ihr Haar, dieses herrliche goldene Haar, das er so sehr liebte.

»Ist es Ihnen so sehr schwer, Ursula, einem Sterbenden diesen Wunsch zu erfüllen? Nichts – gar nichts will ich für mich als das Bewußtsein, Sie in gesicherten Verhältnissen zurücklassen zu können. Und – Ihr Glück möchte ich in einen sicheren Hafen retten. Ich weiß, Ursula, daß Sie Malte Ihr Herz geschenkt haben.«

Ursula fuhr empor und sah ihn erschrocken an. Dunkle Glut stieg in ihr blasses Gesicht. Aber lügen konnte sie nicht seinen ehrlichen, guten Augen gegenüber. Sie sah ihn an mit einem Blick, in dem ihre ganze Seele lag.

»Da Sie es wissen, will ich es nicht leugnen, lieber Freund. Mein Herz soll offen vor Ihnen liegen, das bin ich Ihnen schuldig. Ja, ich liebe Malte – und am letzten Tag in Feldegg haben wir uns ausgesprochen. Wir wissen, daß es für uns keine Vereinigung geben kann. Wir haben, wenn auch schweren Herzens, für immer Abschied voneinander genommen.«

Er sah sie mit einem Lächeln an, das ihr in die Seele schnitt. »Ich habe es gewußt, daß Sie Malte lieben – und habe ihm diese Liebe geneidet, solange ich gesund und stark war, obwohl ich ihn Ihrer Liebe für würdig hielt. Aber ich bin auch nur ein Mensch. Man läßt seine höchsten Güter nicht gern in andern Händen. Aber nun – nun habe ich für mich mit allen Wünschen abgeschlossen, nur Ihrem Glück gilt all mein Streben noch. Es hat mir immer höher gegolten als das meine. Und da Ihr Glück mit dem Maltes zusammenhängt, muß ich mit dem Ihren das seine wünschen. Deshalb bitte ich Sie, meine Frau zu werden – nur vor dem Gesetz, Ursula. Das soll Ihnen später den Weg zum Glück frei machen, wenn Malte gesund aus dem Krieg heimkehrt. Als meine Witwe werden Sie meine Erbin sein. Dann sind Sie nicht mehr arm, und Maltes Eltern werden Sie mit offnen Armen als Schwiegertochter willkommen heißen. Malte braucht dann nicht um eine ungeliebte, reiche Frau zu werben. Sie sehen, Ursula – ich will nichts – nichts für mich, als die Gewißheit, Ihr Glück begründen zu dürfen.«

Erschüttert beugte sich Ursula herab und küßte seine Hand. »Lutz – lieber Lutz, Sie sind zu gut, zu selbstlos für diese Welt«, sagte sie mit bebender Stimme.

Er schüttelte lächelnd den Kopf. »Weil ich einem andern gönne, was ich selbst nicht besitzen darf? Nein, Ursula, das ist nur die Resignation des Müssens. Ich bin nicht besser und nicht schlechter als andere Menschen. Was ich tue, ist schließlich doch nur Egoismus. Ich will mir den schwachen Abglanz eines Glückes verschaffen, das ich Ihnen bereiten will, Ihnen – die ich liebe mit aller Inbrunst, deren ein Menschenherz fähig ist.«

Ursula schluchzte auf. »Mir bricht das Herz! Lutz – lieber Lutz, daß ich Sie nicht lieben kann, wie Sie es möchten.«

Ein unirdisches Leuchten lag in seinem Blick. »Nein, Ursula, das wünschen Sie sich nun nicht mehr. Liebten Sie mich, dann müßte ich Sie nun in Schmerz und Jammer zurücklassen. Es sollte nicht sein – und ich bescheide mich. Nur erfüllen

Sie meine Bitte und machen Sie so meine letzte Stunde zu einer glücklichen.«

Noch eine Minute zögerte Ursula. Sie dachte an Malte. Ihm hatte sie Treue gelobt, ihm hatte sie versprochen, daß sie nie einem andern angehören würde. Aber war das ein Treuebruch, wenn sie ihre Hand in die des armen, todwunden Mannes legte und ihm einen letzten, heißen Wunsch erfüllte? Die Ärzte hatten Lutz aufgegeben – der Tod hatte ihn bereits gezeichnet. Nein, es war kein Treuebruch, wenn sie die Hand dieses Mannes faßte, bis er hinübergeschlummert war in ein bessres Jenseits.

Aufatmend legte sie ihre Hand in die seine. »Ich will es tun, lieber Lutz, obwohl ich Malte Treue gelobte. Er wird mich verstehen und mir verzeihen, ich kann Ihnen diesen letzten Wunsch nicht versagen – und will es auch nicht«, sagte sie leise.

Ein strahlendes Leuchten flog über sein Gesicht. »Dank, innigen Dank, Ursula. Und nun, bitte, rufen Sie die Fürstin herbei, ich möchte sie bitten, sofort alles zu ordnen – lange Zeit bleibt mir nicht mehr. Und jetzt bin ich in Sorge, daß ich sterben könnte, ehe mein Ziel erreicht ist.«

Ursula erhob sich und ging hinüber, wo sie die Fürstin wußte. Mit blassem Antlitz trat sie vor dieselbe hin.

»Tante Maria!«

»Was ist, Kind?«

Ursula wollte reden und konnte nicht. Sie schlug die Hände zitternd vor das Antlitz.

Betroffen stand die Fürstin auf und zog ihr die

Hände herab. »Was ist dir, Kind? Ist dem Baron etwas geschehen?«

Ursula sah unter Tränen zu ihr auf. »Nein, nein, er ist wach und bei klarer Besinnung. Und – ich habe ihm versprochen, jetzt noch seine Frau zu werden. Er bat so sehr darum.«

Die Fürstin schloß sie in ihre Arme. »Kind, liebes Kind, ich glaube, du hast recht getan. Einem Sterbenden soll man keinen Wunsch versagen, wenn es nicht sein muß.«

Ursula barg ihr Gesicht an der Schulter der Fürstin. »Ach, Tante Maria, er ist so einzig gut – nur um meinetwillen will er es – um meine Zukunft sicher und glücklich zu gestalten.«

Sanft streichelte die Fürstin ihr Haar. »Ja, Kind, er ist ein edler Mensch, ich weiß es – besser als du es mir sagen kannst. Er ist einer von denen, die zu gut sind für diese Welt.«

Schluchzend nickte Ursula. »Komm zu ihm – er will dich sprechen.«

Da ging die Fürstin Hand in Hand mit ihr hinüber und trat an das Lager des Verwundeten

»Mein lieber Baron – wie weh tut es mir, Sie so wiederzusehen.«

Er zog ihre Hand an seine Lippen.

»Durchlaucht dürfen mich nicht beklagen; in meiner letzten Stunde soll mein heißester Wunsch erfüllt werden. Ursula will mir ihre Hand reichen. Ich bitte sehr – um einen Priester – und einen Beamten, der die standesamtliche Trauung ausführen kann. Im Dorf ist ja ein Pfarrer und ein Gemeindevorstand. Bitte – senden Sie einen Boten – mit einem Wagen – und – eilen Sie – ich bitte herzlich darum – daß es nicht zu spät wird.«

Mit einer wahrhaft mütterlichen Güte strich die Fürstin über seine Stirn:

»Ihr Wunsch soll erfüllt werden. Bis der Wagen angespannt ist, schreibe ich einige erklärende Zeilen an unsern Pfarrer und bitte ihn, sofort mit dem Gemeindevorstand zu kommen. Aber nun müssen Sie auch ganz ruhig sein und nicht mehr sprechen.«

»Ich werde gehorchen, Durchlaucht«, sagte er lächelnd.

Ursula setzte sich wieder an sein Lager, während die Fürstin ging, des Barons Wunsch zu erfüllen.

Der Baron faßte Ursulas Hand und sah sie unverwandt an, als habe er auf Erden nichts weiter zu tun, als sich dies süße, blasse Mädchenantlitz einzuprägen.

Nach zwei Stunden etwa trafen die erwarteten Herren ein, und die Fürstin ging ihnen entgegen, sie zu begrüßen. Draußen auf dem Korridor hatten sich schon die Stiftsdamen aufgestellt, die dem zu erwartenden feierlichen Akt unbedingt beiwohnen wollten.

Von der Fürstin geführt, traten sie in das Zimmer, wo der Verwundete lag. Ursula hatte sich erhoben und stand neben seinem Lager, bleich wie er selbst, aber mit einem Leuchten in den Augen, das alle ergriff.

Mit klarer Stimme und schlichten Worten gab der Baron seine Absicht kund, mit Ursula von Ronach eine Nottrauung einzugehen.

Inzwischen hatte die Fürstin durch Christine

einen kleinen Tisch hereinbringen und vor das Lager stellen lassen. Auf diesen setzte sie selber zwei silberne Leuchter mit brennenden Lichtern und legte zwischen sie eine Bibel.

Die Stiftsdamen stellten sich an den Wänden auf, und auch die Schwestern kamen herbei. Niemand im Haus wollte fehlen.

Feierliche Stille herrschte im Zimmer. Der Oberarzt trat ein, fühlte dem Verwundeten den Puls und reichte ihm eine stärkende Medizin.

Die Fürstin richtete ihm fürsorglich die Kissen etwas höher. Er küßte ihr die Hand und faßte dann die Ursulas fest in die seine. Dann sah er den Gemeindevorsteher und den Pastor an.

»Nun machen Sie es kurz, meine Herren, ich bin bereit.«

Zuerst waltete der Gemeindevorsteher seines Amtes. Das ging sehr schnell. Mit fester Hand schrieb Baron Lutz seinen Namen in das standesamtliche Register. Ursula setzte weniger sicher den ihren darunter, und zwei Ärzte schrieben sich als Trauzeugen ein.

Dann hielt der Pastor eine sehr kurze, aber ergreifende Rede und legte dem Brautpaar die üblichen Fragen vor. Das Ja des Bräutigams klang fest und klar, das der Braut leise und bebend. Der Pastor fügte die Hände beider zusammen. Statt der Trauringe, die nicht hatten beschafft werden können, wechselten sie zwei schlichte Goldreifen, die von den Stiftsdamen gestiftet worden waren.

Fest umschloß Baron Lutz die Hand der ihm angetrauten jungen Frau, als der Pastor sagte: »Bis daß der Tod euch scheide.«

Ursula wurde bleich bei diesen Worten und sah bang und ängstlich in des Barons Augen. Aber diese leuchteten so still und friedlich zu ihr empor, daß sie sich sagte: ›Ich habe recht getan.‹

Bis hierher hatten die Stiftsdamen mühsam ihre Fassung bewahrt, doch nun ging es nicht mehr. Fräulein von Schmalfuß gab laut aufschluchzend das Signal zu dem Hervorbrechen eines allgemeinen Tränenstroms, der sich über die blassen, erregten Gesichter ergoß.

Aber nun war die feierliche Handlung zu Ende, und die Fürstin sorgte dafür, daß die Anwesenden sich entfernten. Auch sie selbst zog sich zurück.

Das junge Paar war allein. Von ihren Empfindungen überwältigt, sank Ursula in die Knie und barg ihr zuckendes Gesicht in der Decke des Lagers ihres eben angetrauten Gatten. Leise strich er mit der Hand über das goldschimmernde Haar, das kein Myrtenkranz und Schleier schmückte.

»Es glänzt wie ein Heiligenschein, meine Ursula – *meine* Ursula«, sagte er leise.

Sie richtete sich empor und sah ihn an. Und von seinen flehenden Blicken bezwungen, preßte sie ihre Lippen auf die seinen.

»Könnt' ich mein Leben für das deine geben, Lutz.«

Er hatte die Augen geschlossen, als ihre Lippen die seinen berührten. So lag er eine Weile bewegungslos. Dann schlug er die Augen wieder auf mit einem strahlenden Blick.

»Rufst du mich aus dem Himmel zurück,

Ursula? Ich war im Himmel, als deine Lippen mich berührten. Klage nicht um mich, es gibt kein höheres Glück für mich nach diesem. Ich sterbe in Frieden, denn ich durfte erfüllen, was ich erfüllen wollte.«

Ergriffen sahen sie sich in die Augen. Dann atmete der Baron auf und strich sich über die Stirn.

»Nun muß ich noch schreiben, Ursula. Bitte gib mir Papier und Schreibzeug«, sagte er.

Sie sah ihn besorgt an.

»Kann ich es nicht für dich tun? Du wirst dir schaden.«

Er lächelte wehmütig. »Jetzt schadet mir nichts mehr, sei ruhig. Ich muß es selbst tun.«

So tat sie ihm den Willen. Sorglich stützte sie ihm den Rücken mit Kissen und legte ein glattes Lesepult auf sein Bett. Darauf legte sie ihm Papier und Feder zurecht und stellte die Tinte bereit.

Er dankte ihr und küßte ihr die Hand.

Dann begann er zu schreiben – zuerst an seinen Vetter Hans.

»Mein lieber Hans! Es geht zu Ende mit mir. Schuß durch die Lunge. Ich liege todwund in St. Annen. Ursula ist meine Pflegerin und wird bis zum Ende bei mir sein. Das war mir das Schicksal schuldig. Nicht wahr, mein lieber Junge, es wundert Dich nicht, daß ich sie noch einmal bat, mir ihre Hand zu reichen. Sie konnte meiner flehenden Bitte nicht widerstehen, obwohl sie Malte von Feldegg liebt. Du wirst nun nach meinem Tod Majoratsherr von Rippach und somit ein unabhängiger Mann. Gott behüte Dich, daß Du gesund heimkehrst und glücklich werden kannst. Ich sehe Dich im Geist neben Deiner lieben, kleinen Gusti, der künftigen Majoratsherrin von Rippach, so Gott will. Sie ist ein wundervoller Mensch – wie meine Ursula. Gelt Hans, du neidest es Ursula nicht, daß sie Waldau und mein Privatvermögen bekommt und wirst ihr ein treuer Bruder sein? Leb wohl! Gott mit Euch allen! Vergiß nicht

Deinen treuen Vetter Lutz‹

Als er diesen Brief geschrieben hatte, pausierte Lutz eine Weile, weil ihn das Schreiben anstrengte.

»Das ist für Hans«, sagte er lächelnd zu Ursula, »ich mußte ihm Lebewohl sagen, er war mir wie ein Bruder und wird dir nun ein Bruder sein. Weißt du, daß er Gusti liebt?«

Sie sah ihn sinnend an.

»Gewußt habe ich es nicht, aber geahnt. Ich weiß nur, daß Gusti deinen Vetter liebt.«

In diesem Moment trat die Fürstin ein.

»Ursula – Christine meldet mir eben einen Besucher für dich. Ein junger Offizier, Malte von Feldegg, wünscht dich zu sprechen.« Ursula zuckte zusammen und wurde totenbleich. Sie taumelte einen Schritt vorwärts.

»Wer – wer sagst du?« kam es heiser über ihre Lippen.

Betroffen sah sie die Fürstin an. »Malte von Feldegg. Er schickte mir seine Karte mit der Bitte, ihm eine Unterredung mit dir zu gestatten.«

Baron Lutz war ebenfalls erschrocken. Mit einem unbeschreiblichen Blick sah er auf die zitternde Gestalt seiner jungen Frau, die sich, um sich Haltung zu geben, auf den Tisch stützte. Jetzt wandte sie den Blick und sah ihn an. Ihre Augen leuchteten vor Erregung.

Der Baron faßte sich.

»Geh, Ursula – geh zu Malte. Er wird nicht viel Zeit haben. Geh – und zage nicht. Du warst getreu, trotz allem.«

Ursula trat schnell zu ihm heran und küßte seine Hand.

»Ich danke dir für dieses Wort. Bitte, Tante Maria, bleib du bei Lutz, bis ich zurückkomme.«

Damit wandte sie sich zum Gehen.

Die Fürstin sah ihr befremdet nach und blickte dann den Baron fragend an.

»Was war das?« fragten ihre Augen.

Groß und ernst sah sie der Baron an.

»Malte von Feldegg ist der Mann, um dessentwillen Ursula meine Hand damals ausschlug.«

Überrascht trat die Fürstin an ihn heran.

»Sie liebt ihn? Ich dachte es mir fast.«

»Ja, sie lieben sich beide – und sind einander wert. Weil sie beide arm waren, konnten sie nicht heiraten. Aber nun ist Ursula nicht mehr arm, und wenn ich die Augen schließe, ist sie wieder frei und kann ihm angehören, wenn er gesund heimkommt. Ich wollte ihr Glück begründen, deshalb bat ich sie angesichts des Todes, meine Frau zu werden.«

Der Fürstin wurden die Augen feucht. »Lieber Baron! Sie lieber, edler Mensch – vor Ihrer Größe kann man nur bewundernd stehen.«

Er schüttelte wehmütig lächelnd den Kopf.

»Es ist viel mehr Egoismus als Größe, Durchlaucht. Ich möchte nicht von Ursula vergessen werden, möchte deshalb der Gründer ihres Glücks sein.«

Sie streichelte seine Hand. »Oh, dieser wunderbare Egoismus; wenn er die Welt in dieser Weise regierte, wie anders sähe sie dann aus.«

Eine Weile blieb es still zwischen ihnen. Lutz lauschte wie in Unruhe hinaus, und seine Augen bekamen einen nachdenklichen, versonnenen Ausdruck. Und plötzlich richtete er sich ein wenig auf.

»Durchlaucht – bitte geben Sie mir das Schreibzeug noch einmal herüber. Man soll nichts halb tun, und mir scheint plötzlich, als habe Ursula noch eine Klippe zu umschiffen, ehe sie ihr Glück erreichen kann. Diese Klippe will ich aus dem Weg räumen.«

Die Fürstin richtete ihm das Schreibzeug, und Lutz schrieb einen Brief an Malte. Diesen Brief schloß und adressierte er und bat die Fürstin, ihn mit seinem Siegelring zu versiegeln.

Währenddem schrieb er noch einen Brief an Gusti von Feldegg. Dieser Brief lautete:

›Meine liebe, kleine Bundesgenossin! Vor kaum einer Stunde ist mir Ursula auf meinem Sterbebett angetraut worden. Ich liege verwundet in St. Annen und lege hiermit ein Vermächtnis in Ihre Hände. Wenn Sie nach meinem Tod merken sollten, daß Malte und Ursula nicht zusammenfinden können, dann sollen Sie Malte den einliegenden Brief übergeben. Es könnte nämlich sein, daß Malte darin einen Treuebruch

Ursulas sieht, daß sie meine Frau geworden ist, und das darf nicht sein. Weil Sie Ursula kennen wie ich, deshalb mache ich Sie zur Vollstreckerin meines letzten Wunsches. Wachen Sie über Ursulas und Maltes Glück. Verwahren Sie den einliegenden Brief gut und sicher, bis Sie ihn Malte selbst in die Hände legen können, wenn er heimkommt. Sind Malte und Ursula dann ohne mein Zutun glücklich geworden, bedarf es des Briefs nicht mehr. Aber Malte soll ihn trotzdem lesen, als letzten Gruß von mir. Ursula aber soll nichts von diesem Brief wissen. Leben Sie wohl, mein kleiner, treuer Kamerad. Auch für Sie ein reiches, volles Glück für die Zukunft! Wenn Sie diesen Brief erhalten, bin ich nicht mehr am Leben. Zum letzten Mal grüßt Sie herzlichst

Ihr ergebener Lutz Rippach‹

In diesen Brief an Gusti legte er den an Malte adressierten, den die Fürstin gesiegelt hatte. Erschöpft sank er in die Kissen zurück und reichte der Fürstin das Schreiben. »Und noch eine Bitte, Durchlaucht, ich wünsche, daß – meine Frau – nichts davon erfährt. Meine Frau?« Er lächelte vor sich hin und fuhr fort: »An dem Klang dieser beiden Worte könnte ich mich berauschen.«

Zart strich ihm die Fürstin über das Haar. Sie konnte nicht antworten, die Kehle war ihr wie zugeschnürt. Erst nach einer Weile erhob sie sich, um den Brief fortzuschließen. Dabei fiel ihr die Schenkungsurkunde in die Hände, die der Baron bei seinem ersten Aufenthalt in St. Annen zurückgelassen hatte. Sie nahm sie mit zu ihm hinüber.

»Dies ist ja nun hinfällig und überflüssig geworden, lieber Baron.«

Er lächelte. »Ja, gottlob habe ich nun besser für Ursula sorgen können.«

Und er riß das Dokument mittendurch und ließ es in den Papierkorb werfen. Und dann schrieb er noch einige Zeilen an seinen Verwalter.

Als er auch damit fertig war, sank er befriedigt zurück. Nun hatte er alles getan, um Ursula den Weg zum Glück zu ebnen. Nichts blieb ihm mehr zu tun auf Erden.

11

Malte von Feldegg war in der Schlacht bei Tannenberg leicht verwundet worden. Es war nur eine ganz leichte Fleischwunde am Oberarm, die er sich gleich bei der Ambulanz hatte verbinden lassen. Er dachte nicht daran, deshalb den Dienst zu unterbrechen. Nur einen kurzen Urlaub erbat er sich am nächsten Morgen. Bis zum Abend wollte er zurück sein.

Obwohl die Wunde am Arm heftig schmerzte, fuhr er in einem Feldautomobil, das ihm momentan zur Verfügung stand, nach St. Annen. Der Chauffeur kannte den Weg und nahm schnellstes Tempo.

Endlich, viel zu spät für seine Ungeduld, sah er das Stift vor sich liegen. Die Fahne mit dem roten Kreuz bezeichnete es ihm.

Als der Wagen hielt, trat eine Schwester aus dem Haus. »Verzeihung, Schwester, sind die Stiftsdamen noch anwesend – ja? Und Ihre Durchlaucht, die Frau Fürstin ebenfalls?«

»Gewiß, da kommt eine Dienerin. Sie wird Ihnen weitere Auskunft geben.« Damit wies sie auf Christine und trat in das Haus zurück.

Malte warf einige Zeilen auf eine Visitenkarte und schrieb unter seinen Namen: »Bittet Eure Durchlaucht gehorsamst, ihm eine Unterredung mit Fräulein von Ronach zu gestatten.«

Christine nahm die Karte, bat ihn, ihr ins Haus zu folgen und führte ihn in den Speisesaal. Mit unterdrückter Erregung betrat Malte den großen Raum. Unruhig hafteten seine Augen auf der Tür, die Sekunden dehnten sich ihm zu Ewigkeiten, bis Ursula erschien.

Endlich trat sie ein. Aber sie flog nicht, wie er gehofft hatte, in seine Arme. Blaß und trostlos lehnte sie am Türpfosten.

Er wollte auf sie zueilen, sie in seine Arme reißen, aber plötzlich blieb er stehen und blickte sie erschrocken an. »Ursula.«

Sie zuckte zusammen, streckte die Hände wie hilfesuchend aus und ließ sie doch wieder matt herabfallen.

»Malte – ach Malte!«

Das klang wie ein angsterstickter Ruf.

Nun trat er doch an sie heran und faßte ihre Hand.

»Ursula – was ist dir? Freust du dich gar nicht ein wenig, mich wiederzusehen? Ich hatte mir dies Wiedersehen anders gedacht. Du weißt nicht, wie brennend meine Sehnsucht nach dir in allem Kampf, in allem Schrecken war.«

Sie hatte die Hand aufs Herz gedrückt und sah ihn an, daß er erbebte.

»Ach Malte, wenn du wüßtest – mein Herz, es drängt dir entgegen, aber – ich darf ihm nicht folgen, jetzt nicht, Malte. Ich muß dir etwas sagen. Es ist etwas geschehen, heute, vor einer Stunde ...« und mit stotternder Lippe bekannte sie ihm, was sich zugetragen.

Er zuckte zusammen, als wäre ein Blitz in ihn niedergefahren. Mit unbeschreiblichem Ausdruck bohrten sich seine Augen in ihr bleiches Gesicht. Wie elend sah sie aus, elend und schuldbewußt.

Das Herz drohte ihr zu zerspringen, als sie an seiner Miene sah, welch furchtbare Wirkung ihre Worte auf ihn ausübten. Sie wollte etwas sagen, aber ehe ihre Lippen ein Wort zu formen vermochten, erfaßte er unversehens ihre Hand mit hartem Griff. Seine Zähne knirschten aufeinander vor verhaltener Erregung.

»Sag, daß das nicht wahr ist, Ursula! Es kann nicht wahr sein, daß du – du – so treulos bist.«

Mit flehendem Blick sah sie ihn an. »Verzeih mir, Malte, ich konnte nicht anders. Hör mich an.«

Da stieß er ihre Hand zurück und starrte sie an, als sei sie ihm fremd.

»Also wahr? Wahr? Du bist – du bist die Gattin Lutz von Rippachs? Das hast du mir angetan?«

»Ja, Malte, weil ich nicht anders konnte, höre mich doch an.«

Da riß er sich zusammen und warf den Kopf zurück. Sein Antlitz glich dem eines Kranken. In seinen Augen glühte ein Schmerz ohnegleichen. Dann lachte er plötzlich hart und schneidend auf.

»Dann freilich – dann habe ich hier nichts mehr zu suchen. Leben Sie wohl, Frau Baronin. Es wird wohl eine barmherzige Kugel geben, die einem betrogenen Herzen Ruhe bringt.«

Und mit einer kurzen, formellen Verbeugung stürmte er an ihr vorbei aus dem Saal.

Sie wollte ihn halten, wollte ihn anflehen, sie anzuhören. Aber sie brachte kein Wort aus der Kehle. Es war, als fasse eine kalte Hand danach und würge sie. Und ehe sie es hindern konnte, war er schon hinaus, und hinter ihm fiel die Tür ins Schloß.

»Malte!«

Sie schrie seinen Namen in höchster Seelenqual. Er hörte diesen verzweifelten Schrei. Er drang ihm bis ins Herz. Aber unaufhaltsam eilte er weiter. Fort, nur fort, damit er nicht die Herrschaft über sich verlor.

Mit verstörtem Gesicht hastete er aus dem Haus und sprang in das Auto.

»Vorwärts!« gebot er dem Chauffeur mit rauher Stimme. Völlig verzweifelt über Ursulas vermeintlichen Treuebruch, fuhr er in das Lager zurück.

Die Hände ringend, hatte Ursula dem Geliebten nachgeblickt. Ihr war zumute, als müsse sie hinter ihm herlaufen, so rasch ihre Füße sie trugen.

Warum war er nicht einen Augenblick länger in

dem Zimmer geblieben, daß sie ihm hätte zurufen können: »Ich war dir nicht untreu, Malte. Lutz ist ein Sterbender. Nicht mit einem Gedanken, einem Atemzug bin ich dir treulos gewesen. Was ich getan, geschah nur, um einem Verscheidenden die letzten Stunden leicht zu machen, einem Sterbenden, der großherzig und voll Güte uns den Weg zum Glück frei machen will.«

Ach, daß er von ihr gegangen war, ohne sie zu hören. Nun zog er wieder hinaus in den Kampf und suchte den Tod.

Wo sollte sie ihn suchen, wo ihn finden, selbst wenn sie ihm folgte. Aber durfte sie denn überhaupt fort? Oben lag Lutz sterbenswund und harrte ihrer wohl schon in Sehnsucht. Und sie hatte ihm versprochen, nicht von ihm zu weichen, solange er noch am Leben war. Ihm mußte jetzt ihre erste und größte Sorge gelten. Über ihren und Maltes Schmerz durfte sie Lutz nicht vergessen.

Äußerlich ruhig, aber mit einem Herzen, das ihr schwer wie ein Stein in der Brust lag, trat sie wenige Minuten später durch die Zimmer der Fürstin in deren Schlafzimmer. Lutz hatte mit geschlossenen Augen gelegen, aber als sie leise über die Schwelle trat, blickte er auf.

Mit einem erzwungenen Lächeln beugte sich Ursula über ihn. »Ich ließ dich lange allein. Wie geht es dir?«

In seinem Blick lag eine leise Unruhe. Er sah sie besorgt an. »Gut – da du wieder bei mir bist.«

Die Fürstin erhob sich aus dem Sessel neben dem Krankenlager. »Nun nimmst du wohl den Platz wieder ein, Ursula?«

»Ja, Tante Maria.«

»Ist Herr von Feldegg noch im Stift?«

»Nein, er ist gleich wieder fort – er – er hatte wenig Zeit.«

»Du hast doch keine schlimmen Nachrichten von ihm?«

»Nein, Tante Maria«, erwiderte Ursula leise und ließ sich kraftlos in den Sessel gleiten.

Die Fürstin ging hinaus, nachdem sie sanft, wie beruhigend, über Ursulas Haupt gestrichen und dem Baron gütig zugenickt hatte.

Nun war das junge Paar allein. Lutz sah nur immer stumm und forschend in Ursulas blasses Gesicht, aus dem die Augen so matt und trübe blickten. Sie vermied es, ihn anzusehen, faßte nur mit warmem Druck seine Hand und legte, wie ein vertrauendes Kind, ihre Wange darauf. Eine Weile blieb es still. Dann atmete Lutz mühsam auf.

»Ursula!«

Sie richtete sich hastig empor.

»Was wünschst du, Lutz?«

»Sieh mich einmal an«, bat er.

Sie tat es, und er sah das tiefe Leid auf dem Grund ihrer Augen.

»War es sehr schlimm, meine arme Ursula?«

Sie mühte sich, tapfer zu bleiben, wollte ihm ihren Kummer nicht zeigen.

»Was denn, Lutz?«

Er lächelte seltsam. »Du weißt, was ich meine. Willst du mir dein Vertrauen entziehen?«

Das Blut schoß ihr ins Gesicht.

»Nein, nein – niemandem vertraue ich mehr als dir.«

»So laß uns offen reden über das, was dich quält. Du brauchst mich nicht zu schonen. Man sagt, ein Sterbender habe einen weiten Blick. Ich glaube, ich weiß ziemlich genau, was zwischen dir und Malte geschah in dieser Stunde. Sag mir die Wahrheit, Ursula, die bist du mir schuldig.«

Da atmete sie tief auf. »Er ist fortgestürmt – in wilder Verzweiflung, als er hörte, daß ich deine Frau geworden bin. Nichts wollte er mehr hören.«

»So ist er mit der Überzeugung von dir gegangen, daß du ihm untreu warst?«

»Ja.«

Ein zitternder Schmerz lag in diesem Ja.

Er streichelte ihre Hand. »Und nun zürnst du mir, daß ich dich beredete, meine Frau zu werden?«

Sie schüttelte den Kopf und drückte ihre Wange an seine Hand.

»Nein, das tue ich gewiß nicht, Lutz, ich weiß doch, wie gut du es mit mir meinst. Mein Herz ist voll Dankbarkeit gegen dich, aber auch voll Leid – weil ich Malte habe so unglücklich und verzweifelt gehen lassen müssen. Nun ist er fort – und er wird den Tod suchen.«

Ihre Stimme brach bei den letzten Worten.

Er sah mit unirdisch glänzenden Augen zu ihr auf. »Sei ruhig, Ursula. Die den Tod suchen, finden ihn nicht. Er flieht vor denen, die ihn suchen.«

Sie drückte, dankbar für dies Trostwort, seine Hand. »Lieber, lieber Lutz! Ach, mir scheint, ich soll allen Menschen Unglück bringen, die mich lieben.«

Er zog sie näher an sich heran. »Sei getrost, meine Ursula, er wird den Glauben an dich wiederfinden. Du wirst ihn eines Tages glücklich machen, und alles wird vergessen sein, was er jetzt leidet. Oder bereust du die Wohltat, die du mir getan?«

Sie beugte sich herab und lehnte ihre Wange an die seine.

»Nein, mein lieber Lutz, ich wollte, ich könnte mehr für dich tun. Gott mag Malte helfen und vor Verzweiflung schützen. Ich habe nicht anders gekonnt.«

Er lag ganz still, als dürfe er sie nicht verscheuchen. So glücklich war er, daß sie sich vertrauend an ihn schmiegte. Er hätte so hinüberschlummern mögen ins Jenseits.

Die Gedanken verwirrten sich ihm. Es war, als schwebe er auf rosigen Wolken. Erst als Ursula sich nach einer Weile emporrichtete, kam er wieder zu sich und klärte seine Gedanken. Er deutete auf den Brief an seinen Verwalter, der vor ihm auf dem Tischchen lag.

»Das ist eine Vollmacht für dich, Ursula. Die bringst du ihm selbst. Und nun versprich mir, daß du gleich nach meinem Tod, sobald du dich hier lösen kannst, nach Rippach gehen willst. Dort kannst du bleiben, bis du dir in Waldau alles hast nach Wunsch herrichten lassen. Der Verwalter Kalisch wird dir zur Seite stehen, du kannst dich auf ihn verlassen. Also – versprich es mir: Du reist so bald wie möglich ab – und läßt meine Leiche nach Rippach überführen. Ich weiß dich hier in St. Annen nicht sicher genug.«

Sie drückte seine Hand. »Ich tue, was du willst, Lutz, mein Wort darauf.«

Er lächelte und sah mit seinen guten, treuen Augen voll Liebe in ihr schönes Gesicht. Unverwandt ruhte sein Blick auf ihr. Er sah, wie sie sich mühte, ruhig zu scheinen, und wußte doch, daß ihre Gedanken wie unruhige Vögel in die Ferne schweiften, hinter Malte von Feldegg her.

Aber er neidete es diesem nicht mehr. Er hatte abgeschlossen mit allem Hoffen und Wünschen. Gefaßt sah er dem Tod entgegen, der seinen Schrecken für ihn verloren hatte. Der Gedanke, Ursulas Glück begründet zu haben, hob ihn über alle Erdenschwere hinweg.

Allmählich verloren seine Gedanken wieder an Klarheit, es war, als ob ihn ein wundersamer Traum der Wirklichkeit entrückte.

Zuweilen flog ein unbewußtes Lächeln über sein Gesicht. Er verlor sich in leichte Phantasien.

»Ich sehe dich, Ursula – Hand in Hand mit Malte – es tut nicht weh. Du bringst Blumen an meine Gruft – leuchtende rote Blumen – sie sind weich und kühl – wie deine Wangen. Liebe – liebe Ursula – du – du bist nun dennoch meine Frau – meine Frau. Wie schön ruhe ich aus in dem Gedanken – meine holde Frau.«

Stunden vergingen. Der Abend kam. Später und später wurde es. So kam Mitternacht heran. Die Fürstin hatte sich unausgekleidet im Nebenzimmer auf den Diwan gelegt, um gleich bei der Hand zu sein, wenn sie gebraucht würde.

Ursula saß allein bei ihrem Kranken. Still war es im ganzen Haus, auch unten, wo die Verwundeten lagen, von denen zwei heute im Lauf des Nachmittags gestorben waren. Zwei, um die daheim gleichfalls treue Herzen in banger Sorge zitterten.

Wie grausam war doch der Krieg, der selbst die engsten Bande erbarmungslos zerriß.

Ein tiefer Seufzer hob Ursulas Brust. Da wurde Lutz unruhig und rief ihren Namen.

Sie neigte sich über ihn. »Was willst du, mein lieber Lutz?«

Er lächelte. »Mein lieber Lutz. Sag es noch einmal.«

»Mein lieber, lieber Lutz«, wiederholte sie, so warm und herzlich sie es vermochte.

Er küßte ihre Hand. »O du mein alles! Wie unsagbar lieb ich dich habe. Und nun möchte ich schlafen, ich bin so müde. Dank, herzinnigen Dank, daß du bei mir bist, – meine liebe Frau.«

Sie dämpfte das Licht und saß nach wie vor neben seinem Lager.

Die Zeit verrann.

Im Nebenzimmer begann die silberne Standuhr mit ihrem klingenden Ton die dritte Stunde zu verkünden. Plötzlich bäumte Lutz sich empor und griff mit beiden Händen in die Luft.

Erschrocken beugte Ursula sich über ihn. Da sank er auch schon wieder zurück. Ein Blutstrom quoll aus seinem Mund. Gleich darauf hauchte er den letzten Seufzer aus und streckte sich zum ewigen Schlummer.

Bis ins tiefste Herz erschreckend, sah Ursula das rote Blut auf die weiße Decke rinnen.

»Tante Maria!« schrie sie auf.

Die Fürstin eilte herbei.

»Tante Maria, hilf – er verblutet!«

Die Fürstin schob den Lampenschirm zur Seite. Das helle Licht fiel auf Lutz von Rippachs bleiches, starres Gesicht. Sie sah, daß er tot war.

»Schließ du ihm die Augen, Kind – dann wird er ruhiger schlafen. Er hat ausgelitten. Gott schenke ihm ewigen Frieden!«

12

Malte von Feldegg wußte, daß heiße Tage bevorstanden, und er sehnte sie herbei. Nur wieder dreinschlagen zu dürfen und so den Schmerz seines Innern zu betäuben. Er hatte so fest auf Ursulas Treue gebaut! Wohl sprach eine Stimme in seinem Herzen zu ihren Gunsten. Leichtfertig hatte sie ihn nicht aufgegeben. Ihr blasses, verstörtes Antlitz hatte ihm erzählt von Leid und Kämpfen.

Aber was sollte ihm das? Fort mit der Erinnerung an sie. Hatte sie ihn aufgegeben, mußte er auch sie aufgeben können. Fort mit allem, was ihn immer wieder zu ihr zurückzog. Sie war die Frau eines andern geworden. Die Frau seines Freundes Lutz Rippach. Sie durfte ihm nichts mehr sein.

Und es kamen Kämpfe, Not und Aufregung. Das Eiserne Kreuz erster Klasse hatte er sich verdient, und er war zum Hauptmann befördert worden. Allein, beides erfreute ihn kaum, er hatte das Gefühl, keine Auszeichnung verdient zu haben, weil er nur ein Leben eingesetzt hatte, das ihm wertlos geworden war. Später wurde er wieder ruhiger und bedächtiger und lief nicht mehr mit offenen Armen dem Tod entgegen. Aber der Schmerz, der an ihm nagte, ließ sich nicht betäuben.

Über den Krieg hinaus mochte er nicht denken. Ursula war ihm verloren und die Heimat wohl auch. Er wußte zu genau, daß Feldegg sich nicht mehr halten ließ.

Ob die Eltern und Schwestern es vielleicht schon hatten verlassen müssen? Seit vielen Wochen hatte er keine Nachricht mehr von ihnen erhalten. Er zog ja von Ort zu Ort mit seinem Regiment, und die Feldpost erreichte ihn nicht.

Wieder hielt er eines Abends Rast. Es war ein feuchter, trüber Oktoberabend.

Malte saß auf einem Baumstamm, hatte sich an einen Proviantwagen gelehnt, in seinen Mantel gehüllt, und sah mit düsteren Augen hinauf zum Himmel. Der Mond machte zuweilen Versuche, durch einen Wolkenfetzen hindurchzudringen, aber es gelang ihm nicht.

Ganz still war es im Lager. Es war den Mannschaften streng verboten, laut zu sprechen oder irgendein Feuerzeug anzuzünden, damit sie von feindlichen Patrouillen nicht erspäht werden konnten.

Nur der Wind strich klagend über die weite Ebene, und fröstelnd warfen sich die erschöpften Männer von einer Seite auf die andere und schliefen doch. Nur Malte fand den Schlaf noch nicht. Seine Augen brannten.

Solche einsamen Stunden im dunklen Feldlager – die reden eine seltsam tiefe Sprache zu den Menschen.

Malte war zumute, als erlebe er sein ganzes bisheriges Leben in dieser Stunde noch einmal, mit allen Höhen und Tiefen. Und zuletzt blieb doch wieder der Schmerz um die verlorene Geliebte.

Gleich am Morgen nach Lutz' Tod hatte Ursula an den Verwalter von Rippach geschrieben und ihm den Tod ihres Gatten angezeigt, und ebenso, daß sie die Leiche nach dem Gut bringen und sie in der Familiengruft beisetzen lassen wolle.

Die Fürstin fand es richtig, daß Ursula den Wunsch ihres toten Gatten erfüllte.

Der Tag des Scheidens war gekommen, nach einem überaus herzlichen Abschied von der Fürstin und den Stiftsdamen stieg Ursula in die alte Stiftskutsche.

Wie viel schwerer war ihr das Herz heute als damals, als das schwerfällige Gefährt sie von der Bahnstation nach St. Annen gebracht hatte. Ihr war, als lägen Jahre voll bitterer Erlebnisse zwischen heute und jenem Tag. Und doch waren seitdem erst wenige Monate verflossen.

Sie sah wieder und wieder zum Stift zurück und winkte mit dem Taschentuch. Aus den Fenstern des Stiftes winkte es zurück, die Stiftsdamen ließen ihre Tüchlein hinter der ehemaligen Stiftssekretärin herflattern, deren Schicksal in St. Annen sich noch viel romantischer gewendet hatte, als sie es sich hätten vorstellen können. Und dabei hatten sie noch nicht einmal eine

Ahnung, daß sie die dramatischste Szene daraus nicht kannten, obwohl auch sie sich in den Mauern von St. Annen abgespielt hatte, und zwar im Speisesaal.

Aber Ursula dachte mit umflorten Augen daran und seufzte schmerzlich auf.

Gusti von Feldegg lief jeden Tag, seit Beginn des Krieges, selbst nach dem Postamt im Dorf, um die Briefpost zu holen. In Feldegg fehlte es jetzt mehr denn je an Arbeitskräften, und der alte Heinrich, der sonst die Post geholt hatte, war nicht abkömmlich, da er mehr als sonst zu tun hatte.

So schritt sie auch heute schnell durch den Park und die Fahrstraße nach dem Dorf entlang, bis zur Poststation. Es schien, als sei Gusti gewachsen in dieser schweren Zeit, und ihr reizendes Gesichtchen hatte etwas von der rundlich kindlichen Fülle verloren. Aus dem munteren Backfisch war ein stilles, ernstes Mädchen geworden, dessen Augen verrieten, daß sie manch heimliche Träne vergossen und mit bewußter Sorge dem Untergang von Feldegg entgegensah.

Gustis Eltern und auch Astrid hatten sich in dieser Zeit auch sehr verändert. Nicht nur, daß Malte draußen stand im Feld, hatte sie niedergedrückt, auch die Angst zehrte an ihnen, daß sie aus Feldegg vertrieben werden könnten. Dazu ringsum die Aufregungen, die der Krieg mit sich brachte, ja – es war wirklich ein schweres Leben auf Feldegg, und das Schicksal pochte mit harten Fingern an die Herzen dieser sonst so kalten und egoistischen Menschen.

Am meisten aber litt Gusti unter diesen bedrückenden Verhältnissen. Sie liebte ihre Heimat vielleicht mehr als ihre Angehörigen, und ihr Herz hing mit größerer Innigkeit als die der andern an ihrem fernen Bruder.

Und noch etwas anderes lastete auf ihrem Herzen – die Angst und Unruhe um Baron Hans Rippach.

Zweimal hatte er ihren Eltern aus Flandern einen kurzen Kartengruß gesandt. Sie wußte sehr wohl, daß diese Grüße mehr an sie selbst gerichtet waren. Aber nun hatte sie schon seit Wochen nichts mehr von ihm gehört.

Würde sich unter den Postsachen heute endlich wieder ein Kartengruß von ihm vorfinden?

Die Hoffnung beflügelte ihre Schritte. Auf den nach Rippach führenden Kreuzwegen kam ihr ein leichter Wagen entgegen, auf dem der Verwalter Kalisch saß.

Er begrüßte Gusti und ließ den Wagen halten. »Gnädiges Fräulein wollen gewiß auch zur Post. Man kann die Zeit nicht erwarten. Wollen Sie aufsteigen und mitfahren?«

Gusti lächelte zu dem großen, bärtigen Mann empor.

»Das nehme ich mit Dank an«, und schon saß sie neben ihm.

»Schwere Zeiten jetzt, gnädiges Fräulein«, sagte er, als die Pferde wieder anzogen.

»Das weiß Gott.«

Aber weiter kam ihr Gespräch nicht. Kalisch wußte sehr wohl, wie schlimm es um Feldegg stand. Ihm, dem alten, erfahrenen Landwirt, hatte es schon längst das Herz im Leibe herumgedreht, wie der schöne Besitz verlotterte. Oft genug hatte er mit seinem Herrn darüber gesprochen und ihm geraten: »Wenn Feldegg unter den Hammer kommt, das sollten Sie sich nicht entgehen lassen, Herr Baron.« Er wußte auch, daß der Baron den Gedanken bereits erwogen hatte, und eben jetzt trug der Verwalter einen Brief an seinen Herrn in der Tasche, worin er ihm schrieb, daß Feldegg dicht vor dem Ruin stehe und ob er es nicht in seinem Auftrag kaufen solle. Keine Ahnung kam Kalisch, daß dieser Brief seinen Adressaten niemals erreichen würde, denn bei der Unregelmäßigkeit der Postbestellung war noch keine Kunde von Lutz' Tod nach Rippach gedrungen.

Es dauerte nicht lange, so hielt der leichte Wagen vor dem Postamt. Kalisch half Gusti artig von ihrem hohen Sitz herab.

»Gnädiges Fräulein können mit mir wieder bis zum Kreuzweg zurückfahren«, sagte er.

»Gern, Herr Verwalter.«

Sie traten in das Postamt ein und erhielten schnell ihre Post.

Der Verwalter erhielt einen ganzen Stoß Geschäftsbriefe und Zeitungen. Er sah alles flüchtig durch, ehe er es in die Posttasche schob. Und da fiel ihm ein schmaler, langer Brief auf, der nichts Geschäftliches an sich hatte. Die Schrift auf der Adresse war ihm unbekannt. Er drehte den Brief um und las auf der Rückseite: »Stift zu St. Annen.«

Er zeigte Gusti den Brief.

»Gnädiges Fräulein – das ist doch – ist in St. Annen nicht Fräulein von Ronach? Und ist dies vielleicht ihre Schrift?«

Gusti sah überrascht auf den an Kalisch adressierten Brief.

»Ja – das ist Ursulas Schrift. Wie seltsam – das ist fast, als seien unsre Postsachen verwechselt. Sie erhalten einen Brief von Ursula von Ronach, von der ich Nachricht erwarte, und ich habe hier einen Einschreibebrief von Baron Lutz, von dem Sie doch sicher Post erwartet haben.«

Und Gusti hielt den Brief vor seine Augen.

»Ja, wahrhaftig – das ist seltsam.«

»Wissen Sie was, Herr Verwalter, wir klettern auf den Wagen und lesen beide diese Briefe durch. Dann können wir vielleicht unsre Nachrichten austauschen und ergänzen. Hier ist übrigens auch eine Karte von meinem Bruder. Gottlob, er lebt.«

Und sie las, während sie hinausgingen, laut die Karte vor:

»Bin gesund und, bis auf eine Hautschramme am Arm, unverwundet und hoffe, bald von Euch zu hören. Gestern und heute schwere Kämpfe. Morgen mehr. Euer Malte.«

Als sie das vorgelesen hatte, stieg sie auf den Wagen, legte die Posttasche auf ihren Schoß und öffnete nun schnell den Brief von Baron Lutz. Ebenso schnell riß auch Kalisch den Brief von Ursula auf und vertiefte sich in den Inhalt.

Fast zu gleicher Zeit ließen sie erschrocken die Hände herabsinken und sahen sich in die blassen, bestürzten Gesichter. So saßen sie eine Weile und konnten nicht sprechen, weil ihnen die Kehle wie zugeschnürt war. Endlich rang es sich von des Verwalters Lippen:

»Unser Herr Baron!«

Gusti schluckte krampfhaft an ihren Tränen, aber sie konnte es nicht hindern, daß sie hervorbrachen. Fassungslos aufschluchzend barg sie das Gesicht in den Händen.

Auch Kalisch rang mit seiner Erschütterung. Seine Augen feuchteten sich. Seit dreißig Jahren war er in Rippach und kannte seinen jungen Herrn von Kind auf. Dieser war ihm lieb und wert geworden und war stets für alle seine Leute ein guter und gerechter Herr gewesen. Und nun war er tot.

Aufatmend hob er die mit dem Brief herabgesunkene Hand empor, um den Brief Ursulas noch einmal zu lesen. Er lautete:

›Sehr geehrter Herr Verwalter! Es ist eine sehr traurige Pflicht, die ich jetzt erfüllen muß. Heute nacht um drei Uhr ist im Stift zu St. Annen Baron Lutz von Rippach verschieden, infolge eines Lungenschusses, den er in der Schlacht bei Tannenberg erhalten hatte. Auf seinen Wunsch wurde er am nächsten Morgen hierher nach St. Annen gebracht, und ich übernahm seine Pflege. Wenige Stunden später wurde ich ihm, wie er dringend wünschte, auf seinem Krankenbette angetraut, und in der Nacht ist er dann sanft entschlafen.

Seine sterblichen Überreste werden nach Rippach überführt werden, und ich treffe am Montag nachmittag in Rippach ein, um dort, wie es mein Mann wünschte, Wohnung zu nehmen, bis in Waldau alles zu meiner Aufnahme bereit ist. Ich überbringe Ihnen dann auch ein letztes Schreiben meines Gatten an Sie. Bitte wollen Sie mir Montag nachmittag einen Wagen zum Bahnhof schicken und Zimmer für mich in Rippach bereithalten. Dringend bitte ich, keine Umstände zu machen. Nur möchte ich Sie ersuchen, die Vorbereitungen zu treffen zur Beisetzung des teuren Verstorbenen in der Rippacher Familiengruft. Alles andere mündlich. Ich begrüße Sie freundlich als Ihre

Ursula, Baronin von Rippach‹

Gusti hatte inzwischen ebenfalls ihren Brief von Baron Lutz, dem das versiegelte Schreiben an Malte beigelegt war, durchgelesen. Das Herz tat ihr weh. Sie hatte Baron Lutz sehr lieb gehabt und ihn verehrt wie kaum einen anderen Menschen. Sein jäher Tod verursachte ihr einen tiefen Schmerz.

Und nun war Ursula doch noch seine Frau geworden auf seinen innigen Wunsch. Wie er sie geliebt hatte. Noch über das Grab hinaus sorgte er sich um ihr Glück, obwohl sie es mit einem andern teilen sollte, mit ihrem Bruder Malte.

Es machte sie stolz, daß er ihr eine Mission auferlegt, daß er zu ihr so viel Vertrauen gehabt hatte. Oh, es sollte ihr inniges Bestreben sein, diese Mission nach seinem Wunsch zu erfüllen. Weinend faltete sie den Brief zusammen und sah den Verwalter an.

»Er lebt nicht mehr. In diesem Brief schreibt er mir ausdrücklich, daß ich ihn erst nach seinem Tod erhalte.«

»Ja, gnädiges Fräulein, unser guter Herr ist tot. Und nun behüte Gott unsern Baron Hans – den neuen Majoratsherrn von Rippach.«

Gusti drückte die Hände zusammen.

»Gott behüte ihn«, sagte sie leise.

»Wissen gnädiges Fräulein auch, daß unser Herr Baron sich mit Fräulein von Ronach auf dem Sterbebett vermählt hat?«

»Ja, Herr Verwalter, er schreibt es mir. Sonst enthält mein Brief nichts von Interesse für Sie, es betrifft nur eine Botschaft an meinen Bruder.«

Kalisch fand dabei nichts Auffallendes.

»Ihr Herr Bruder und unser Herr Baron waren ja gute, treue Freunde.«

»Ja, das waren sie. Darf ich fragen, ob Ihnen Ursula – ich meine – die Frau Baronin – noch etwas Besonderes mitgeteilt hat?«

Kalisch reichte ihr den Brief. »Bitte lesen Sie selbst.«

Gusti tat das und gab den Brief zurück. In aller Trauer und allem Schmerz zog es wie ein Trost in ihre Seele. Ursula kam zurück, wenn auch nicht nach Feldegg, so doch nach Rippach und Waldau, also ganz in ihre Nähe. Sie fühlte sich plötzlich nicht mehr so trostlos und verlassen. Gusti barg den Brief des Baron Lutz samt der Einlage an Malte in ihren Kleidern. Von diesem Brief brauchten die Eltern und Astrid nichts zu wissen. Das ging sie allein an. Sie wußten ja auch daheim nicht, daß Malte und Ursula sich liebten, und durften es vorläufig nicht erfahren.

Kalisch ließ nun die Pferde ausgreifen, um heimzukehren. Gusti weinte noch immer leise vor sich hin. Am Kreuzweg stieg sie ab und reichte dem Verwalter die Hand.

»Ich danke Ihnen, daß Sie mich mitgenommen haben. Und wenn die Frau Baronin ankommt, dann sagen Sie ihr, ich lasse sie herzlich grüßen und – nein, weiter brauchen Sie ihr nichts zu sagen. Das übrige wird sich finden.«

»Ich werde es ausrichten, gnädiges Fräulein.«

Gusti eilte davon.

Sie kam zu Hause an, als sich ihre Angehörigen gerade an den Teetisch setzten. Erschrocken sahen die Eltern in Gustis verweintes Gesicht. »Um Gottes willen, Gusti – du hast doch keine schlechte Nachricht von Malte?« rief ihre Mutter.

Gusti schüttelte den Kopf. »Nein, nein, Malte ist gesund. Aber eine andre schlimme Nachricht bringe ich heim. Baron Lutz – er ist tot.«

Mit blassen Gesichtern sahen sie ihre Angehörigen an.

»Ist das wahr?« stammelte Astrid.

Gusti wischte sich die Tränen fort, die wieder hervorstürzten.

»Ja, es ist leider wahr. Bei Tannenberg ist er durch die Lunge geschossen worden. Ich traf Kalisch, wir waren zusammen auf der Post, und er hatte soeben die Nachricht erhalten – von Ursula.«

»Von Ursula?«

Wie aus einem Mund fragten das die Eltern und Astrid.

»Ja, von Ursula. Baron Lutz ist schwerverwundet nach St. Annen geschafft worden, wo sich eine Rote Kreuzstation befindet. Und auf seinem

Sterbebett hat sich Ursula auf seinen Wunsch mit ihm vermählt. Nun kommt Ursula nach Rippach, und die Leiche des Baron Lutz wird in Rippach beigesetzt.«

Ganz still war es im Zimmer. Alle saßen wie gelähmt bei dieser Nachricht.

Herr von Feldegg dachte beklommen, wie unklug es von ihm gewesen war, sich so feindlich zu Ursula zu stellen. Jetzt war sie nun doch Baronin von Rippach geworden, und wenn Rippach auch Majorat war und Baron Hans zufiel, so erbte Ursula doch sicher Waldau und ein großes Vermögen. Man hätte sie um Hilfe bitten können. Auch Frau von Feldegg machte sich ähnliche Gedanken, und als sie nach dem Tee mit ihrem Gatten allein war, sagte dieser zu ihr:

»Man muß versuchen, wieder auf guten Fuß mit Ursula zu kommen. Wir müssen sie um Hilfe angehen. Sie ist immer ein gutmütiges Geschöpf gewesen. Schließlich kann es ja nicht schwerfallen, sie zu versöhnen, denn sie muß doch einsehen, daß ich ihr Bestes wollte, als ich in sie drang, den Baron zu heiraten.«

Frau von Feldegg seufzte tief auf. »Gott mag helfen, daß sie nicht unversöhnlich ist. Vielleicht hilft uns Gusti, das zerrissene Band wieder anzuknüpfen. Sie verstand sich ja immer sehr gut mit Ursula. Überhaupt – unsre Hoffnung steht jetzt in jeder Beziehung auf Gusti, Rudolf.«

»Wie meinst du das?«

»Nun, ich habe dir doch gesagt, daß Baron Hans sich auffallend um Gusti bemühte. Ich war erst sehr dagegen, weil er arm war, und duldete den regen Verkehr zwischen ihm und Gusti dann nur, um Baron Lutz wieder nach Feldegg zu ziehen. Ich glaube bestimmt, daß zwischen Baron Hans und Gusti etwas im Werden war. Das bekommt nun natürlich ein ganz anderes Gesicht. Als Majoratsherr von Rippach ist er eine glänzende Partie, selbst wenn Ursula Waldau und das Vermögen ihres Gatten bekommt.«

Rudolf von Feldegg sah nachdenklich vor sich hin. Er begann gleich wieder mit den beiden Faktoren, Ursula und Baron Hans, zu rechnen, wie er stets in seinem Leben auf andere Menschen gesetzt hatte.

»Ja, ja, das wäre allerdings – man müßte Gusti im Auge behalten. Aber Baron Hans ist leider im Krieg – und wer weiß, ob er lebend heimkehrt. Wer kann in solchen Zeiten mit Leben und Sterben rechnen? Vorläufig müssen wir unser Heil bei Ursula versuchen. In unsrer hoffnungslosen Lage ist das der einzige Rettungsanker, an den wir uns noch klammern können. Sonst weiß ich keine Hilfe mehr.«

Die beiden Gatten sahen einander mit sorgenvollen Blicken an. Sie hatten sich nie im Leben so gut verstanden wie jetzt in der gemeinsamen Not.

13

Ursula war in Rippach eingetroffen, und fast zu gleicher Zeit hielt ihr toter Gemahl seinen Einzug in das Haus seiner Väter.

Die Flagge auf dem Herrenhaus wehte auf Halbmast und war mit Trauerschleiern umwunden. Die Beamten und die Dienerschaft standen still und ernst zu beiden Seiten des Portals. In der großen Halle wurde der Sarg aufgestellt, und er verschwand völlig unter der Fülle von Blumen, die man darauf niederlegte.

Kalisch hatte eine Reihe von Zimmern für die junge Herrin richten lassen. Nach den Hausgesetzen der Rippachs hatte die Witwe eines verstorbenen Majoratsherrn seine Rechte auszuüben, bis der neue Majoratsherr seinen Einzug hielt oder andere Bestimmungen traf. Außerdem hatte Ursula ein Anrecht auf den kleineren, linken Flügel des Herrenhauses von Rippach bis zu ihrem Tod oder ihrer eventuellen Wiederverheiratung. Zugleich standen ihr so lange freie Verpflegung und allerlei kleine Gerechtsame zu.

Dies alles setzte Kalisch Ursula in einer langen, ernsten Unterredung auseinander, so, wie es ihm sein verstorbener Herr in seinem letzten Schreiben geboten hatte. In dieser Unterredung erfuhr Ursula auch, daß Gut und Schloß Waldau den Wert von einer halben Million noch überstiegen, und daß das Vermögen, welches ihr zufiel, gleichfalls eine halbe Million Mark betrug. Durch diese Mitteilung war Ursula mehr betroffen als erfreut. Jetzt erst konnte sie ermessen, was Lutz für sie getan hatte. Nun begriff sie erst voll und ganz, wie reich sie geworden war durch ihre Vermählung mit ihm. Als Erbin eines solchen Vermögens war sie freilich imstande, mit ihrer Hand Malte aus aller Not zu befreien.

Nach der Konferenz mit Kalisch ging Ursula eine Stunde im Wald spazieren. Es war ein leuchtend klarer Tag, und der Wald bekam schon hie und da eine herbstliche Färbung. Wie ein heißes Sehnen wachte es in Ursulas Herzen auf, hinüber nach Feldegg zu gehen durch den Wald. Diese Wege war sie so oft gegangen oder geritten, oft an Maltes und Gustis Seite. Ihr war, als müsse ihr das Herz leichter werden, wenn sie nur einmal wieder ihren Fuß auf Feldegger Boden setzen konnte.

Eine halbe Stunde war sie so geschritten, immer auf dem Weg nach Feldegg zu. Nun hielt sie ihre Schritte an. Weiter durfte sie jetzt nicht gehen. Sie hatte noch mancherlei zu ordnen.

Nur noch einen Blick durch die Waldlichtung nach Feldegg hinüber, dann wollte sie umkehren.

Aber als sie, in Schauen verloren, dastand, sah sie eine schlanke, zierliche Mädchengestalt auf sich zukommen. Es war Gusti. Die Sehnsucht nach Ursula hatte sie auf den Weg nach Rippach getrieben. Sie kam mit gesenktem Kopf daher, als trüge sie eine schwere Last mit sich herum.

Ein leiser Ruf der Überraschung entfuhr Ursulas Lippen.

»Gusti!«

Diese sah empor – in Ursulas Augen hinein.

Ach – wie flog sie da mit einem halberstickten Jubelruf auf Ursula zu, in ihre Arme. Ursula fing sie auf. Schluchzend hielten sich beide umschlungen und stammelten zärtliche Worte.

»Mein Urselchen – ach, mein liebes, liebes Urselchen, ich hab' dich wieder! Gottlob – ach gottlob!«

Ursula küßte sie wieder und wieder.

»Meine Gusti, meine liebe, kleine Gusti. Du kannst dich nicht mehr freuen über dies Wiedersehen, als ich es tue. Nun schau mich an! Ach – wie schmal und blaß ist dein liebes Gesichtchen geworden. Warst du krank, meine Gusti?«

Besorgt sah Ursula in Gustis Gesicht. Diese schüttelte den Kopf.

»Nein, nein, nicht krank. Nur all das Schwere, was mir auf dem Herzen liegt, zehrt an mir. Seit Beginn des Krieges bin ich nur noch ein halber Mensch. Und lachen – siehst du, Urselchen, lachen kann ich nicht mehr. Wenn ich das nicht kann, bin ich freilich krank.«

Zärtlich strich Ursula über Gustis Wangen und wiegte sie im Arm hin und her wie ein Kind.

»Du sollst es wieder lernen, meine Gusti, es werden wieder Zeiten kommen, wo du lachen kannst.«

Gusti seufzte und strich sich das Haar aus der Stirn. Der Hut war ihr bei der stürmischen Begrüßung herabgeglitten.

»Ich weiß nicht, ob ich es je wieder lernen werde, Urselchen. Man kommt ja aus dem Bangen nicht heraus. Ich sorge mich um Malte, um

Hans – und – um Lutz hab' ich mich auch gesorgt. Und er ist nun nicht mehr am Leben. Ist das nur auszudenken? Wer weiß, ob mir Gott die beiden andern läßt. Täglich, stündlich sind sie von Feinden bedroht.«

Ursula preßte die Lippen aufeinander.

»Gott wird helfen, Gusti, auf ihn müssen wir unsre ganze Hoffnung setzen.«

Aufseufzend schmiegte sich Gusti in Ursulas Arme.

»Nun, da ich dich wiederhabe, erscheint mir alles viel leichter. Du bleibst doch hier, für immer?«

»Ja, Gusti. Du weißt doch, daß ich mich mit Lutz vermählt habe.«

»Ja, von – von Kalisch«, erwiderte Gusti zögernd.

»Und was hast du dir gedacht, als du das hörtest?«

»Daß du gut und recht daran getan hast, mein Urselchen, daß du nicht anders konntest.«

Ursula küßte sie innig. »Hab' Dank für dieses Wort.«

»Was ist dabei zu danken, Urselchen? Es ist doch selbstverständlich, daß du einem Sterbenden den letzten Wunsch nicht versagtest. Er hat dich unsagbar geliebt.«

»Das weiß niemand besser als ich.«

»Wirst du nun in Rippach wohnen?«

»Nur bis in Waldau alles bereit ist. Und bis Waldau hast du ja von Feldegg auch nicht viel weiter als bis nach Rippach. Du wirst mich oft besuchen, nicht wahr?«

Bekümmert sah Gusti zu Ursula auf.

»Wer weiß, wie lange ich das noch tun kann. Über den ersten Oktober hinaus können wir kaum noch darauf rechnen, in Feldegg zu bleiben.«

Ursula zog Gusti hastig an sich. Ihr Herz klopfte laut vor Erregung.

Tröstend streichelte sie Gustis Wangen.

»Sei ganz ruhig, Gusti. Durch Lutz' Güte bin ich ja eine reiche Frau geworden, und ich glaube, es wird mir nicht schwerfallen, deinem Vater zu helfen, daß er Feldegg halten und wieder emporbringen kann. Ich weiß ja in Feldegg gut Bescheid und weiß, wo es fehlt und wo der Hebel anzusetzen ist. Wenn Feldegg rationell und vernünftig bewirtschaftet wird, dann rentiert es sich gut. Mach dir also darüber keine Sorgen mehr.«

Gusti sah sie mit leuchtenden Augen an und legte dann aufatmend ihr Köpfchen an ihre Schulter.

»Ach, mein Urselchen, mir ist, als seiest du wie ein rettender Engel vom Himmel herabgekommen, um meine Sorgen von mir zu nehmen. Ich weiß, daß du viel zu gut und zu großherzig bist, um meinen Eltern nachzutragen, daß sie so wenig nett zu dir waren. Aber daß du uns würdest helfen wollen, nein – daran habe ich nicht gedacht. Wenn ich in Feldegg bleiben kann – ach Urselchen, ich hab' gar nicht gewußt, wie sehr ich meine Heimat liebe. Das weiß ich erst, seit ich Angst habe, sie zu verlieren.«

Und aufschluchzend barg Gusti das Gesicht in den Händen.

Ursula tröstete sie zärtlich.

»Nicht weinen, meine kleine Gusti, nicht weinen.«

Energisch richtete sich Gusti auf und trocknete ihre Tränen.

»Was bin ich nur für eine gräßliche Tränenweide geworden«, schalt sie sich selbst aus.

Ursula lächelte. »Das war schon wieder ein Zipfelchen von meiner alten, resoluten Gusti«, sagte sie ermunternd, obwohl ihr selbst das Herz schwer wie ein Stein in der Brust lag.

Arm in Arm gingen sie nun noch ein Stück Wegs miteinander und erzählten sich, was sie in der Zeit der Trennung erlebt hatten. Ursula mußte Gusti ausführlich von ihrer Vermählung und von Lutz' Tod erzählen. Und dann sprach sie auch von Maltes Besuch in St. Annen. Sie ging aber so hastig darüber hinweg, daß Gusti merkte, daß sie ihr dabei etwas verschwieg. Aber sie war feinfühlig und forschte nicht weiter. Sie verriet auch nicht, daß Lutz ihr einen Brief geschrieben und einen an Malte beigelegt hatte. Denn Lutz' Wille war ihr heilig! Ganz fest stand es bei ihr, daß sie sein Vermächtnis erfüllen und über Maltes und Ursulas Glück wachen würde. Wenn Malte nur erst wieder heil und gesund aus dem Krieg heimgekehrt sein würde! Auch von Baron Hans sprachen die beiden jungen Damen. Gusti zeigte Ursula ganz offen, wie sehr sie Hans liebte und wie sie um ihn zitterte und bangte.

Und dann zog sie mit aufleuchtenden Blicken eine Postkarte aus ihrer Tasche.

»Sieh, Urselchen, diese Feldpostkarte habe ich gestern von Baron Hans bekommen. Er steht in Flandern.«

Ursula nahm die Karte und las:

›Herzlichsten Gruß erlaubt sich zu senden

Hans von Rippach‹

Und weiter unten stand:

›Wenn ich gesund aus diesem Krieg heimkomme, dann bin ich um Jahre älter geworden. Kriegsjahre zählen doppelt.‹

Fragend sah Ursula in Gustis errötendes Gesicht.

»Mir scheint, es ist ihm sehr lieb, daß Kriegsjahre doppelt zählen.«

Verträumt sah Gusti vor sich hin.

»Ja – er war so unzufrieden, daß wir beide noch so jung waren. Einmal hat er es mir gesagt. Und als er von mir Abschied nahm, sagte er mir: Ich wollte, die Zeit hätte Flügel und wir wären flugs einige Jahre älter. Ich glaube, er dachte schon damals ganz ernstlich daran, daß wir uns einmal heiraten würden, obwohl wir beide so arm waren. Er hoffte wohl auf die Hilfe seines Vetters. Und ich habe ihm versprochen zu warten, bis er mir eines Tages eine wichtige Eröffnung machen würde. Was das für eine Eröffnung ist – ach, Urselchen, das fühlt man doch, auch wenn es nicht ausgesprochen wird. Aber daran darf man jetzt gar nicht denken, und ich kann nichts tun, als für ihn beten.«

»Doch, Gusti, etwas kannst und mußt du für ihn tun: dich gesund erhalten. Das darfst du nicht vergessen. Ich muß dir gestehen, mein Liebling, daß ich erschrak, als ich dich wiedersah. So schmal und blaß bist du geworden. Soll Hans von Rippach ein elendes, bleiches Geschöpf wiederfinden, wenn er, so Gott will, gesund heimkehrt? Sicher würde er sehr unglücklich sein, sähe er dich so wieder. Also Kopf hoch, meine Gusti, und alle nutzlosen Sorgen über Bord geworfen. Damit macht man nichts besser.«

Gusti blieb stehen und umarmte Ursula ungestüm.

»Ach, du Liebe, Gute, nun will ich schon wieder tapfer sein. Hab' ich doch dich jetzt wieder und kann mir allen Kummer vom Herzen reden. Ist mir doch jetzt schon, als sei mir ein furchtbarer Druck von der Seele genommen worden. Nun will ich aber heim. Wir müssen in Küche und Haus tüchtig zufassen, weil wir noch weniger Leute haben als zuvor.«

»Das tut nichts, Gusti, arbeiten macht stark und gesund.«

»Und lenkt von traurigen Gedanken ab. Ich denke so oft daran, Urselchen, daß du mir früher immer gesagt hast: Wer tüchtig arbeiten kann, wird nie ganz unglücklich sein. Aber nun gehe ich wirklich. Weißt du, zu Hause sage ich noch nichts, daß ich dich getroffen habe. Die Eltern kommen heute nachmittag bestimmt zur Beisetzung nach Rippach. Hoffentlich darf ich mit, dann sehen wir uns wieder. Ich möchte Baron Lutz auch einen letzten Blumengruß bringen. Er war doch mein lieber Freund.«

»Ja, Gusti, das war er, und – er sah dich schon im Geist als Majoratsherrin von Rippach.«

Gustis Fuß stockte.

»Er wußte von mir und Hans, daß ...?«

»Daß ihr euch liebt. Ja, Gusti, das wußte er.

Aber nun geh, nun schicke ich dich selbst fort, daß du nicht Schelte bekommst.«

Noch einmal umarmten und küßten sie sich, dann eilte Gusti davon. Ach, wie leicht flogen jetzt ihre Füße über den weichen Waldboden. Die schwersten Sorgen hatte ihr Ursula von den Schultern genommen.

Ursula sah ihr eine Weile nach. Und dann hob sich ihre Brust unter einem tiefen Seufzer. Sie hatte Gusti getröstet und aufgerichtet und bedurfte doch selber so dringend des Trostes. Aber ein Gedanke half auch ihr über das Schwerste hinweg, daß sie für Malte und Gusti die Heimat erhalten konnte. Und sie sann auf dem Heimweg darüber nach, wie sie ihre Hilfe für Feldegg wirklich gestalten konnte, daß es auch wirklich eine dauernde Hilfe wurde.

In Rippach angelangt, ließ Ursula den Verwalter zu sich bitten. Er folgte dem Ruf sofort.

Ursula bat ihn, Platz zu nehmen.

»Ich möchte einmal in einer vertraulichen Angelegenheit Ihren Rat hören, Herr Verwalter«, sagte sie.

»Der soll Ihnen immer zur Verfügung stehen, Frau Baronin.«

»Also ohne lange Umschweife. Sie wissen jedenfalls ebenso genau wie ich, daß es sehr schlimm um Feldegg steht.«

»Jawohl.«

»Nun, ich habe auch erfahren, daß Herr von Feldegg am 1. Oktober eine Schuld von 50000 Mk. zu begleichen hat. Wenn er nicht zahlen kann, kommt Feldegg unter den Hammer. Das möchte ich verhindern. Könnte ich wohl von dem Vermögen, das mir mein Mann hinterlassen hat, bis zum 1. Oktober diese Summe flüssig machen und sie Herrn von Feldegg zur Verfügung stellen?«

Kalisch fuhr sich mit der Hand unbehaglich durch das dichte graue Haar.

»Gnädigste Frau Baronin, dem würde wohl nichts entgegenstehen. Aber ich halte es für meine Pflicht, Ihnen davon abzuraten. Das Geld wäre glatt verloren, und auf die Dauer könnten Sie Herrn von Feldegg doch nicht damit helfen. Es wäre viel ratsamer, wenn Sie Feldegg in der Versteigerung selbst kauften. Es ist sicher für 400000 Mk. zu haben. Und wenn wir dann noch etwas hineinsteckten, dann hätten Sie zu Waldau bald noch ein zweites Prachtgut. Der Feldegger Boden ist außerordentlich gut, man hat nur seit Jahren Raubbau damit getrieben. In einigen Jahren wäre es bei rationeller Bewirtschaftung ein Mustergut, dafür stehe ich ein.«

Mit ernsten Augen sah ihn Ursula an.

»Das glaube ich wohl, Herr Verwalter, davon bin ich fest überzeugt. Aber – wenn ich Feldegg kaufte, dann wäre der jetzige Besitzer mit seiner Familie heimatlos. Ich weiß, daß mit 400000 Mark gerade nur die Hypotheken auf Feldegg gedeckt wären. Herr von Feldegg müßte dann als Bettler von seiner Scholle gehen. Und das gerade ist es, was ich vermeiden will. Sie haben ganz recht, wenn Sie mir sagen, mit diesen 50000 Mark sei nicht für immer zu helfen. So wie Feldegg jetzt bewirtschaftet wird, sind kaum die Zinsen für die Schulden herauszuwirtschaften. Aber der Ertrag ließe sich in kurzer Zeit mindestens um die Hälfte steigern, wenn eine andere Wirtschaft eingeführt würde und wenn man noch etwas Kapital hineinsteckte. Was meinen Sie wohl, wie hoch die Summe sein müßte, mit der man gesunde Zustände in Feldegg schaffen könnte?«

Kalisch sah eine Weile vor sich hin. Dann sagte er, seine Augen auf Ursula richtend:

»Rund heraus, Frau Baronin, unter nochmals 50000 Mark ist da nicht gründlich zu helfen. Aber gestatten Sie mir eine Einwendung. Wenn Sie Herrn von Feldegg jetzt 50000 Mark vorschießen, so bezahlt er damit allerdings seinen Gläubiger, denn das Messer steht ihm an der Kehle. Geben Sie ihm aber noch weitere 50000 Mark, dann wird er dies Geld schwerlich dazu verwenden, Feldegg wieder hochzubringen, sondern es leichtsinnig anders vergeuden. In Feldegg ist leider immer unglaublich leichtsinnig gewirtschaftet worden, sonst wäre es nicht so weit gekommen, und wenn Geld im Haus ist, wird die Angst vergessen sein, und man wird wieder in den Tag hineinleben. Ich bitte, mir meine ehrliche Meinung nicht übelzunehmen.«

Ursula schüttelte den Kopf. »Gewiß nicht, Herr Verwalter, ich bin Ihnen im Gegenteil dafür dankbar. Ich teile sogar Ihre Überzeugung. Aber ich möchte trotzdem eine Pflicht der Dankbarkeit erfüllen und den Feldeggern helfen. Wenn ich das Kapital gebe, so gebe ich es nur unter der Bedingung, daß ich mir das Verfügungsrecht über die Anlage desselben vorbehalte. Ein Mißbrauch des Geldes müßte ausgeschlossen sein. Ich weiß gut Bescheid in Feldegg, weiß genau, wo es fehlt. Ich würde die nötigen Verbesserungen selbst anordnen und bestimmen und die Beträge selbst bezahlen. Herr von Feldegg und seiner Familie würde ich strengste Sparsamkeit zur Bedingung machen. Nur, wenn ich mich so gesichert fühle, wäre ich überzeugt, daß Feldegg wieder emporgebracht werden könnte.«

Kalisch sah die junge Frau mit einem Lächeln an. »Ich sehe, gnädige Frau Baronin, Sie wissen genau, was Sie wollen, und unter diesen Umständen sage ich: In Gottes Namen. Auf diese Weise hätten Sie einige Sicherheit, daß das Kapital nicht verloren wäre. Und außerdem tun Sie eine gute Tat. Ohne Ihre Hilfe wäre Feldegg glattweg verloren, denn Herr von Feldegg bekommt das Geld bestimmt nicht von anderer Seite. Wenn Sie wünschen, will ich Ihnen in dieser Angelegenheit gern weiter mit Rat und Hilfe zur Seite stehen.«

»Das nehme ich dankbar an, Herr Verwalter. Vorläufig bitte ich Sie also, das nötige Kapital flüssig zu machen.«

»Das soll geschehen.«

Ursula reichte ihm die Hand.

»Ich danke Ihnen, Herr Verwalter. Und nun will ich Ihre kostbare Zeit nicht länger in Anspruch nehmen. Zu der Beisetzungsfeierlichkeit ist doch alles in Ordnung?«

»Alles, Frau Baronin.«

Kalisch empfahl sich, und Ursula blieb eine Weile sinnend mitten im Zimmer stehen. Dann ging sie langsam in den Saal hinüber, wo der Sarg Lutz von Rippachs aufgebahrt stand.

Sie trat an den blumengeschmückten Sarg heran und lehnte sich dagegen. Leise, wie schmeichelnd, glitten ihre Hände darüber.

»Lutz, lieber Lutz, nicht wahr, du billigst, was ich tun will? So dankbar bin ich dir, so dankbar, daß du mich durch deine Güte dazu befähigst, Malte und Gusti ihre Heimat zu erhalten.«

So sprach ihre Seele mit der des Verstorbenen. Und ihr Antlitz beugte sich herab auf die Blumen, die kühl und weich ihre Wangen streichelten.

So stand sie lange in Andacht versunken, und dann sank sie in die Knie und betete für Lutz' Seelenheil. Ihre Gedanken an Malte verbannte sie. Jetzt wollte sie nur an Lutz denken, an ihn und seine Güte.

14

Die Tore der Gruft schlossen sich, in der eben beigesetzt worden war, was von Lutz von Rippach sterblich gewesen.

Still und ernst kehrte das Trauergefolge in das Herrenhaus zurück, wo ein Imbiß gereicht wurde. Gleich nachdem dieser eingenommen war, verabschiedete man sich von der jungen Witwe unter herzlichen Beileidsbezeigungen.

Die Feldegger Herrschaften hatten bis zuletzt gezögert. Nun traten auch sie zu Ursula heran, um sich zu verabschieden.

»Liebe Ursula, wir bitten dich herzlich, uns recht oft in Feldegg zu besuchen«, sagte Herr von Feldegg sehr freundlich.

»Ja, Ursula, das wirst du doch tun«, stimmte seine Gattin eifrig bei. »Und wenn es dir jetzt in Rippach zu einsam ist, so kann dir Gusti, sooft du willst, Gesellschaft leisten.«

Ursula schlang den Arm um Gusti, die mit leuchtenden Augen zu ihr aufsah.

»Das nehme ich dankbar an. Wenn ihr Gusti zuweilen entbehren könnt, werde ich mich immer freuen, sie bei mir zu haben. Und gern komme ich auch nach Feldegg. Ich hatte mir vorgenommen, euch morgen vormittag zu besuchen. Finde ich euch zu Hause?«

»Gewiß, wir sind zu Hause und erwarten dich mit Freuden«, beeilte sich Herr von Feldegg zu versichern.

Und als Ursula fragte, ob Gusti noch ein Stündchen bei ihr bleiben dürfe, sie würde sie dann nach Hause fahren lassen, da wurde Gusti sofort die Erlaubnis zum Bleiben erteilt.

Als die beiden jungen Damen dann allein an einem reizend gedeckten, gemütlichen Teetisch saßen, sagte Gusti aufatmend:

»Es ist schön, wie in einem herrlichen Märchen, daß ich hier bei dir sitzen kann. Das Rippacher Herrenhaus ist ein so feudaler alter Bau und gefällt mir jedesmal besser, wenn ich hier bin. Weißt du, als Baron Lutz' Mutter noch lebte, haben wir auch zuweilen hier in diesem Zimmer den Tee genommen, wenn wir sie besuchten.«

Ursula nickte. »Ja, ich weiß. Wie liegt das alles

so weit hinter uns. Und übers Jahr, so Gott will, trinke ich hier vielleicht mit einer jungen Majoratsherrin von Rippach den Tee.«

Gusti sah errötend mit verträumten Augen vor sich hin. »So Gott will! Ach Urselchen, wenn er doch wollte.«

Am nächsten Vormittag fuhr Ursula nach Feldegg hinüber.

Sie wurde mit großer, zur Schau getragener Herzlichkeit empfangen. Selbst Astrid zeigte sich ihr gegenüber liebenswürdig. Der alte Heinrich öffnete Ursula den Wagenschlag, und sie begrüßte ihn freundlich. Er sah sie mit strahlenden Augen an, denn er hatte Ursula immer sehr gern gehabt.

Noch saß Ursula keine zehn Minuten im Wohnzimmer, da brachte Rudolf von Feldegg schon sein Anliegen vor. Er hatte nicht Zeit zu langen Vorbereitungen, denn der gefürchtete 1. Oktober stand nahe bevor.

Ursula war gar nicht erstaunt. Sie hatte diese Bitte um Hilfe erwartet, und wenn sie nicht erfolgt wäre, dann hätte sie das Thema selbst angeschlagen. Ohne langes Besinnen erklärte sie, daß sie bereit sei zu helfen, und in welcher Weise und unter welchen Bedingungen sie das tun wollte. Herr von Feldegg war viel zu froh, als daß er nicht ohne weiteres auf alle Bedingungen eingegangen wäre. Er wußte nur zu gut, daß er ohne Ursulas Hilfe ein verlorener Mann war. Und wider Willen imponierte ihm Ursulas klares, bestimmtes Auftreten und ihre sachlichen, verständigen Ausführungen über die Art der nötigen Verbesserungen, die in Feldegg vorgenommen werden mußten.

Noch mehr imponierte Ursula Frau von Feldegg. Diese war einigermaßen verblüfft, daß sich Ursula so energisch sicherte, daß das Geld, welches sie geben wollte, auch wirklich in den Betrieb des Gutes gesteckt wurde. Ursula erschien ihr wie ein ganz anderer Mensch. Und im Grunde ihres Herzens war sie froh und dankbar, daß Ursula die Angelegenheit so energisch in die Hand nahm, denn sie hatte eine bittere Schule durchgemacht in den letzten Monaten und wollte ganz sicher nicht noch einmal solche Zeiten erleben.

Ursula wäre vielleicht nicht so bestimmt gegen ihren ehemaligen Vormund aufgetreten, wenn sie es nicht getan hätte, um Feldegg für Malte wieder emporzubringen. Herr von Feldegg und seine Frau dankten Ursula mit einem tiefen, erlösten Atemzuge, als alles besprochen war.

Gusti aber warf sich stumm in Ursulas Arme. Sprechen konnte sie nicht.

Zum ersten Mal war nun einige Wärme und Herzlichkeit im Wesen der Feldegger Ursula gegenüber. Selbst Astrid gab sich, wenn auch nicht ohne inneren Zwang, sehr freundlich. Zu sehr hatten alle sich gefürchtet, in die Verbannung ziehen zu müssen, und der Gedanke, daß Ursula dies Unheil abgewendet hatte, machte selbst diese kühl veranlagten Menschen warm und herzlich.

Ursula besprach noch einiges mit ihrem ehemaligen Vormund und erhob sich dann, um heimzukehren. Man forderte sie dringend auf, zum Essen zu bleiben, aber sie lehnte ab, weil sie mit Kalisch verabredet hatte, gleich nach Tisch nach Waldau hinüberzufahren, um dort zu sehen, was für Vorbereitungen getroffen werden mußten, ehe Ursula übersiedelte. Sie bat jedoch herzlich, daß Gusti sie begleiten dürfe, und das wurde sofort gestattet.

So fuhren Gusti und Ursula in der eleganten Rippacher Equipage, dicht aneinander geschmiegt, davon.

»Ach, mein Urselchen, wie ist das wunderschön. Mein Herz ist mir heute ganz froh und leicht. Zum erstenmal seit langer Zeit werde ich mich heute abend zu Bett legen, ohne denken zu müssen: Wo wirst du nach dem ersten Oktober dein müdes Haupt hinlegen? Ich weiß gar nicht, wie ich dir danken soll, daß du die schreckliche Sorge von uns genommen hast. Mama sah heute zum erstenmal wieder froh und zuversichtlich aus, und Papa auch. Wie ein böser Druck ist es von uns genommen. Du kannst dir ja nicht denken, was wir für Angst ausgestanden haben«, sagte Gusti.

Ursula drückte ihren Arm an sich.

»Ich danke Gott, daß ich euch helfen konnte, Gott – und ihm, der mich durch seine Güte dazu instand setzte.«

»Du bist so gut, mein Urselchen. Gleich heute abend schreibe ich an Malte und berichte ihm, was du für uns tun willst.«

Über Ursulas Gesicht flog ein Schatten.

»Ich bitte dich, Gusti, mach doch kein Aufheben von einer so selbstverständlichen Sache.«

Gusti schüttelte den Kopf. »Selbstverständlich? Ach weißt du, selbstverständlich wäre es gewesen, wenn du Papa auf seine Bitte um Hilfe geantwortet hättest: Wie komme ich dazu, euch zu helfen, die ihr mich lieblos aus dem Haus gestoßen habt? Verdient haben wir es nicht, daß du uns so großmütig hilfst.«

Lächelnd strich Ursula über Gustis Wangen.

»Du hast das schon ganz allein verdient, Gusti, denn du hast mir so viel Liebe erwiesen, daß ich dir nie genug dafür danken kann. Meinst du, ich hätte ruhig zusehen können, wenn ihr aus Feldegg vertrieben worden wäret? Sollte ich es zulassen, daß Maltes Erbe verloren ging, da ich es hindern konnte? Weißt du nicht mehr, wie wir uns immer sehnlichst wünschten, etwas tun zu können, daß deinen Eltern geholfen würde, ohne daß Malte gezwungen wäre, eine ungeliebte reiche Frau zu heiraten?«

Gusti nickte und sah Ursula mit großen Augen an. »Ja, ich weiß es wohl, was wir oft für kühne Pläne entwarfen, die nur leider alle unausführbar waren. Wie bin ich froh, daß sich nun alles so gut gefügt hat. Es tut mir freilich schrecklich leid, daß der gute Lutz erst sterben mußte, ehe alles so kommen konnte. Aber wärst du nicht seine Erbin geworden, dann hätten wir doch von Feldegg fortgehen müssen. Wir hatten ja nicht einmal den Trost, daß uns Malte helfen könnte, wie Papa immer gehofft hatte. Freilich – Malte hätte auch wirklich nicht helfen können und wollen. Er war fest entschlossen, niemals seine Hand ohne sein Herz zu verschenken.«

Ursula wurde sehr rot. »Hat er dir das gesagt?«

»Ja, ehe er das letztemal von Feldegg abreiste, sagte er zu mir, ich solle nicht darauf hoffen, daß er die von Papa gewünschte reiche Partie machen würde. Er wolle viel lieber wie ein Tagelöhner für uns alle arbeiten, als sich zu verkaufen. Das könne er nicht. Und ich kann ihn so gut verstehen. Weißt du, Malte und ich, wir sind keine Naturen, die ohne Liebe heiraten können. Astrid würde es nicht schwerfallen, sie ist so viel nüchterner und kühler als Malte und ich.«

Ursula hatte starr vor sich hin gesehen. Wie mußte Malte sie bei seinen Ansichten verurteilen, daß sie ihre Hand ohne ihr Herz verschenkt hatte. Wie treulos und unwert seiner Liebe mußte sie ihm erscheinen. Wenn sie ihm doch alles hätte sagen können, ehe er von ihr gegangen war.

Manchmal dachte sie daran, ihm zu schreiben und ihm alles zu erklären. Aber das ließ ihr Stolz nicht zu. So schnell hatte er den Glauben an sie verloren, daß es als Demütigung erschien, um diesen Glauben zu bitten. Und wenn er gar im Unmut die Annahme ihres Briefes verweigerte oder ihn ungelesen vernichtete, dann war es noch viel schlimmer als bisher. Sie mußte warten, bis er heimkehrte – und bis er von selbst den Glauben an sie wiederfand.

Am Abend dieses Tages saß Gusti in ihrem Zimmer noch lange wach und schrieb einen langen Brief an ihren Bruder Malte. Dieser lautete:

›Mein lieber Bruder! Heute habe ich Dir etwas Herrliches, Wunderschönes zu melden. Wir sind alle von einem schweren Druck befreit. Feldegg wird uns nicht verlorengehen. Und wer bewahrt uns vor dem Schlimmsten, was uns drohte, davor, daß wir heimatlos von Feldegg ziehen müßten? Ursula ist es, unsre einzige gute liebe Ursula. Sie ist unsre großmütige Retterin. Du weißt ja von Ursula selbst, daß sie sich in St. Annen mit dem schwerverwundeten Baron Lutz vermählte. Du warst ja gerade an dem Tag im Stift. Noch in derselben Nacht ist Baron Lutz seinen Wunden erlegen. Darüber sind wir alle, wie Du Dir denken kannst, sehr traurig, denn er war so ein himmlisch guter Mensch, und wer ihn gekannt hat, wird ihm ein gutes Andenken bewahren. Du auch, mein Malte, denn er war Dir ein treuer Freund. Ursula ist am Montag nach Rippach gekommen, und Baron Lutz ist gestern in der Rippacher Gruft beigesetzt worden. Ursula ist nun seine Erbin, soweit es nicht das Majorat betrifft. Sie will in Zukunft in Waldau wohnen. Und sie gibt nun von ihrem Vermögen Papa ab, was er braucht, um Feldegg zu halten und wieder hochzubringen. Du hättest nur hören sollen, wie klug und umsichtig sie alles mit Papa ordnete und besprach. Sie hat den Eltern riesig imponiert, und nun darf ich mit ihr zusammensein, so viel ich will. Und das wird sehr viel sein.

Wenn mein Urselchen nur nicht so furchtbar traurig aus den Augen blickte. Sie sieht oft ganz verzweifelt vor sich hin, als trüge sie eine schwere Last auf dem Herzen. Um ihren Gatten trauert sie herzlich, er hat ihr ja so viel Gutes getan. Aber sie betrauert in ihm nur einen guten, treuen Freund. Sie hat ihn nicht geliebt, sonst hätte sie ihn damals nicht abgewiesen. Aber er hat sie auf seinem Krankenlager so sehr gebeten, seine Frau zu werden, und da hat sie nicht anders gekonnt, als ja zu sagen. Das geschah aus Mitleid und echt weiblicher Güte, Malte, nicht aus anderen Gründen.

Sie spricht sich freilich nicht darüber aus. Es ist, als schnüre ihr etwas die Kehle zusammen, wenn ich auf ihren Hochzeitstag in St. Annen zu sprechen komme. Es muß sie etwas dabei furchtbar aufgeregt haben. Aber ich glaube nicht, daß dies Etwas mit Baron Lutz zusammenhängt, es muß etwas anderes sein.

Ich schreibe Dir das alles nur, weil ich sonst mit keinem Menschen darüber sprechen kann und weil mir doch Ursula so sehr leid tut. Trotz ihres Reichtums scheint sie mir sehr unglücklich, und ich weiß, sie weint viel. Wenn ich ihr nur helfen könnte.

Und noch etwas muß ich Dir sagen, mein Malte. Baron Lutz hat auf seinem Sterbelager einen Brief an mich geschrieben, wohl um Abschied von mir zu nehmen. Und in diesem Brief lag ein Schreiben an Dich. Das soll ich Dir aber erst geben, wenn Du heimkehrst, weil doch die Feldpost so unsicher ist und der Brief verlorengehen könnte. Wahrscheinlich ist es ein letztes Lebewohl für Dich. Ich werde den Brief sorglich verwahren, bis Du heimkommst. Niemand weiß darum als ich.

Wo bist Du jetzt, mein Malte? Wenn ich nicht so sehr in Angst sein müßte um Dich – und um Baron Hans – dann könnte ich jetzt froh sein. Schreibe nur, sooft Du kannst, damit wir wenigstens ab und zu von Dir hören, denn mit der Feldpost – das ist ein Elend, es geht so viel verloren.

In Rippach sollen jetzt in dem Flügel, über den Ursula zu verfügen hat, eine Anzahl leichtverwundeter oder in der Genesung begriffener Soldaten Aufnahme finden, damit sie sich vollends erholen können. Sie würde auch noch welche in Waldau aufnehmen, aber das will sie freihalten, falls die Stiftsdamen von St. Annen vor den Russen fliehen müssen. Die sollen dann bei ihr liebevolle Aufnahme finden, weil sie in St. Annen auch so gute Aufnahme gefunden hat. Sie hat so ein dankbares Gemüt.

Weißt Du, Malte, Ursula sorgt sich um Dich ebenso, wie ich es tue. Als ich ihr sagte, daß ich heute an Dich schreiben würde und ob ich Dich von ihr grüßen solle, da konnte sie erst gar nicht sprechen. Und erst nach einer Weile sagte sie leise: Ja, Gusti, grüße ihn herzlich und sage ihm, daß ich für ihn bete.

Ich bin furchtbar froh, daß mein Urselchen wieder hier ist. Sie sieht so wundervoll aus in den vornehmen schwarzen Kleidern, ich glaube, sie ist noch schöner geworden, obwohl sie immer so traurig ist. Aber nun will ich schließen, ich bin todmüde. Und sorge Dich nicht mehr um uns. Ursula wird hier schon alles in die Reihe bringen.

Und nun gute Nacht, mein herzlieber Bruder. Gott behüte Dich auf allen Wegen. Ich grüße und küsse Dich herzlichst und bete inbrünstig, daß der böse Krieg bald zu Ende geht und unsre Lieben gesund und als Sieger heimkommen. Teile mir mit, ob Du diesen Brief erhalten hast.

Deine Schwester Gusti‹

Diesen Brief Gustis erhielt Malte erst nach langen Wochen. Er war ihm von Ort zu Ort gefolgt und wieder und wieder aufgehalten worden. Der Oktober war schon fast zu Ende, und Malte hielt mit seinen Leuten Rast in einem Dorf.

Als er von einem Erkundungsritt in die Umgegend zurückkehrte, war die Feldpost eingetroffen, und er erhielt zwei Briefe von Gusti und einen von seinem Vater.

Der eine Brief von Gusti und der von seinem Vater waren schon in der Zeit geschrieben, ehe Ursula nach Rippach gekommen war. Sie enthielten beide sorgenvolle Berichte und beschäftigten sich vornehmlich mit der als sicher bevorstehenden Versteigerung von Feldegg. Das bedrückte Malte sehr.

Und dann öffnete er das zweite Schreiben Gustis. Nahm ihm dieses auch die Sorgenlast um seine Angehörigen von den Schultern, so regte es ihn doch namenlos auf. Er las so mancherlei zwischen den Zeilen, das ihm das Blut unruhig zum Herzen trieb. Und das hatte die kluge kleine Gusti gewußt und beabsichtigt. Ganz diplomatisch hatte sie ihr Schreiben abgefaßt, denn sie hatte aus Ursulas Verhalten gemerkt, daß irgend etwas Quälendes zwischen Malte und Ursula lag.

Wieder und wieder las Malte Gustis Brief

durch, und seine brennenden Augen ruhten auf Ursulas Namen, der oft wiederkehrte. Das zauberte ihm die ganze holde Erscheinung vor seine sehnsüchtigen Augen. Ach, daß er noch wie früher hätte an sie denken können, mit dem erhebenden Bewußtsein, daß sie ihn über alles liebte und ihm treu war.

Jetzt war alles durch Lutz' Tod verändert. Aber der Gedanke, daß sie es über sich vermocht hatte, sich einem andern zu eigen zu geben – einerlei, ob auf Jahre, Tage oder Stunden, stand für allezeit trennend zwischen ihm und ihr. Sie hatte doch nicht wissen können, daß sie so bald Witwe sein würde. Oder doch? Hatte sie es gewußt? Hatte sie wirklich nur Mitleid und weibliche Güte dazu getrieben, Lutz' Wunsch zu erfüllen und ihre Hand in die seine zu legen?

Malte grübelte darüber und konnte doch nicht zur Klarheit kommen. Selbst auf den Toten war er noch eifersüchtig. Zu sehr hatte er sie geliebt – liebte sie noch immer. Aber das, was sie ihm bisher gewesen, konnte sie ihm nicht mehr sein. Gustis Mitteilung über den Brief Baron Lutz' an ihn selbst machte ihm keinen Eindruck. Wahrscheinlich waren es einige Abschiedsworte für ihn. Und was galten ihm die, nach dem, was Lutz ihm angetan hatte.

Endlich faltete Malte den Brief zusammen und steckte ihn zu sich. Dann nahm er seinen Mantel um und ging hinaus ins Freie. Die Luft in der niedrigen, dumpfen Bauernstube, die ihm als Quartier diente, bedrückte ihn. Draußen sank ein naßkalter Nebel herab und hüllte alles in einen dichten Schleier. Es war auch kein schönes Bild, das sich ihm bot, dieses schmutzige Dorf mit den zerlumpten, verwahrlosten Bewohnern, die mit hungrigen Augen nach den Kochkesseln der Soldaten schielten.

Er schritt weiter.

Vor einer der letzten baufälligen Dorfhütten saß ein junger Soldat und blies auf einer kleinen Mundharmonika deutsche Volkslieder. Ein anderer lag neben ihm auf einem Bündel Stroh und sang dazu:

> Da ich dich so treu geliebt,
> Über alle Maßen,
> Muß ich dich verlassen.

Er hatte eine wohllautende Stimme und sang mit viel Gefühl.

Weitergehend hörte Malte diese Worte. Würgend stieg es in seinem Hals auf. Das schlichte Lied ergriff ihn seltsam. Rasch schritt er weiter, um nichts mehr zu hören. Eine Weile haftete es ihm dennoch im Ohr. Aber dann wurde es still um ihn her.

Am Ausgang des Dorfes hemmte er den Schritt und schaute mit brennenden Augen in die Ferne, hinüber nach Westen. Dort lag die Heimat. Er sah im Geiste den heimatlichen Wald, sah den Park von Feldegg. Und eine schlanke Mädchengestalt kam auf ihn zugeschritten. Er sah das goldschimmernde Haar in der Sonne leuchten, sah in ein Paar tiefblaue Augen hinein.

Ach diese Augen – daß sie gelogen hatten.

›Da ich dich so treu geliebt,
Über alle Maßen.‹

Er strich sich über die brennenden Augen und machte schnell kehrt, als wollte er sich von dem lockenden Bild abwenden.

Das salzige Naß brannte ihm in den Augen. Er biß die Zähne zusammen und warf den Kopf trotzig in den Nacken. Fort mit dem Gedanken an sie, die ihm untreu war.

15

Ursula hatte sich schnell in Rippach eingelebt, und ihre Übersiedlung nach Waldau stand nahe bevor. Gusti war fast täglich in Rippach und seit Ursulas Hiersein gesünder und frischer geworden. Manchmal konnte sie sogar wieder ein wenig lachen.

Von Baron Hans hatte Ursula Anfang Oktober einen kurzen Brief erhalten, in dem er seinem Schmerz über Lutz' Tod Worte gab. Er stellte ihr für die nächsten Tage ein längeres Schreiben in Aussicht. Zu gleicher Zeit hatte er Lutz' letzten Brief und den von Ursula erhalten, aber erst einige Wochen nach dem Tod seines Vetters. Der angekündigte Brief kam dann auch bald an.

Hans schrieb:

›Liebe, verehrte Ursula! Ohne weiteres mache ich von meinem Recht als Vetter Dir gegenüber Gebrauch. Es hätte nicht erst meines lieben Lutz'

Bitte bedurft, daß ich Dir ein Bruder sein soll, ich bin es herzlich gern. Du wirst mir nachfühlen können, Ursula, wie tief mich der Tod meines lieben Vetters erschüttert hat. Du weißt ja nicht, was er mir gewesen ist. Er war für mich, den Frühverwaisten, Heimatlosen, alles: Vater, Bruder, Freund und Wohltäter, und ich kannte seine edlen Charaktereigenschaften besser als sonst ein Mensch. Ich weiß auch, daß er Dich über alles geliebt hat und daß es an ihm nagte, daß Du seine Hand ausschlugst. Daß er Dich gewissermaßen heimatlos gemacht hatte, ließ ihn nicht zur Ruhe kommen.

Nun möchte ich Dir danken, so recht von Herzen danken, daß Du ihm seine letzten Stunden dadurch leicht gemacht hast, daß Du Deine Hand in die seine legtest. Der Gedanke, Dich vor allen Sorgen geschützt zu wissen, Dir eine neue Heimat gegeben zu haben, hat ihn sicher sehr beruhigt sterben lassen. Und weil ich weiß, was Du ihm warst, wird es mir leicht, Dir brüderlich nahezutreten. Willst auch Du mir eine Schwester sein?

Es ist mir ein lieber Gedanke, daß Du in Rippach bist, oder in Waldau. Da bist Du doch Gusti von Feldegg nahe. Und ich weiß, wie sehr sie sich nach Dir gesehnt hat. Ich habe mich furchtbar um Fräulein Gusti gesorgt. Da Du mir jetzt so nahe stehst, will ich Dir offen sagen, daß mir Gusti gilt, was Du Lutz gegolten hast. Wenn Du mir etwas Gutes tun willst, so halte Deine schützende Hand über Gusti. Ich bin ja hier so machtlos und vermag nichts zu tun.

Wir alle hoffen dereinst auf einen Tag fröhlicher

Heimkehr. Sollte mir ein solcher nicht beschieden sein, so lege ich Dir, liebe Ursula, Gustis Schicksal ans Herz. Du wirst sie niemals verlassen. Versprich mir das, damit ich ruhig sein kann. Ich möchte Dir noch vieles sagen, habe aber jetzt keine Zeit mehr. Willst Du so gut sein, Gusti von Feldegg herzlichst von mir zu grüßen und ihr zu sagen, daß ich viel an sie denke. Sie soll mich nicht vergessen. Ich habe Dir mein innerstes Empfinden verraten, aber ich hatte schon immer das Gefühl, daß man Dir vertrauen kann. Und jetzt stehst Du mir am nächsten auf der Welt – nach der einen Einzigen, der mein Herz gehört für alle Zeit.‹

Auf diesen Brief antwortete Ursula schon am nächsten Tag, berichtete ihm ausführlich von allem, wie es in Rippach stehe, und fügte endlich am Schluß hinzu: ›Lieber Vetter, ich sehe Gusti täglich und erwarte sie in einer halben Stunde. Dann werde ich sehr indiskret sein und ihr einiges aus Deinem Brief vorlesen. In meinem nächsten Schreiben werde ich Dir auch verraten, was Gusti zu meinen Mitteilungen gesagt hat. Oder willst Du es nicht wissen?‹

Und als sie diesen Brief schloß, flog ein leichtes, schelmisches Lächeln über ihr Gesicht.

Ursula war eben dabei, nach Waldau überzusiedeln, als sie eine Eilnachricht der Fürstin Ried erhielt, die Verhältnisse hätten sich so gestaltet, daß das Stift St. Annen unverzüglich geräumt werden müsse, von den Verwundeten sowohl als auch von seinen Bewohnerinnen. Sie nähme für diese daher jetzt dankbar das Asyl an, das Ursula ihnen in Waldau zu bieten bereit sei.

Da gab es fleißig zu schaffen. Zum Glück war das Waldauer Schloß imstande, die erwarteten Gäste zu beherbergen, wenn sie auch nicht ganz so geräumig wohnen würden wie in dem großen Stiftshaus.

Nach kaum einer Woche – welche Veränderung in Waldau wie in Rippach!

Das sonst so stille Waldau, in dem seit Jahren kein Mensch gewohnt hatte, war auf einmal in ein Damenstift verwandelt, und drüben in Rippach hausten zwanzig verwundete Soldaten.

Diese Einquartierung hüben und drüben verursachte natürlich Mühe und Arbeit, aber Ursula war froh bei dem Gedanken, irgend jemand notwendig zu sein.

Bald regelte sich der veränderte Betrieb, und alles ging wie am Schnürchen. In Waldau wurde ganz das gleiche Leben geführt wie in St. Annen. Sogar die Vorlesestunden hielt Ursula wieder ab, und die alten Damen machten dabei schnurrbehagliche Gesichter und klapperten eifrig mit ihren Strickzeugen. Ganze Stöße von Strümpfen und dergleichen Strickarbeiten wurden angefertigt und als Liebesgaben ins Feld geschickt.

Ursula und die Fürstin schlossen sich noch inniger aneinander als zuvor, und als Dritte im Bund wurde Gusti aufgenommen, die sehr viel in Waldau war und die Stiftsdamen allesamt ›goldig‹ fand.

Diese freuten sich sehr, wenn Gusti kam, und hatten jetzt gar nichts mehr dagegen, daß sich so junges Blut zwischen ihnen breitmachte. Auch die Fürstin schloß Gusti ins Herz und ging oft, die Arme um Ursula und Gusti gelegt, bei gutem Wetter ein Stück mit ihnen durch den Wald, oder sie besuchten in Rippach die Rekonvaleszenten.

Natürlich machte die Fürstin auch in Feldegg Besuch. Aber hüben und drüben blieb es bei einem höflich freundlichen Ton.

Durch die Stiftsdamen wurden Ursula und Gusti von ihren Sorgen und Ängsten um Malte und Hans etwas abgelenkt. Es kam ganz von selbst, daß Gusti für Ursula Maltes Briefe mitbrachte, so wie Ursula Gusti die Briefe des Baron Hans zu lesen gab. War dieser Briefwechsel auch nicht sehr regelmäßig, so blieben sie doch wenigstens in Verbindung mit den beiden jungen Offizieren.

Malte hatte Gusti auf ihren Brief, in dem sie ihm von Ursulas Ankunft in Rippach und von ihrer Hilfe für Feldegg geschrieben hatte, folgendes geantwortet:

›Mein liebes, kleines Schwesterchen! Herzlich danke ich Dir, daß Du mir so ausführlich geschrieben hast. Mir ist natürlich ein Stein vom Herzen gefallen, daß Ihr von Feldegg nicht fort müßt. Die Sorge um Euch hat mich furchtbar gequält.

Daß es Ursula war, von der die Hilfe kam – ich kann nicht darüber sprechen, was ich bei diesem Gedanken empfinde. Du mußt überhaupt ein wenig Nachsicht haben mit mir, kleine Gusti. Ich habe mancherlei erlebt und bin ein wenig aus dem Gleichgewicht gekommen. Vieles kann man in einem Brief auch nicht berühren. Ich wollte Dir nur gleich Nachricht geben, weil ich in den nächsten Tagen wohl kaum dazu komme, zu schreiben. Nur daß ich gesund bin, will ich Dir melden. Sobald ich wieder einmal länger Zeit habe, schreibe ich Dir ausführlicher. Heute bin ich in schlechter Stimmung und auch in Eile. Leb wohl, meine kleine Gusti – grüße alle herzlich von mir und behalte lieb

Deinen Bruder Malte‹

Als Gusti Ursula den Brief gegeben hatte und diese ihn las, beobachtete Gusti sie mit besorgten Blicken. Ursulas Hand, die den Brief hielt, zitterte, und sie war sehr bleich.

Ach, wenn Gusti geahnt hätte, was in Ursulas Herzen vorging. Es war ein Gefühl, als griffe ihr eine kalte Hand ans Herz. Vergebens suchte sie nach einem Wort, das ihr verraten hätte, ob Malte ihr nicht mehr zürnte. Aber nicht einmal dazu hatte er sich verstehen können, ihr einen Gruß zu senden.

Und was er dabei empfunden hatte, daß sie es war, die Feldegg vom Untergang rettete, sprach er nicht aus. Sie wußte es aber trotzdem. Es war ihm unerträglich, daß er ihr zu Dank verpflichtet sein mußte. Es quälte ihn, das wußte sie, daß das Geld, das sie für Feldegg gab, von Lutz kam. Mit bleichem Gesicht gab sie Gusti das Schreiben zurück. So bestellte auch sie keinen Gruß an Malte – sie wollte ihn nicht zwingen, diesen Gruß erwidern zu müssen. Gusti beobachtete Ursula sorgenvoll.

»Was steht nur zwischen ihr und Malte?« fragte sie sich immer wieder.

Und als sie dem Bruder wieder schrieb, bemerkte sie in dem Brief:

›Du hast vergessen, für Ursula einen Gruß zu bestellen. Auch kein Wort des Dankes hattest Du dafür, daß sie uns Feldegg erhalten hat. Ich glaube, Ursula ist darüber sehr betrübt. Nicht wahr, Malte, Du hast es nur vergessen und schreibst es das nächste Mal.‹

Darauf antwortete Malte:

›Ich habe doch alle grüßen lassen und tue es auch diesmal. Und natürlich bin ich sehr dankbar, daß Ihr Feldegg nicht zu verlassen braucht.‹

Das war sonst so gar nicht Maltes Art, sich so unbestimmt und gezwungen auszudrücken. Gusti merkte die Absicht, daß Malte Ursula nicht erwähnen wollte. Und sie wußte nun genau, daß eine ernste Verstimmung zwischen ihnen beiden herrschen mußte. Sie grübelte darüber nach und kam der Wahrheit ziemlich nahe. Aber sie sah ein: Bevor Malte nicht heimkehrte, konnte sie ihre Mission nicht erfüllen.

Aber in jedem Brief an ihn schrieb sie, wie gut und selbstlos Ursula sei, wie sie nur für andere lebte und sich nicht genug tun könne in Werken selbstloser Nächstenliebe.

»Du kannst es mir glauben, Malte, Ursula ist ein Engel. Und sie ist als Herrin von Waldau genauso schlicht und bescheiden wie damals, als sie noch bei uns in Feldegg war. Nur viel, viel trauriger ist sie.«

Lange Zeit kam kein Brief von Malte mehr nach Feldegg. Man hörte nur durch die Zeitungen von schweren, im Osten entbrannten Kämpfen.

Ruhelos wurde Ursula von ihrer Angst umhergetrieben. Täglich sah sie Gustis Kommen mit banger Unruhe entgegen. Sie verriet sich mit keinem Wort, aber Gusti las in ihren Augen und sagte dann kopfschüttelnd: »Noch keine Nachricht.«

Eines Morgens stand Ursula am Fenster ihres Arbeitszimmers. Eben hatte sie einen Brief an Hans beendet.

Die Erinnerung an einen Traum der vergangenen Nacht lastete schwer auf ihrer Seele. Sie hatte Malte so vor sich liegen gesehen wie Lutz damals in St. Annen. Sie hatte sich über ihn gebeugt mit den Worten: »Vergib mir, Malte«, allein er hatte sich schweigend von ihr abgewandt.

Mit trüben Augen starrte sie in den feuchten, kalten Herbstmorgen. Plötzlich schrak sie zusammen. Auf dem breiten, nach dem Schloß hinführenden Hauptweg sah sie in wilder Hast Gusti auf ihrem neuen Reitpferd dahersprengen.

Ursulas Herzschlag stockte. Was bedeutete dies Ungestüm? Was Gustis blasses Gesicht? Was ihr Kommen zu so ungewohnter Stunde?

Von Angst getrieben, riß Ursula die Fenstertür auf und lief Gusti entgegen. Diese sprang vom Pferd herab in ihre Arme. Sie war ganz atemlos.

Ursula erzitterte.

»Gusti – was bringst du?« rang es sich wie ein Schrei von ihren Lippen. Diese drückte sie an sich.

»Ach Urselchen – ich wollte dich nicht eine Minute länger in Unruhe lassen. Wir haben Nachricht von Malte. Er hat depeschiert.«

Ursula taumelte, als habe sie allen Halt verloren.

»Gottlob, er lebt!« stieß sie hervor.

Gusti nickte und suchte sich zu fassen.

»Ja, er lebt, Ursula, aber – erschrick nicht, er ist verwundet. Hier, ich habe dir das Telegramm mitgebracht, du sollst es selbst lesen.«

Sie knöpfte hastig ihr Reitkleid auf und zog das Telegramm hervor.

Mit zitternden Händen faßte Ursula danach und entfaltete es.

›Liege verwundet im Lazarett in Breslau. Schrapnellschuß – linkes Bein. Sorgt Euch nicht, bin in guter Pflege. Sobald ich reisen kann, komme ich nach Hause bis zur Genesung.

Herzlichen Gruß Malte.‹

Mit einem tiefen Seufzer ließ Ursula die Arme sinken und zwang sich mühsam zur Ruhe. Gusti umschlang sie mit beiden Armen.

»Malte wird ja wieder geheilt werden, Ursula«, sagte sie, als müsse sie diese trösten.

Hastig richtete sich Ursula auf. In ihr blasses Gesicht kam die Farbe wieder.

»Das mag Gott geben! Schilt mich nur aus, Gusti; statt dich zu trösten und aufzurichten, bin ich vor Schreck selbst ganz fassungslos. Man ist jetzt so nervös. Das ist verständlich, nicht wahr? Und Malte gilt mir doch auch so viel wie ein Bruder.« So suchte sie ihre Fassungslosigkeit und Aufregung zu erklären.

Gusti wußte sehr gut, wie es in Ursula aussah, aber sie gab sich den Anschein, an ihre schwesterlichen Gefühle für Malte zu glauben.

»Natürlich ist dir Malte wie ein Bruder, Urselchen, deshalb kam ich ja auch gleich zu dir, obwohl in Feldegg alles außer Rand und Band ist. Mama weint ganz trostlos, weil sie Malte nicht pflegen kann, und Papa macht sich schon reisefertig. Er will sogleich nach Breslau und Malte aufsuchen, um sich zu überzeugen, daß es ihm an nichts fehlt.«

Ursula atmete auf.

Am liebsten hätte sie alles stehn und liegenlassen und wäre nach Feldegg geeilt, um Onkel Rudolf zu bitten: ›Nimm mich mit.‹ Aber mit welchem Recht konnte sie das tun? Man würde erstaunt sein, wenn sie diesen Wunsch äußerte. Und Malte selbst? Wenn sie an sein Lager träte, dann würde er sich von ihr abwenden, wie heute nacht im Traum. Sie trat ans Fenster, denn Gusti sollte die Erregung nicht sehen, die in ihrem Gesicht zuckte.

Unablässig flogen Ursulas Gedanken nach Breslau und an das Schmerzenslager des Geliebten. Voll Ungeduld erwartete sie Herrn von Feldeggs Heimkehr, denn Gusti hatte ihr versprochen, ihr unverzüglich Nachricht zu geben von dem, was der Vater mitbringen würde.

Endlich am fünften Tag kehrte der alte Herr wieder heim, und Gusti eilte sogleich nach Waldau und berichtete ausführlich. Malte habe einen Schrapnellschuß am linken Oberschenkel. Die Verletzung sei nicht leicht, doch auch nicht bösartig und verheile gut. Malte sei in bester Pflege und hoffe, schon in vierzehn Tagen soweit zu sein, daß er sich nach Feldegg transportieren lassen könne.

»In Feldegg muß er dann freilich noch Ruhe und Pflege haben, Urselchen, und wir werden ihn einige Wochen behalten können, ehe er wieder fort muß.«

So schloß Gusti ihren Bericht.

Ursula hatte atemlos zugehört und strich sich nun aufatmend über die Stirn.

»Meinst du, daß er dann wieder fort muß?«

Gusti zuckte die Schultern.

»Papa sagt, wenn Malte völlig wiederhergestellt ist, dann muß er wieder hinaus. Und denke nur, Malte kann die Zeit nicht erwarten, bis es soweit ist.«

Ursula erzitterte bei dieser Mitteilung. Sie hörte im Geist wieder Maltes Worte: »Es wird ja noch eine barmherzige Kugel geben für ein betrogenes Herz.«

Nur mit Aufbietung aller Kräfte konnte sie verhüten, Gusti ihren Schmerz zu verraten. Aber ihren Tränen konnte sie nicht gebieten. Sie rannen ihr über die Wangen. Sie mußte sich abwenden.

Gusti bemerkte es doch.

»Ich will gehen und die Stiftsdamen begrüßen, Urselchen, dann komme ich wieder hierher.«

Mit diesen Worten eilte Gusti aus dem Zimmer, um Ursula Zeit zu geben, sich zu fassen.

16

Das war ein atemloses Warten auf Maltes Heimkehr. Die Tage vergingen Ursula in bleierner Langsamkeit. Es war beschlossen worden, daß Herr von Feldegg seinen Sohn heimholen würde, sobald dieser Nachricht gab, daß er transportfähig sei. Ursula fragte nie. Aber wenn sie nach Feldegg kam, suchten ihre Augen Maltes Vater. Und wenn sie ihn sah, seufzte sie heimlich auf.

Auch Gusti fragte sie nicht, wenn diese nach Waldau kam. Aber die Unruhe brannte in ihren Augen, und Gusti entging das keineswegs. Sie fühlte instinktiv, daß jetzt die Zeit gekommen sei, um die Mission zu erfüllen, mit der sie Baron Lutz betraut hatte.

Als ihr Vater von Malte endlich Nachricht bekam und abreiste, verheimlichte sie das Ursula absichtlich. Sie sagte sich, das Notwendigste sei wohl, daß sich Malte und Ursula wiedersahen und eine Aussprache beseitigte, was trennend zwischen ihnen stand. Beides wollte sie möglichst bald herbeiführen.

Nur hatte sie das Gefühl, als ob Ursula aus einem ihr unbekannten Grund nicht nach Feldegg kommen würde, sobald sie Malte dort wußte. Und er wiederum konnte vorläufig noch nicht nach Waldau hinüber. Also blieb nichts übrig, als Ursula nach Feldegg zu locken, ohne daß sie wußte, daß Malte schon angelangt sei. Und darum verschwieg sie Ursula auch die Abreise des Vaters.

Klopfenden Herzens las Gusti zwei Tage später die Depesche, die ihr Vater geschickt hatte. »Eintreffen nachmittags 4 Uhr.«

Am Vormittag war dies Telegramm angekommen. Gusti ritt unverzüglich nach Waldau und kam gerade zurecht, als Ursula im Begriff stand, nach Feldegg hinüberzufahren.

»Den Weg kannst du dir jetzt sparen, Urselchen, du würdest niemand zu Hause finden. Ich soll dich aber bitten, heute nachmittag zum Tee nach Feldegg zu kommen.«

So sagte Gusti, freilich mit etwas unruhig klopfendem Herzen, aber anscheinend ganz harmlos.

Ursula sagte ahnungslos zu.

In Feldegg war alles in großer Aufregung. Selbst die kühle Astrid sah dem verwundeten Bruder mit Sorge und Unruhe entgegen. Im Herzen von Maltes Mutter waren in dieser schweren Zeit allerlei warme Regungen aufgewacht, die lange unter Sorgen verkümmert schienen. Seit langen Jahren war sie nicht so aufgeregt wie heute.

Es war alles zu Maltes Aufnahme bereit. Am liebsten wären Maltes Mutter und Schwestern zum Bahnhof gefahren, um ihn zu empfangen. Aber sie wußten, daß er Platz im Wagen brauchte mit seinem wunden Bein. So hatten sie den Wagen leer zur Bahn geschickt, mit weichen Kissen ausgepolstert, damit Malte bequem untergebracht werden konnte.

Der Wagen war ungefähr eine Stunde fort, als

Ursula in Feldegg ankam. Als ihr Wagen hielt, kamen die drei Damen aus dem Haus gestürzt. Astrid und ihre Mutter glaubten, Malte sei schon gekommen. Gusti aber hatte den Waldauer Wagen kommen sehen und eilte herbei, um einen etwaigen Fluchtversuch Ursulas zu verhindern und sie um jeden Preis festzuhalten, bis Malte kam. Er mußte ja jeden Augenblick eintreffen.

Ursula sah ein wenig verwundert in die aufgeregten Gesichter.

»Ach, du bist es, Ursula«, sagte Frau von Feldegg entschieden enttäuscht.

»Hattest du jemand anders erwartet, Tante Anna?« fragte Ursula, nachdem sie die Damen begrüßt hatte, mit ihnen ins Haus gehend.

»Wir dachten, Malte sei schon da«, erwiderte Astrid, statt der Mutter. Gusti hatte sich in Ursulas Arm gehängt und merkte, wie diese zusammenzuckte. Und während sie nun Ursula hastig Hut und Mantel abnahm und dem alten Heinrich überreichte, sagte sie scheinbar unbefangen: »Ach ja, Urselchen, das hatte ich dir heute morgen in der Aufregung vergessen zu sagen, daß Malte mit Papa heute nachmittag eintrifft.«

Ursula wurde totenbleich und preßte die Lippen fest aufeinander. Mit einem seltsamen Blick sah sie in Gustis Gesicht.

»Das hast du vergessen, mir zu sagen, Gusti?« fragte sie mit vor Erregung heiserer Stimme.

Gusti schlug die Röte ins Gesicht. Sie zwang sich zu einem Lachen. »Ich wollte dich vielleicht auch ein wenig überraschen, Urselchen.«

Ehe Ursula antworten konnte, fuhr draußen

abermals ein Wagen vor. Astrid und die Mutter eilten hinaus. Gusti sah, daß Ursula sich eine Weile kraftlos auf einen Sessel stützte und mit großen, bangen Augen zum Portal starrte.

Gusti schlang ihren Arm um die zitternde Gestalt. »Komm, Urselchen – Malte ist da«, sagte sie und zog sie fort, ohne auf ihr heimliches Widerstreben zu achten. Und so kam es, daß Malte Ursula neben seiner Lieblingsschwester auf der Schwelle seines Vaterhauses stehen sah, als er, auf seinen Vater und einen Stock gestützt, langsam aus dem Wagen stieg.

Sein Gesicht war ein wenig schmal geworden, vielleicht weniger infolge seiner Verwundung, als durch die seelischen Schmerzen, die er erduldet hatte. Und aus diesem schmalen Gesicht sahen die Augen mit einem düsteren, brennenden Blick in Ursulas Gesicht.

Sie hätte laut aufschreien mögen vor Qual und Not und mußte die Lippen fest zusammenpressen.

Sie stand abseits, während Malte von Mutter und Schwestern umringt wurde. Einen Moment hatte auch Gusti Ursula ganz vergessen. Sie umarmte und küßte den heimgekehrten Bruder und lachte und weinte durcheinander. Und nun wurde Malte sorglich die Stufen hinaufgehoben von Vater und Mutter. Ursula wich unwillkürlich zurück, um ihn vorüberzulassen. Aber vor ihr blieb Herr von Feldegg mit seinem Sohn stehen.

»Da ist ja auch Ursula! Nun kannst du dich gleich bei ihr bedanken, Malte, daß sie uns Feldegg erhalten hat.«

Malte mußte nun Ursula einige Worte sagen, wenn es nicht auffallen sollte, daß etwas zwischen ihnen war.

Gusti stand mit unruhig forschenden Augen dabei. Sie sah, wie es in Maltes Antlitz zuckte, sah, daß Ursula mit einem jammervollen Blick in seine Augen sah und sich kaum aufrecht halten konnte.

Und endlich nahm Malte Ursulas Hand, die in der seinen bebte. Obwohl ihn dieses Beben namenlos erregte, blieb er äußerlich kühl und formell. Er führte Ursulas Hand konventionell an seine Lippen und sagte matt und ausdruckslos:

»Ich freue mich, auch dich begrüßen zu können und danke dir für das, was du für Feldegg getan hast.«

Es klang so unfrei und gequält, daß Ursula hätte laut aufweinen mögen. Scheinbar hatte der warmherzige Malte mit seinem kaltsinnigen Vater die Rollen getauscht.

Und gleich ließ er ihre Hand ohne den leisesten Druck aus der seinen gleiten. Gusti sah, wie Ursula bei dieser Begrüßung jäh die Farbe wechselte. Instinktiv trat sie wie schützend an ihre Seite und führte sie ins Zimmer, sie den Augen der andern entziehend. Aber niemand als Gusti hatte bemerkt, daß etwas Gezwungenes in der Begrüßung Maltes und Ursulas lag. Das war in der allgemeinen Aufregung untergegangen.

Wie in einem schweren, beängstigenden Traum schritt Ursula neben Gusti in das Zimmer. Dort stand schon ein Diwan für Malte bereit, auf dem er ruhen sollte. Der Teetisch war danebengerückt.

Während die Eltern und Schwestern sich liebevoll um Malte mühten und ihn sorgsam auf den Diwan niederließen, trat Ursula an das Fenster. Wie eine Ausgestoßene kam sie sich vor. Sie hatte ja kein Recht, sich um Malte zu mühen, durfte ihre Schmerzen und Qualen weder ihm, noch den anderen verraten.

Malte sah verstohlen zu der schlanken Gestalt am Fenster hinüber. Das Licht, das durch das Fenster seine letzten Strahlen warf, ließ ihr goldiges Haar wie einen Heiligenschein aufleuchten. Er sah das feine Profil, und der Ausdruck des blassen, süßen Gesichtes ergriff ihn seltsam. Wie unsagbar er sie liebte. Wenn sie nur das schwarze Witwenkleid nicht getragen hätte, das ihn an ihren Treubruch mahnte.

Aufatmend lehnte er sich zurück, und sein Gesicht hatte einen so schmerzlichen Ausdruck, daß seine Mutter ihn besorgt betrachtete.

»Die Reise war wohl eine Strapaze für dich, mein Sohn? Willst du vielleicht lieber zu Bett gehen?«

Er schüttelte den Kopf. Nein, nein, alles sei gut, er freue sich, im Kreis der Seinen zu sein.

Ursula wäre am liebsten geflohen, soweit ihre Füße sie trugen, obwohl ihr ganzes Sein Malte mit Sehnsucht entgegendrängte. Mit blassem Gesicht saß sie ihm gegenüber. Sie sahen aber aneinander vorbei und gönnten sich beide kein direktes Wort. Es war eine namenlose Qual für diese beiden Menschen. Und lange ertrug Ursula es auch nicht. Sie erhob sich und verabschiedete sich hastig mit dem Bedeuten, man möge nicht in sie dringen, länger zu bleiben. Malte bedürfe jedenfalls der Ruhe.

Gusti begleitete sie hinaus. Sie sprachen beide nicht. Gusti sah nur im Spiegel, als Ursula den Hut aufsetzte, daß ihr Gesicht wie im Schmerz erstarrt war und die Augen matt und erloschen blickten wie in tiefster seelischer Qual.

Gusti hätte laut aufweinen mögen.

›Wie helfe ich den beiden nur, daß sie sich wieder zusammenfinden?‹ dachte sie bekümmert.

Sie begleitete Ursula zum Wagen, und ehe diese einstieg, umfaßte sie Gusti fest mit beiden Armen und küßte sie innig.

»Urselchen – ach, mein Urselchen!« sagte sie leise und sah ihr unruhig ins blasse Gesicht.

Ursula zwang sich zu einem Lächeln.

»Kommst du morgen wieder nach Waldau, Gusti?«

Gusti nickte. »Ja, Urselchen, ich komme.«

Und dann fuhr Ursula davon. Als sie sich allein sah im Wagen, stöhnte sie qualvoll auf und barg das Gesicht in den Händen.

»Malte – ach Malte, was tat ich dir, daß du mich so namenlos demütigst? Was tat ich dir?«

Einige Tage vergingen. Maltes Befinden besserte sich von Tag zu Tag. Bald konnte er, auf zwei Stöcke gestützt, im Zimmer ein wenig auf- und niedergehen, wenn das Bein auch noch steif war.

Sonst lag er tagsüber meist auf dem Diwan, und immer waren seine Angehörigen bei ihm. Besonders die Mutter wich kaum von seiner Seite.

So kam Gusti zu keiner Stunde ungestörten Alleinseins mit dem Bruder. Und doch hatte sie so viel auf dem Herzen und verlangte danach, die von Lutz ihr auferlegte Mission zu erfüllen.

Zum Glück wurden die Mutter und Astrid heute morgen endlich einmal in einer häuslichen Angelegenheit abgerufen. Sofort nahm Gusti das wahr und schlüpfte zu dem Bruder ins Zimmer.

»Gottlob, Malte, endlich habe ich dich einmal ein Stündchen für mich allein. Ich habe dir etwas zu sagen, was die andern nicht hören dürfen.«

Malte sah zu ihr auf und faßte ihre Hand.

»Was hast du denn auf dem Herzen, kleine Gusti?«

Sie sah ihn fest und mit großen, ernsten Augen an.

»Von Ursula möchte ich mit dir sprechen, Malte.«

Er zuckte zusammen und sah dann finster vor sich hin. »Von der Frau Baronin von Rippach?« fragte er im bitteren Hohn.

Sie schüttelte ihn ein wenig an den Schultern.

»Malte – ach Malte, was hast du nur gegen Ursula? Warum bist du nicht mehr lieb und gut zu ihr wie früher?«

Er machte eine abwehrende Bewegung.

»Laß das, Gusti, darüber kann ich nicht sprechen! Was willst du auch? Ich werde der Baronin niemals den schuldigen Respekt versagen.«

Gusti setzte sich zu ihm und faßte seine Hände.

»Malte – lieber Malte, ich bin nicht mehr das dumme, unreife Ding, das ich vor dem Krieg war. Ich kann dir sagen, daß ich seither mancherlei durchgemacht habe. Da wird man verständig und lernt denken. Und ich sehe, daß sich zwei meiner liebsten, teuersten Menschen grausam quälen – du und Ursula, vielleicht nur wegen eines unglückseligen Mißverständnisses. Jawohl, Malte – es nützt dir nichts, wenn du das in Abrede stellen willst. Ich weiß nämlich mehr, als du denkst.«

Er richtete sich auf und sah sie forschend an. »Hat dir Ursula etwas gesagt?«

Sie schüttelte den Kopf. »Nein, Malte, aber ich weiß doch Bescheid. Ich will dir heute gestehen, was ich noch keinem Menschen verraten habe, auch Ursula nicht. Am Tag, ehe Ursula Feldegg verließ, um nach St. Annen zu gehen, habe ich, als ich zufällig durch den Park kam, gesehen, daß ihr euch geküßt habt, du und Ursula. Und ich ahnte schon vorher, daß ihr euch beide liebhattet und euch nur nicht angehören konntet, weil du eine reiche Frau heiraten solltest und Ursula arm war.«

Malte war in sich zusammengesunken und sah Gusti mit düsteren Augen an. »Wenn du das gesehen hast, Gusti, dann wundert es mich, daß du dir nicht selbst sagen kannst, daß nun alles zwischen Ursula und mir aus sein muß. Ich komme nicht darüber hinweg, daß sie Lutz' Frau geworden ist.«

Gusti atmete schnell. »Also das ist es – sonst nichts?«

»Ist das nicht genug?«

»Weißt du denn, unter welchen Umständen sie es wurde?«

Er zuckte die Achseln. »Das ist doch gleich. Mir genügt die Tatsache.«

»Nein, Malte, das darf dir nicht genügen. Also hat Lutz doch recht gehabt, wenn er annahm, du glaubtest an einen Treuebruch Ursulas.«

Malte sah sie betroffen an. »Was soll das? Woher weißt du, daß Lutz daran dachte?«

»Von ihm selbst. Ich habe dir doch mitgeteilt, daß Lutz mir auf seinem Sterbebett geschrieben hatte, und daß diesem Brief ein Schreiben an dich beilag.«

Er faßte sich an die Stirn. »Ja, ja – ich erinnere mich. Ich hatte es vergessen. Es ist wohl auch kaum von Wichtigkeit.«

»Oh, mir scheint im Gegenteil, daß es von größter Wichtigkeit ist. Hör mich an, Malte. Baron Lutz hat es mir zur Pflicht gemacht, diesen Brief in deine Hände zu legen, wenn du nach Feldegg zurückkehrst. Niemand hat eine Ahnung davon. Auch Ursula nicht. Und ich bin fest davon überzeugt, daß dieser Brief von Wichtigkeit ist für dein und Ursulas Glück. Das ging aus dem an mich gerichteten Schreiben hervor. Ich warte schon all die Tage, seit du hier bist, auf eine Gelegenheit, dir diesen Brief unbemerkt zu geben. Ich trage ihn immer bei mir. Und nun mußt du ihn gleich lesen. Da ist er, Malte.«

Sie zog bei den letzten Worten den Brief aus ihrem Kleid vor. Malte entfaltete das Schreiben an seine Schwester und begann zu lesen. Er war maßlos überrascht, zu erfahren, daß Lutz von seiner Liebe zu Ursula gewußt hatte. Hatte Ursula es ihm gebeichtet, bevor sie seine Frau wurde?

Hastig erbrach er nun den an ihn selbst gerichteten Brief. Seine Hände zitterten und seine Augen wurden feucht, während er las.

Mit Staunen und Rührung las er, wie Lutz nur von dem armen Wunsch beseelt gewesen war, die sichere Grundlage zu Ursulas Glück zu legen. Nur darum hatte er sie gebeten, seine Frau zu werden, und Ursula hatte nur ihre Einwilligung gegeben, weil sie das wußte und weil sie Gewißheit hatte, daß Lutz ein Sterbender war, dem sie den letzten Wunsch erfüllen wollte.

›Ich liege hier todwund‹ – schloß das Schreiben, ›und zittere für Ursulas Glück. Meine letzte Kraft gebe ich dahin, um Zeugnis abzulegen für sie. Malte, denke daran, daß Du mir Ursulas Glück schuldig bist. Ich fordere es von Dir als mein heiliges Recht. Neidlos lege ich sie Dir ans Herz, weil ich weiß, daß Du sie glücklich machen kannst. Tue es, Malte, mache sie so glücklich, wie sie es verdient. Sie kann es nur durch Deine Liebe werden. Das ist mein Vermächtnis an Dich, mein Freund. Lebewohl, Malte, und vergiß nicht, daß Du mir Ursulas Glück schuldig bist. Sie weiß nichts von diesem Brief, den die Fürstin Ried Deiner Schwester schicken soll.

Zum letzten Male Dein treuer Freund

Lutz‹

Malte fühlte sich tief erschüttert. Er warf sich auf die Lehne des Diwans und barg das Haupt in den Händen. Wie Bergeslasten fiel es von seiner Seele. Ursula erschien ihm wieder in dem reinen Licht wie früher, war für ihn wieder das heißgeliebte, anbetungswürdige Geschöpf, das sie immer für ihn gewesen war bis zu der unseligen Stunde, da er an ihre vermeintliche Untreue hatte glauben müssen! Mußte er ihr neben Lutz' Seelengröße nun nicht selber klein erscheinen? Mußte sie ihm nun nicht bitter grollen, weil er sie ungehört verdammt und sich wie ein Unsinniger benommen hatte?

Er ergriff Gustis Hände und sah ihr lange in die Augen. »Dein Maltebruder«, sagte er nach einer Weile, »war ein großer, blinder Tor. Da du unser Geheimnis kennst, so will ich dir eine volle Beichte ablegen. Ja, ich hielt Ursula für untreu, glaubte, sie habe Lutz' Werbung angenommen, weil ich ihr nichts zu bieten hatte. Daß Lutz verwundet war, sagte sie mir wohl, aber nicht, daß er im Sterben lag. Ich habe ihr bitter Unrecht getan.«

Gusti küßte ihn liebevoll.

»Aber nun weißt du, daß sie sich und dir treu geblieben ist, und nun wird alles wieder gut zwischen euch beiden?«

Er atmete tief und gepreßt.

»Ich weiß es nicht, Gusti, ob Ursula mir wird verzeihen können.«

Nun lächelte Gusti wieder.

»Das wird alles vergessen sein, sobald du ihr sagst, daß du bereust und den Glauben an sie wiedergefunden hast.«

Sie setzte sich auf die Lehne des Diwans und legte ihren Arm um des Bruders Nacken.

So saß sie eine Weile in tiefes Nachdenken versunken.

Malte las inzwischen Lutz' Brief noch einmal durch und seine Augen bekamen einen feuchten

Schimmer vor tiefer Bewegung. Sorglich steckte er den Brief zu sich. Das wußte er, diesen Brief mußte Ursula lesen, sie sollte Lutz in seiner ganzen Größe kennenlernen, sollte wissen, wie sehr sie von ihm geliebt worden war. Und er wollte nicht eifersüchtig sein, wenn sie sein Andenken hochhielt.

Gusti war inzwischen zu einem Resultat ihres Nachdenkens gekommen.

»Malte, mir scheint, es ist am gescheitesten, wenn du dich so bald wie möglich mit Ursula aussprichst. Ich schlage darum vor, du fährst mit mir heute noch nach Waldau hinüber, um alles ins reine zu bringen und alles zu beseitigen, was zwischen dir und ihr steht.«

Er wollte zuerst Einwendungen erheben, allein Gusti ließ solche nicht gelten, und kaum eine halbe Stunde darauf fuhren die Geschwister bereits davon.

Als der Wagen vor dem Waldauer Schloß hielt, gab Gusti dem herbeieilenden Diener, der ihr meldete, Frau Baronin sei in den Zimmern Ihrer Durchlaucht, die Weisung, sich zur Verfügung ihres Bruders zu halten, und trat dann rasch ins Vestibül des Hauses.

»Melden Sie mich bitte der Frau Baronin«, wandte sie sich an einen andern ihr entgegentretenden Diener, »und sagen Sie ihr, daß ich sie in einer dringenden Angelegenheit allein sprechen muß und sie in ihrem Salon erwarte. Die Frau Baronin befindet sich im Zimmer Ihrer Durchlaucht.«

Der Diener eilte die Treppe wieder empor, und Gusti betrat langsam den bezeichneten Salon.

Gleich darauf trat Ursula ein mit einem unruhig forschenden Gesicht.

»Liebe Gusti – du bringst mir doch nichts Schlimmes?« fragte sie ängstlich.

Gusti umarmte sie.

»Nein, mein Urselchen, ich wollte dich nur ein bißchen allein hier haben, ohne deine liebe Durchlaucht, der ich ja nachher guten Tag sagen kann. Wie geht es dir, Urselchen?«

Ursula zwang sich zu einem Lächeln.

»Wie immer – gut. Und wie geht es Malte?«

Wie ein Schelmenlächeln huschte es um Gustis Mund. »Oh, ich glaube, er wird bald gesund sein. Aber weißt du, hier in deinem Salon ist es furchtbar warm. Gestatte, daß ich ein wenig öffne.«

Sie wartete die Antwort nicht ab und öffnete die Fenstertür.

»Ich finde es gar nicht sehr warm hier«, sagte Ursula.

Gusti wandte sich wieder ins Zimmer zurück und schlang plötzlich erregt beide Arme um Ursula. Mit zitternder Stimme sagte sie: »Mein Urselchen – gleich wirst du noch einen Besuch bekommen. Nimm ihn gut auf. Ich glaube, er hat dir sehr viel zu sagen. Und du mußt recht sorgsam mit ihm umgehen – ihn gleich hier auf den Diwan plazieren – wegen seines kranken Beines. Es ist nämlich Malte. Er hielt es nicht aus, zu warten, bis du wieder nach Feldegg kommst. Da ist er schon! Ich gehe inzwischen zu Durchlaucht, um sie zu begrüßen.«

Und Ursula herzlich küssend, ließ sie dieselbe

los und eilte aus dem Zimmer. Auf der Schwelle der Fenstertür stand Malte. Auf zwei Stöcke gestützt, tat er mühsam einige Schritte ins Zimmer, während draußen der Diener, der ihn begleitet hatte, die Tür schloß und davonging.

Ursula stand wie gelähmt und sah ihn an. Ihr Antlitz war leichenblaß, und ihre zitternden Hände preßten sich auf ihr Herz.

»Malte – du?« rang es sich heiser über ihre Lippen.

Er sah sie an mit einem Blick, aus dem ihr die alte, heiße Liebe entgegenleuchtete.

»Ja, ich, Ursula – reumütig, zerknirscht! Ich weiß jetzt, daß ich dir Unrecht tat, daß du nicht treulos warst. Wirst du mir verzeihen können, oder weist du mich von dir?«

Sie erzitterte. Aus ihren Augen brach ein heller, glückseliger Schein. »Malte – ach, Malte!«

»Ursula – ich kann dich nicht in meine Arme ziehen, weil ich mich sonst nicht auf den Füßen halte, ohne die beiden Stöcke.«

Da war sie an seiner Seite. Mit einem Aufschluchzen nahm sie ihm den einen Stock fort und faßte seinen Arm.

»Stütz dich auf mich – komm, du mußt dich setzen«, sagte sie, ihre Erregung niederzwingend, nur besorgt um sein Wohl.

So führte sie ihn zum Diwan und half ihm, das kranke Bein auszustrecken und auf den Diwan zu legen. Sie war neben ihn hingekniet, und nun hielt er sie fest mit seinen jungen, starken Armen.

»Ursula – mein heißgeliebtes Herz –, kannst du mir verzeihen?«

Sie sah zu ihm auf. Ein wundersames Leuchten lag in seinem Blick.

»Malte – mein Malte –, hast du endlich eingesehen, daß dir deine Ursula nicht untreu sein konnte, wenn auch der Schein gegen sie sprach?«

Er zog ihre Hand an seine Lippen und küßte sie inbrünstig. »Nicht von selbst kam ich zur Einsicht, meine Ursula. Laß dir beichten. Ich war ein sinnloser, eifersüchtiger Tor. Ich gönnte dich Lutz nicht, war noch eifersüchtig auf ihn, als ich schon wußte, daß er tot war. Daß du seine Frau geworden warst, war mir ein furchtbarer Gedanke. Ich ahnte nicht, warum du es getan hattest, ahnte nicht, daß du wußtest, daß du einem Sterbenden die Hand reichtest.«

Sie atmete auf wie von tiefer Not und Qual befreit.

»Und jetzt – wie kommt es, daß du es nun weißt, Malte?«

Da zog er den Brief aus seiner Brieftasche. »Lies selbst, Ursula – auch das dankst du Lutz. Es soll eine Sühne sein, daß ich dir diesen Brief ausliefere, der dir beweisen wird, wie sehr dich Lutz geliebt hat.«

»Das weiß ich nur zu gut, Malte, und Gott weiß, wie weh es mir tat, daß ich diese Liebe nicht vergelten konnte. Aber dieser Brief – mein Gott, er ist von Lutz! Wie kommst du zu diesem Brief?«

Er erklärte ihr alles.

Nun las sie das Schreiben. Große Tränen hingen an ihren Wimpern.

Malte küßte ihr die Tränen fort und zog sie in seine Arme.

»Liebste, wirst du deinem Malte verzeihen? Du kannst dir nicht denken, wie elend ich war. Verzeihe mir um meiner Schmerzen willen.«

Sie umschlang seinen Hals und lehnte ihre Wange an die seine.

»Ich habe dir nichts zu verzeihen, Malte. In all meinem Schmerz habe ich dich doch so gut verstehen können, habe um so mehr gelitten, weil ich dich unglücklich wußte. Nicht eine Sekunde habe ich dir gezürnt, so weh es mir auch tat, daß du mich nicht hören wolltest und im Schmerz und Groll davonstürmtest.«

Er küßte ihre Augen, ihre Hände und ihren Mund, und dann hatten sie einander so viel zu sagen, daß sie nicht merkten, wie die Zeit dahinflog.

Endlich richtete sich Ursula empor aus Maltes Armen und sagte mit verträumtem Lächeln: »Und wo ist nun unser kleiner Schutzgeist Gusti geblieben? Ich muß doch nach ihr sehen, Malte, damit wir ihr danken können. Sie hat mir ja meinen zornigen Malte besänftigt und zurückgebracht.«

Malte lächelte.

»Ich glaube, sie wird Schildwache stehen, damit uns niemand stören kann.«

Und so war es. Gusti hatte sich im Vorzimmer in einen Sessel fallen lassen, fest entschlossen, niemand den Eintritt zu gestatten. Dann hatte sie ein Stoßgebet nach dem andern zum Himmel geschickt, daß Malte und Ursula glücklich würden.

Als Ursula nun die Tür öffnete, sprang Gusti auf, sah Ursulas glückstrahlendes Gesicht, flog auf sie zu und umfaßte sie.

»Mein Urselchen, hab' ich's recht gemacht? Ist alles wieder gut? Seid ihr nun glücklich?«

Ursula führte sie ins Zimmer. Innig umschlungen traten sie vor Malte hin.

»Frag deinen Bruder selbst, Gusti, ob er glücklich ist. Ich bin es von ganzem Herzen. Und ich danke dir, sosehr ich kann, daß du mir geholfen hast, diesen bösen, wilden Trotzkopf zu besiegen. Wer weiß, was sonst aus uns geworden wäre.«

Gusti küßte den Bruder und Ursula halb lachend, halb weinend.

»Ach, mir braucht ihr nicht zu danken, ich habe ja nur getan, was mir Baron Lutz aufgetragen hatte.«

»Ja, du warst seine kleine Bundesgenossin.«

Stolz nickte Gusti. »Ja, das war ich, viel mehr, als du denkst. Und wie wir unsern Bund begründet haben, das ...«

»Erzählst du mir später einmal«, fiel Ursula ein; um sie abzulenken, sagte sie rasch: »Um eins bitte ich dich, Gusti. Was hier geschehen ist, bleibt unter uns dreien, bis die Zeit gekommen ist, daß Malte und ich uns verloben.«

Gusti nickte. »Natürlich, Urselchen. Du brauchst keine Angst zu haben, daß ich darüber spreche. Aber sollen es nicht wenigstens die Eltern wissen?«

»Doch Gusti, und Tante Maria ebenfalls, sie ist mir lieb geworden wie eine Mutter. Ich will sie rufen lassen, damit sie dich endlich kennenlernt, Malte. Sie interessiert sich sehr für dich. Ich glaube, sie ahnt, was du für eine Rolle in meinem

Leben spielst. Sicher hat Lutz sie eingeweiht, als er den Brief an dich schrieb, denn sie war damals bei ihm.«

Sie klingelte und ließ die Fürstin durch den Diener herunterbitten. Malte wollte sich, auf seinen Stock gestützt, erheben, aber die Fürstin trat rasch an seine Seite.

»Bitte sehr, Herr von Feldegg, das leide ich nicht. Sie sind verwundet und dürfen sich nicht anstrengen. Ich denke, wir können uns auch so begrüßen. Es freut mich sehr, Sie endlich kennenzulernen.«

Sie nahm ihm gegenüber Platz und sah mit warmem Interesse in sein charakteristisches Gesicht. Er gefiel ihr außerordentlich gut. Sie konnte verstehen, daß Ursula ihr Herz an ihn verloren hatte.

Mit seltsamem Ausdruck sah sie dann zu Ursula hinüber.

Diese trat schnell an ihre Seite.

»Tante Maria, du sollst es wissen, wenn es auch noch nicht publik werden soll. Malte von Feldegg und ich – wir haben uns lieb. Seinetwegen schlug ich damals Lutz' Bewerbung aus.«

Die Fürstin lächelte. »Du sagst mir nichts Neues, Ursula, ich wußte das schon, von Baron Lutz selbst.«

Und sie erzählte in kurzen Worten, was sie von Lutz wußte, von seinem ersten Brief an sie, bis zu seinem Todestag. Dann schloß sie bewegt:

»Sein Segen ist bei dir, Kind – und auch bei Ihnen, Herr von Feldegg. Es war sein letzter Wunsch, daß Sie beide zusammen das Glück finden sollen.«

Malte küßte der Fürstin die Hand.

»Durchlaucht bestätigen mir nur, was ich bereits weiß – daß mein Freund Lutz ein Mensch von seltener Größe war.«

»Ja, bei Gott, Herr von Feldegg, ich habe auf meinem langen Lebensweg nicht seinesgleichen gefunden.«

17

Für Malte und Ursula kam nun eine wunderselige Zeit heimlichen, stillen Glücks, die nur getrübt wurde durch Ursulas Angst, daß Malte wieder fort mußte.

Aber vorläufig blieben ihnen einige Wochen des Beisammenseins. Natürlich war Ursula jetzt mehr in Feldegg als in Waldau, und Durchlaucht begleitete sie auch einige Male. Da wären denn die Stiftsdamen sehr zu kurz gekommen, wenn Gusti nicht an Ursulas Stelle ihnen oft Gesellschaft geleistet und ihnen vorgelesen hätte.

Es war etwa eine Woche vergangen seit der Aussprache Maltes und Ursulas, als die letztere eines Morgens ungewöhnlich früh in Feldegg auftauchte. Sie fand zunächst nur Malte und seine Mutter im Wohnzimmer und rief ihnen zu, sie habe soeben Nachricht von Baron Hans bekommen.

»Er ist bei Apern verwundet worden und befindet sich wahrscheinlich schon auf dem Wege in die Heimat«, sagte sie erregt und fragte dann hastig nach Gusti.

Gustis Mutter sah Ursula seltsam forschend an. Dann sagte sie zögernd: »Gusti ist in ihrem Zimmer.«

Ursula erhob sich schnell. »So entschuldigt mich ein Weilchen, ich – ich möchte Gusti begrüßen.«

Und ehe sie jemand daran hindern konnte, war sie aus dem Zimmer.

Die Mutter sah ihr unsicher nach, und Malte war ein wenig betroffen, daß Ursula heute so wenig Aufmerksamkeit für ihn hatte.

Ursula aber lief die Treppe hoch und trat in Gustis Zimmer. Diese war gerade beschäftigt, in ihren Schubfächern aufzuräumen und drehte sich überrascht um.

»Du, Urselchen! Und so früh am Tag?«

»Ja, Gusti – ich wollte dir einen Brief von Hans bringen.«

Gusti ließ alles stehen und liegen. »Oh, gib! Ist es eine gute Nachricht?«

Ursula reichte ihr den Brief. »Ich weiß nicht, ob du diese Nachricht gut oder schlimm nennst. Lies selbst.«

Gusti wurde blaß und entfaltete das Schreiben. Es war ziemlich unsicher mit Tintenstift geschrieben und lautete:

›Meine liebe Ursula! Nun ist es wohl für mich zu Ende mit Kampf und Krieg. Ich bin wahrscheinlich als Soldat erledigt. Bei einem Sturmangriff ist mir die linke Hand zerschossen worden. Sie wird nicht wieder geheilt werden können.

Bitte sag es Gusti, und auch, daß ich in einigen Tagen in Rippach eintreffen werde – als halber Invalide. Ein wehmütiges Gefühl ist es doch für mich, aber das muß hinuntergeschluckt werden. Auf die Heimkehr würde ich mich trotzdem freuen – wenn ich nur wüßte, ob eine gewisse junge Dame so einen armen Halbinvaliden zum Mann haben will.

Für heute Schluß, liebe Ursula – ich bin in zu schlechter Stimmung zum Schreiben. Ich drahte Dir von Berlin, wann ich in Rippach eintreffe. Herzlichen Gruß an Dich – und an ›sie‹.

Dein Vetter Hans‹

Gusti saß ganz still, als sie gelesen hatte. Die Tränen rannen ihr lautlos über die Wangen.

Als sie den Brief sinken ließ, umfaßte Ursula sie innig. »Meine Gusti – meine herzliebe Gusti, weine nicht. So schlimm ist das doch nicht.«

Gusti barg das Antlitz an ihrer Schulter. »Ach, Urselchen, wenn ich nicht wüßte, daß er an seiner armen Hand so große Schmerzen leiden muß, dann – ja – dann würde ich bei dieser Nachricht nichts als Glück empfinden.«

»Er braucht also keine Angst zu haben, daß eine gewisse junge Damen ihn nicht haben will?« fragte Ursula, mit ihrer Rührung kämpfend.

Gusti sah unter Tränen lächelnd zu ihr auf. »Das weißt du ganz genau, Urselchen. Wenn nur sein Herz mein eigen bleibt, alles andere kann mich nicht schrecken. Ich will seine arme Hand mit meinen Tränen bedecken, damit er es nicht mehr fühlen soll, daß ihm etwas fehlt. Wäre er nur erst da.«

Dieser Wunsch sollte Gusti bald in Erfüllung gehen. Als sie zwei Tage später ahnungslos nach Waldau kam, empfing sie Ursula mit mühsam unterdrückter Erregung im Vestibül.

»Geh einstweilen in meinen Salon, Gusti. Ich komme gleich nach. Aber vielleicht wird dir die Zeit auch ohne mich nicht lang werden.«

Und sie schob Gusti sanft, aber energisch durch die Tür, schloß sie hinter ihr und sagte lächelnd vor sich hin:

»So – jetzt werde *ich* Schildwache stehen.«

Gusti wußte gar nicht, wie ihr geschah, als Ursula sie so energisch in das Zimmer beförderte. Und kaum war das geschehen, da entfloh ihren Lippen ein halb unterdrückter Aufschrei. Vor ihr stand, in der feldgrauen Uniform, den Arm in der Binde, Baron Hans von Rippach.

Einen Moment standen sich die beiden jungen Leute fassungslos gegenüber. Aber dann streckte Hans seinen gesunden Arm nach Gusti aus.

»Gusti – liebe kleine Gusti!«

Aufschluchzend flog sie auf ihn zu, in seine Arme.

»Hans – mein armer, armer Hans!«

»Ein reicher Hans – trotz allem, meine Gusti, wenn du meine liebe kleine Frau werden willst.«

Sie sah unter Tränen lächelnd in sein schmal gewordenes Gesicht, aus dem ihr seine Augen voll Liebe entgegenstrahlten.

»Ob ich will? Ach Hans, wie kannst du noch so fragen.«

Er deutete auf seine verbundene Hand. »Ich komme ja nicht heil und ganz zurück.«

Da neigte sie sich und berührte sanft und leise seine wunde Hand mit den Lippen.

»Ich liebe dich nur noch mehr darum, mein Hans. Und wenn du deine arme Hand nicht so gebrauchen kannst, wie du möchtest, dann will ich für dich tun, was du nicht selbst tun kannst.«

Fest zog er sie mit seinem gesunden Arm an sich. »Meine Gusti – mein Liebling! Wirst du nun auch wieder froh sein und lachen können?«

Sie sah ihn mit feuchten Augen an. »Wenn ich erst weiß, daß du keine Schmerzen mehr leidest.«

»Ich habe keine Schmerzen mehr, seit ich dich an meinem Herzen halte. Gusti – meine süße, kleine Gusti –, wenn du wüßtest, wie ich mich nach dir gesehnt habe! Draußen im Feindesland – da lernt man kennen, was Sehnsucht ist.«

Sie sahen sich tief und zärtlich in die Augen, und dann fanden sich ihre Lippen im ersten heißen Liebeskuß. So standen sie lange, eng umschlungen, ein tiefes Glück in den jungen Herzen.

Eine Stunde später fuhr das junge Brautpaar, von Ursula begleitet, nach Feldegg. Hans von Rippach wollte sofort bei Gustis Vater um ihre Hand anhalten. Und der neue Majoratsherr von Rippach hatte es leicht, seine Einwilligung zu erhalten, trotz der zerschossenen Hand.

Mitten im Krieg wurde in Feldegg Verlobung gefeiert am nächsten Tag. Bei dieser Feier waren auf Gustis Wunsch auch alle Stiftsdamen geladen, die sehr aufgeregt die Kunde von Gustis Verlobung aufgenommen hatten. Das war doch wieder ein romantisches Ereignis!

Die Verlobungsfeier war, den schweren Zeiten angemessen, ernst und still. Aber dem jungen Brautpaar strahlte das helle Glück aus den Augen.

Ursulas Glück hätte ebenso groß sein können, wenn sie nicht immer hätte Angst haben müssen, daß Malte bald wieder fort mußte.

Seine Wunde war verheilt, und der Verband wurde einige Tage nach Gustis Verlobung abgenommen. Aber Malte merkte mit einiger Bestürzung, daß er auch jetzt das Bein noch nicht so recht bewegen konnte. Es war eine gewisse Steifheit und Schwäche zurückgeblieben.

Voll Unruhe darüber fuhr er mit seinem Vater nach Berlin, um einen berühmten Chirurgen zu konsultieren. Dieser stellte fest, daß Maltes Bein eine kleine Lähmung behalten würde, die sich wohl im Lauf der Jahre wieder geben könne durch fleißige Massagen und stärkende Bäder, aber Malte würde felddienstuntauglich bleiben.

Als Malte Ursula dieses Resultat meldete, atmete sie tief auf.

»Gottlob – du mußt nicht wieder hinaus.«

»Aber ich bleibe vielleicht Invalide. Vielleicht bleibe ich gelähmt, meine Ursula.«

Sie sah stolz und strahlend zu ihm auf.

»Was tut es? Ich frage nicht danach. Die Liebe überwindet alles. In unserer Liebe laß uns vergessen, was hinter uns liegt! Laß uns vertrauend der

Zukunft entgegensehen. Und sie bringe, was sie wolle, uns soll sie allezeit treu beieinander stehend finden.«

Er schloß sie in die Arme und flüsterte ihr tief bewegt ins Ohr: »O du mein Glück, wie liebe ich dich!«